Verliebt in einen Wolf

\-

Sam und Moe

Ein Roman von

Pat Grace & Sabrina Georgia

Es war so nicht geplant,
doch irgendwie gehören sie nun dazu...

Mit den Charakteren aus:
»Yvor und Yvi«

Bibliografische Information der Deutschen Nationalbibliothek:
Die Deutsche Nationalbibliothek verzeichnet diese Publikation in der Deutschen Nationalbibliografie; detaillierte bibliografische Daten sind im Internet über http://dnb.d-nb.de abrufbar.

Verliebt in einen Wolf – Sam und Moe
Pat Grace & Sabrina Georgia

1. Auflage
September 2018

© 2018 DerFuchs-Verlag
D-69231 Rauenberg (Kraichgau)
info@DerFuchs-Verlag.de
DerFuchs-Verlag.de

ISBN 978-3-945858-66-0 (Taschenbuch)
ISBN 978-3-945858-67-7 (ePub)

Sabrina:
Danke an Pat für dieses Schreibvergnügen! ;- Es hat so dermaßen
Spaß gemacht, dass wir es in sage und schreibe drei Wochen zu
diesem Buch gebracht haben. Wahnsinn! <3
Ich freue mich schon darauf, die nächsten Abenteuer von Sam und
Moe mit dir zu erleben ... :)*

Pat:
Es war mir eine Ehre.

1

Es war mal wieder, einer dieser Tage ... Einer dieser Art, an denen man alles schrecklich nervig fand!

Im Wartezimmer von Frau Doktor Nowak starrte ich auf die Wand gegenüber von mir und fragte mich, wieso immer und irgendwo in solchen Praxen Clowns hingen? War das eine geheime Vereinbarung unter allen Psychiatern? Hatten berühmte Filme uns nicht schon längst wissen lassen, dass Clowns böse waren?

»Herr Landvogt, kommen Sie doch bitte ins Sprechzimmer!«, hörte ich die freundliche und ruhige Stimme der Frau Doktor und rappelte mich auf. Ich konnte mir ein Schnaufen nicht verkneifen und schlurfte mehr hinein, als dass ich marschierte.

»Bitte setzen Sie sich«, sagte sie mit einem Lächeln und deutete mit der Hand auf die beiden Stühle in ihrem Sprechzimmer. Wie ein nasser Sack ließ ich mich hineinfallen und sah mich um. Es sah noch genauso aus, wie beim letzten Mal, dem Mal zuvor und den anderen, die ich hier bereits verbracht hatte!

»Moritz, wie geht es Ihnen denn heute?«, begann sie das Gespräch, wie so oft.

»Wie immer. Und ich heiße Moe!«, gab ich eher desinteressiert von mir und griff in die Schüssel mit den Schokoladenbonbons vor mir.

»Natürlich. Bedienen Sie sich Moe!«, schmunzelte sie und schob die Schüssel näher zu mir hin, was nicht nötig gewesen wäre.

»Wir haben beim letzten Mal in einer Art Rollenspiel geübt, wie Sie mit Ihren Eltern über Ihre Sexualität sprechen können. Konnten Sie diese Übung anwenden?«, fragte sie interessiert und sah mich mit durchdringendem Blick an.

»Nein«, kam es ziemlich knapp von mir und ich griff nach dem nächsten Bonbon, um mir mehr Zeit zu verschaffen.

»Nein?«

Ich schüttelte den Kopf, zuckte mit den Schultern und wiederholte: »Nein!«

Die Therapeutin seufzte nun kurz, was eher ungewöhnlich für sie war, es sei denn, sie würde mir gleich eine Predigt halten.

»Wie wollen Sie denn mit der Situation klarkommen, wenn Sie die Lösungsansätze gar nicht erst versuchen?«, meinte Yvonne Nowak und legte eine Hand auf meinen Arm.

Ein warmes Kribbeln machte sich auf meiner Haut breit und sorgte dafür, dass ich eine Gänsehaut bekam. Ein Gefühl von Verständnis und Wärme machte sich in mir breit und ich zog den Arm zurück, sodass sie mich loslassen musste. Kaum war dies geschehen, fühlte ich mich genauso mies wie vorher. Sie bemühte sich dennoch um ein Lächeln und schwieg. War ich etwa wieder an der Reihe zu reden?

Ich war mir nicht sicher, was ich überhaupt wollte. Der eigentliche Grund für dieses Theater war, dass meine Eltern der Meinung zu sein schienen, mich ›heilen‹ zu müssen. Heilen im Sinne von wieder ›normal‹ werden. Aber was war heute schon noch ›normal‹?

»Wie stellen Sie sich das denn vor? Ich soll meinen Eltern sagen, dass ich schwul bin, obwohl ich noch nicht einmal selbst weiß, ob ich es bin?! Wieso ist das überhaupt wichtig?«, knurrte ich und verschränkte die Arme, wie ein bockiges Kind, vor der Brust.

»Ist es denn für Sie wichtig?«, hörte ich die Gegenfrage und wäre am liebsten aufgesprungen.

»Natürlich ist es mir wichtig! Alle um mich herum reden von dem armen Jungen, der mit seiner Sexualität nicht klar kommt. Der arme Junge, der keine Freunde mehr hat, weil er sich für Männer interessiert. Der Bemitleidenswerte, dessen Eltern jeden Mist glauben, den andere über ihn sagen! Der Verrückte, der deswegen zu einer Seelenklempnerin geschickt wird, um geheilt zu werden!«, redete ich mich in Rage.

Am liebsten hätte ich hier alles umgeworfen, kaputt gehauen und wäre aus der Praxis gestürmt. Das Ganze machte mich so unendlich wütend, dass mir die Tränen in die Augen schossen und ich mein Gesicht in den Händen vergrub.

Erneut, spürte ich eine Hand, aber diesmal auf meiner Schulter.

»Es wird alles gut, Moritz! Glaub mir ... Erwachsenwerden ist nicht einfach und es jedem recht zu machen, sogar unmöglich. Es ist nur wichtig, was du denkst und fühlst!«, redete sie auf mich ein und seltsamerweise fiel mir ein Stein vom Herzen.

»Wieso, soll ich immer wieder etwas abstreiten, es richtig stellen, mich rechtfertigen, wenn mir doch eh keiner glaubt?« Meine Stimme klang brüchig und Frau Doktor räusperte sich.

»Wir machen doch endlich einen Schritt nach vorn: Du redest! Lass uns diesen Moment ausschöpfen und schauen, wohin unser Gespräch führt.« Als ich den Kopf hob, lächelte sie und nahm die Hand von meiner Schulter. Diesmal blieb allerdings ein Gefühl von Stärke und das es richtig war, mal den Mund aufzumachen.

***

Kaum, dass ich die Praxis verlassen hatte, überkam mich der Gedanke, es würde eh nichts bringen. Frau Doktor hatte mir eine Aufgabe für zu Hause gegeben: Ich sollte über meine ›besonderen‹ Gefühle nachdenken. Keine Ahnung, was sie da von mir verlangte. Allmählich bekam ich Kopfschmerzen vom vielen Grübeln.

Schnaufend stieg ich auf mein Skateboard und fuhr die Straße entlang nach Hause. In meinem Kopf drehten sich die Gedanken schon im Kreis vor lauter Reflektieren.

Ich war siebzehn Jahre alt, hatte bis vor einem Jahr die eine oder andere Freundin gehabt, ging aus, hatte Spaß und war auch recht beliebt gewesen. Selbst mein streberhaftes Auftreten hatte für die Leute kein Problem dargestellt. Hast du Geld, hast du Freunde!

Allerdings sprach sich recht schnell herum, dass ich bei den Mädels nie zum Zug kam. Entweder hatte ich das Gefühl, es war nicht die wahre Liebe, oder ich fühlte mich rasch gelangweilt und trennte mich frühzeitig. Am Anfang hieß es sogar, ich wäre ein Aufreißer! Irgendwann jedoch wendete sich das Blatt und es hieß, ich würde auf Männer stehen und deswegen bei Mädchen keinen hochbekommen. Dabei war dies nicht der Fall!

Das Gerücht machte die Runde, noch bevor der Schultag vorbei war. Es wurde getuschelt, gelacht, wenn man mich sah oder mit dem Finger auf mich gezeigt.

»Was ist los?«, hatte ich gefragt, naiv wie ich war und wunderte mich, dass man mir nicht antwortete, sondern mich stattdessen mied.

Wirklich ehrlich stellten sich dann erst die ›coolen Kids‹ heraus, die mich ›Schwuchtel‹ oder ›Anuslecker‹ nannten. Ich verstand die Welt nicht mehr. Was sollte ich sein?! Das Drama, fand seinen Höhepunkt, als ich zu Hause ankam. Meine Mutter saß weinend in der Küche, angelehnt an die starke Schulter meines Vaters.

»Was haben wir nur falsch gemacht, Wilhelm?«, wimmerte sie.

Schnellen Schrittes ging ich auf die beiden zu.

»Ist was passiert? Jemand gestorben?«, wollte ich wissen, da mir dieses Bild so surreal vorkam.

»Bist du schwul?«, wollte mein Vater direkt und deutlich heraus wissen und ich schüttelte geschockt den Kopf.

»Nein! Wie kommt ihr denn darauf?« Ich quiekte unbewusst sehr hoch, was es nicht gerade glaubwürdig machte.

»Es ist nicht schlimm, mein Junge! Das ist vielleicht nur eine Phase. Das bekommen wir in den Griff. Dein Vater und ich haben uns schon einmal informiert. Wir glauben, es würde dir helfen, ein paar Gespräche mit einem Profi zu führen.« Mutter lächelte mit tränenverschleiertem Blick und tätschelte dabei meinen Arm. Die Tränen liefen ihr die Wangen hinunter, wie riesige Perlen.

An diesem Tag endete mein Leben, wie ich es bisher geführt hatte.

***

»Pass doch auf!«, schrie mich der Nachbar der unteren Straße an und ich erkannte erst jetzt, dass ich ohne Warnung ungebremst in ihn hineingefahren wäre.

»'Tschuldigung!«, brüllte ich noch, als ich an ihm vorbei düste.

Ohne mich umzuschauen, nahm ich noch einmal Schwung und sah unser Haus näher kommen. Da heute Freitag war, musste ich mich nach der Sitzung beeilen, sodass ich meinem Nebenjob nachkommen konnte. Ich lieferte für Alberto DaSilva Pizzen aus, auf einem Mofa, das er mir zur Verfügung stellte. Den Job machte ich definitiv nicht gern, da mir aber der Geldhahn nach einem Streit mit meinem Vater bezüglich meiner Einstellung nach dem Abitur, zugedreht worden war, blieb mir nichts anderes übrig.

Albertos Pizzen waren bei aller Liebe nicht die Besten. Ganz im Gegenteil! Wenn man die Wahl hatte, zwei Dörfer weiter zu fahren, taten die Leute das freiwillig. Dennoch gab es genug Kunden, die entweder zu faul waren etwas Anderes auszuprobieren, oder Alberto einfach die Treue hielten.

Ich musste mich wirklich beeilen, um nicht zu spät zu kommen. Zeit war kostbares Geld, denn Alberto war gnadenlos darin, mir bei Unpünktlichkeit Geld abzuziehen. Dieser alte Geizkragen!

2

Wütend sah ich dem Jungen nach, der mich beinahe über den Haufen gefahren hätte. Ich kannte ihn. Er war der Sohn von Wilhelm und Liane, meine mir ziemlich unsympathischen Nachbarn, die jedes Mal den Eindruck machten, als wären sie einer Seifenoper entstiegen. Das Problem daran war, dass ich ihnen dieses Theater nicht abnahm. Liane war keine brave Hausfrau und treusorgende Mutter, dafür machte sie mir zu oft schöne Augen. Hätte ich mich darauf eingelassen, wäre sie bestimmt schon mindestens einmal durch mein Bett gerutscht. Und Wilhelm? Den interessierte nur die Arbeit. Der Sohn konnte einem leidtun.

»Was hast du draußen denn so lange gemacht?«, fuhr Ava mich an, als ich endlich durch den Garten und das Haus geschlendert war. Sie räkelte sich auf der Couch und betrachtete mich mit einem eindeutigen Blick. Sie starrte auf den Bund meiner Jeans und leckte sich die Lippen. Ich seufzte.

»Ist es mal wieder so weit? Du verhältst dich wie eine läufige Hündin, Schwester.«

Sie schnaubte, näherte sich mir dennoch. Es bestand kein Zweifel, was sie wollte, aber gerade jetzt hatte ich keine Lust auf Matratzensport. Ich musste mich um wichtige Angelegenheiten kümmern.

»Tu uns beiden einen Gefallen und such dir jemand anderen zum Spielen«, knurrte ich aus diesem Grund und ließ meine Schwester stehen.

Sie brüllte mir etwas hinterher, das ich nicht verstand, doch es war mir auch egal. Avas Spielchen kannte ich zu genüge und war oft auf sie hereingefallen. Mittlerweile wusste ich, wer ich war und, dass ich es nicht nötig hatte, ihren Liebesknochen zu mimen. Die Haustür fiel mit lautem Knall ins Schloss und ich entspannte mich augenblicklich. Natürlich liebte ich Ava. Sie und ich hatten schon viel miteinander durchgestanden. Es war allerdings so, dass ich mich weiterentwickelt hatte, während sie an ihrem wölfischen Anrecht auf mich festzuhalten schien. Klar, die Triebe kamen auch bei mir oft durch, doch meist konnte ich sie gut kontrollieren.

Mein Handy klingelte und ich warf einen Blick aufs Display. Irritiert ging ich dran.

»Hey, was gibt es, großer Meister?«

»Du sollst aufhören, mich so zu nennen, Sam!«, brummte mein Gesprächspartner, aber schlechte Laune war ich bei ihm ja längst gewohnt. Chefermittler Robert Allerton klang meist, als würde er einem demnächst durch den Hörer kommen. Früher hätte ich einen Vampir als Plage empfunden, doch Robert war anders.

»Dann eben ›Hi Robert!‹. Was ist los? Du meldest dich doch sonst immer erst Ende des Monats, um meinen Bericht zu hören.«

Der Chefermittler knurrte. Bei dieser schlechten Laune musste etwas Schreckliches vorgefallen sein.

»Du weisst, ich habe geschworen, eure Existenz vor dem Rat geheim zu halten, aber jetzt wird es kritisch, Samuel: Es wurden gestern drei Leichen mit Bissspuren gefunden ... Die Kehlen der Opfer waren aufgerissen! Läuft bei euch ein Wolf Amok?«

Mein Herz setzte erst einen Schlag aus, um dann mit voller Wucht durch die Decke zu gehen. Leichen mit aufgerissenen Kehlen bedeuteten nichts Gutes!

»Ich hätte spontan keine Idee, wer es gewesen sein könnte. Es wäre auch möglich, dass es keiner meiner Sippe war«, gab ich zurück, aber Robert interessierten meine Ausflüchte nicht. Er war eher der Typ für Lösungen ... schnelle Lösungen! »Ich kümmere mich darum.«

»Das hoffe ich für uns beide. Sollte der Rat dahinter kommen, dass es fortan Wölfe gibt, ist die Hölle los. Das Gesetz, einen Werwolf zu töten, wenn man einem begegnet, existiert noch, Sam. Dass ich mich strafbar mache, ist meine kleinere Sorge, aber wenn deine Sippe tötet ...«

»Ist ja gut! Ich werde mich darum kümmern!«, knurrte ich ihn nun wütend an und legte auf, ehe Robert ein weiteres Wort sagen konnte. Glücklicherweise beendete der Chefermittler viele seiner Gespräche auf die gleiche Weise und würde es mir nicht übel nehmen.

So bekam ich einen zusätzlichen Punkt auf der To-do-Liste. Stinksauer, dass ich eine solche Entgleisung von einem Vampir erfuhr, statt von meinen eigenen Leuten, telefonierte ich beinahe drei Stunden mit diversen Rudeln. Es schien jedoch niemand von einem frisch gewandelten Wolf zu wissen, der sein Unwesen trieb.

»Bist du dir eigentlich sicher, dass dies nicht von Adrian verursacht wurde?«, stellte mir einer der Angerufenen die Frage, die ich bislang komplett verdrängt hatte, und ich seufzte. Ich hoffte inständig, dass dies nicht der

Fall war. Sollte Adrian in diese Morde verwickelt sein, würde es Krieg geben.

»Hoffen wir, dass es keiner der beiden Rudel war«, gab ich zurück und wandte mich meinem Laptop zu.

Robert hatte mir Bilder des Tatorts geschickt. Ich betrachtete die Aufnahmen der grausam entstellten Leichen. Kein Zweifel, es war tatsächlich ein Wolf gewesen. Diese Bestätigung schmerzte. Ich hatte so viel getan und riskiert, um ein friedliches Leben zu haben, und nun setzte irgendein Dummkopf dies alles für sämtliche Mitglieder des Rudels aufs Spiel.

›Meine Quellen haben noch keine Antworten liefern können. Es wird etwas Zeit brauchen, den Streuner zu finden‹, tippte ich hastig eine Mail an ihn und versprach, die Hinweise bis in einer Woche zu senden. Hoffentlich reichte diese Zeit.

Ein ›Pling‹ kündigte eine eintreffende E-Mail an und ich öffnete diese angespannt.

›Ich gebe dir zwei, aber dafür sei gründlich! Pass auf dich auf, Freund.‹

Roberts Antwort ließ mein Herz schwer werden. Ich erinnerte mich an unser erstes Treffen. Damals hatte ich noch unter falschem Namen versucht, mir eine Existenz aufzubauen. Die Tochter eines Geschäftspartners, der sich im Nachhinein als Vampir herausstellte, war verschwunden und ein Ermittler befragte Zeugen. Dieser Störenfried war Robert Allerton gewesen. Er hatte sofort den Verdacht, dass mit mir etwas nicht stimmte, doch das auf andere Weise, als er vermutete. Ich hatte mich um die Tochter des Geschäftspartners bemüht, um an dessen Macht zu kommen, sie war jedoch verschwunden und ließ mich mit einem sturen Ermittler und keinerlei Hinweisen zurück. Robert war anders. Er kam nach und nach hinter mein Geheimnis, machte allerdings keine Anstalten, mich zu verraten. Die Tochter des Vampirs tauchte glücklicherweise auch wieder auf, sodass niemanden Roberts Berichte interessierten.

»Meiner Meinung nach zählt der Charakter«, hatte er eröffnet und mir einen Umschlag in die Hand gedrückt. Sein Bericht, den er niemals abgegeben hatte. Er war hinter alles gekommen! »Mein Boss wird es nicht verstehen, deshalb sollten wir es für uns behalten. Bleib anständig, Sam.«

Danach hatte sich mein Leben vollständig verändert. Die Geschäfte kamen ins Rollen und es gab keinen Grund mehr, mich mit irgendwelchen illegalen Dingen herumzuschlagen. Durch unsere extrem guten Nasen waren mein Rudel und ich in der Lage, ein Imperium mit neuen Parfums und Stoffen zur Verfeinerung herzustellen. Ich war kein Chemiker, doch ich wusste, was den Leuten die Sinne vernebelte.

Der nächste Termin stand an und ich schnappte mir Handy, Schlüssel für meinen Wagen und die Unterlagen, die ich gleich benötigen würde. Der Kunde war kein unbeschriebenes Blatt, aber er kaufte legal bei uns ein. Ab und an witzelte er, dass man mit unseren Umsätzen einiges anstellen könnte, doch davon wollte ich nichts wissen. Obwohl ich ein echtes Arschloch sein konnte, wenn es darauf ankam, blieb ich mittlerweile auf der sicheren Seite. Meine Sippe stand an erster Stelle. Ich hatte die Aufgabe, diese zu beschützen und das tat ich mit aller Kraft.

»Oh, hallo Nachbar!«, begrüßte mich Liane Landvogt, als ich zum Wagen ging und bewegte sich automatisch neckisch, dass ich etwas besser in ihren Ausschnitt schauen konnte. Manchmal hatte ich diese Spielchen satt, aber die Frauen reagierten auf mich nun einmal so.

»Hallo Liane.« Ich tat ihr den Gefallen, sah tief in diese grünen Augen und lächelte. »Bezaubernder Anblick, wie eh und je. Hast du heute etwas Besonderes vor oder aus welchem Grund bist du dermaßen schick?«

Meine Nachbarin errötete und kicherte in diesem gekünstelten Tonfall, den ich hasste. Äußerlich blieb ich selbstredend gelassen.

»Du Charmeur! Ich wollte mich mit einer Freundin zum Essen treffen. Die Gute hat ja solchen Liebeskummer ... Manchmal denke ich, wir sollten uns gar nicht mehr auf die üblichen Beziehungen einlassen. Die machen eh nur Ärger.« Sie versuchte sich an einem lasziven Augenaufschlag. Leider war sie darin keine Meisterin und ich hatte den Vergleich zu meiner Schwester, weshalb ich ihr diesen nicht abnahm. Ihre Worte verstand ich jedoch deutlich.

»Übliche Beziehungen sind nicht mein Ding. Die bringen in der Tat nichts als Scherereien mit sich. Was spricht denn dagegen, sich Begierden hinzugeben und danach seiner Wege zu ziehen? Gemeinsame Leben aufzubauen wird überschätzt«, ging ich auf ihr Spiel ein. Während sie erneut kicherte, blickte ich rasch auf meine Uhr. Ich durfte den Termin nicht versäumen, doch langsam entwickelte ich Spaß daran, diese Frau zu verunsichern. Meine Äußerungen waren gewagt und ganz offensichtlich kämpfte Liane gegen die Etikette, die ihr auferlegt worden war.

»Nun ja, das ist als Mutter leider nicht mehr ganz so leicht. Vor allem bei einem Jungen, wie Moritz.«

Ich dachte an den Jungen auf dem Skateboard. Er hatte irgendwie verloren ausgesehen. Diese Miene kannte ich nur zu gut.

»Verhält sich dein Sohn in letzter Zeit seltsam?«

»Oh, nun ja ... Er hat seine Schwierigkeiten in der Schule und auch sonst kann man ihn launisch nennen. Die meiste Zeit schließt er sich im Zimmer ein und lässt niemanden an sich heran.« Liane zuckte mit den Schultern, nicht erfreut, in welche Richtung die Unterhaltung ging.

Launisches Verhalten? Sich ins Zimmer einschließen, um allein zu sein? Dieses Verhalten alarmierte mich. Was, wenn Roberts Fall nichts mit Adrians oder meiner Sippe zu tun hatte, sondern mit einem Außenstehenden? Ein zufällig Gewandelter, der zudem bald aus dem Teenageralter raus war. Triebe, Emotionen, Hormone ... ein mörderischer Cocktail!

»Gibt es einen besonderen Anlass für diese Stimmungsschwankungen? Ich weiß, es geht mich im Grunde nichts an«, schenkte ich ihr während dieser Worte mein einnehmendstes Lächeln und sie war sogleich besänftigt.

»Seit ein paar Wochen geht das nun so. Eine Sache in der Schule.« Mehr wollte Liane wohl nicht dazu sagen, denn sie zog sich zurück und wandte sich zum Gehen. Es erinnerte mich an eine Flucht. »Ich bin leider spät dran. Es war wie immer schön, mit dir zu sprechen, Samuel.«

»Das Vergnügen ist stets auf meiner Seite«, brachte ich diese Floskel heraus und grinste.

Ich ließ sie entfliehen, obwohl für mich diese Angelegenheit alles andere als abgeschlossen war. Seit ein paar Wochen ...? Eventuell seit der letzten Mondphase? Es würde sich vermutlich lohnen, den Jungen besser

kennenzulernen und zu sehen, ob sich mein Verdacht
erhärtete.

3

Aus dem Fenster sah ich, wie sich meine Mutter von ihrer besten Seite zeigte. Freizügig traf es wohl eher. Unser Nachbar schien sichtlich Gefallen an dem zu haben, was er geboten bekam.

Kopfschüttelnd ging ich zum Kleiderschrank hinüber und durchstöberte diesen nach meiner Arbeitskleidung: Ein rotes T-Shirt auf dem groß ›Albertos beste Pizza‹ draufstand. Ein komisches Gefühl, mit einer Lüge herum zu fahren.

Ein Blick auf die Uhr ließ mich erneut unter Zeitdruck geraten, denn ich musste den Weg zur Arbeit entweder zu Fuß oder mit meinem Skateboard zurücklegen.

Mein heißgeliebter Schatz stand in der Garage und durfte keinen Meter bewegt werden. Ich seufzte bei dem Gedanken an mein Mofa, das mir entrissen worden war, da ich meine große Klappe nicht hatte halten können. Mein Wunsch, nach dem Abitur nicht studieren zu gehen, wurde strikt ignoriert. Die Diskussion mit meinem Vater war sehr laut, beleidigend und im Endeffekt zu meinem Nachteil gewesen!

Vor meinem inneren Auge spielten sich die Szenen nochmals ab, wenn ich daran zurückdachte. Freudestrahlend war ich damals ins Wohnzimmer gekommen und hatte ein paar Flyer von Auslandszielen auf den Tisch gelegt. Die Welt zu sehen, in andere Länder zu reisen, lernen wie man richtig lebte, war mein Plan gewesen.

Leider genau das Gegenteil der Vorstellungen meiner Eltern.

***

»Junge, du suchst dir nach dem Abitur eine gute Universität und gehst studieren! So ein schlauer Kopf wie du, sollte diesen nicht nur auf den Schultern tragen, sondern auch nutzen«, argumentierte mein Vater und Mutter stimmte natürlich zu.

»Danach findest du einen guten Job, suchst dir eine hübsche Frau und schenkst uns liebreizende Enkelkinder«, kicherte sie, aber ich verdrehte die Augen.

»Junger Mann, das habe ich gesehen!«, knurrte mein Vater mich an und ich merkte, wie wütend ich auf einmal wurde.

»Ich will nicht studieren, nur so weit wie möglich weg von euch, diesem Leben und all den Leuten! Das ist es, was ich wirklich will!«, fauchte ich ihn an und sah, dass mein Vater die Zeitung beiseitelegte.

Es war nicht so, als wollten mich meine Eltern nicht verstehen. Sie konnten es nicht. Mein Vater war so gut wie nie zu Hause. Meine ersten Schritte, das erste Wort und selbst meinen ersten Geburtstag hatte er verpasst. Um ehrlich zu sein, konnte ich mich kaum an einen Geburtstag erinnern, an dem er nach Hause kam. Das genaue Gegenteil war meine Mutter, die es liebte, Hausfrau zu sein. Na ja, sie war eher eine Ausgeh-Frau. Sie schien mehr in der Stadt unterwegs zu sein, mit ihren Freundinnen shoppen, als dass sie wirklich zu Hause war. Sie liebte es einfach, Geld auszugeben. Umso weniger verstand ich, dass es ihnen auf einmal so wichtig war, was ich tat und was nicht.

»Moritz, da gibt es gar keine Diskussion! Solange du hier wohnst, wir deine Aktivitäten, das Mofa und allgemein deinen Lebensstil bezahlen, wird gemacht, was wir sagen!«, meinte mein Vater sehr bestimmend und warf die Zeitung auf meine Flyer.

»Das ist aber nicht das, was ich will!« Ich griff nach dem Käseblatt, warf dieses von meinen Flyern und wies noch einmal darauf. »Ich möchte etwas erleben!«, bettelte ich beinahe.

Ich stieß damit aber gänzlich auf taube Ohren.

»Nein! Und damit ist die Diskussion beendet«, knurrte er und meine Mutter legte eine Hand auf dessen Arm.

»Sei nicht so streng mit dem Jungen. Er ist jung und möchte etwas Spaß haben«, versuchte sie die Situation zu entschärfen. Allerdings schien mein Vater nicht auf Schmusekurs zu sein.

»Spaß? Weißt du, was ich im Monat für seinen Spaß bezahle? Die Videospiele, die ständigen Kinobesuche, die Ausflüge und Festivals, zu denen er geht, ganz zu schweigen von diesem elenden Mofa. Das Ding will schließlich auch betankt, repariert und versichert sein. Ich denke, der Bengel hat mehr, als genug ›Spaß‹!«, brüllte er nun und hob seine Zeitung vom Boden auf. »Damit mal eins klar ist: Wenn du dein eigenes Geld verdienst, kannst du von mir aus nach deinem Studium hinreisen, wohin du willst. Bis dahin aber, hast du gefälligst deinen Hintern in unserem Bildungssystem zu parken.«

Er schmiss mir die Zeitung entgegen. Es war der Teil mit den Stellenangeboten. In dem Moment hätte ich die Reißleine ziehen und schweigen sollen ... Wäre dann aber nicht ›Ich‹ gewesen!

»Weißt du was, Papa? Dann steck dir die ganzen Sachen sonst wohin! Ich brauche mein Mofa, das Geld, Mama und dich sowieso nicht!«, schrie ich und verschwand aus dem Wohnzimmer. Natürlich tat ich es nicht, ohne die Tür laut knallend hinter mir ins Schloss fallen zu lassen.

Als ich die Treppen zu meinem Zimmer hinauf stampfte, vernahm ich nur noch ein leises: »Wilhelm, musste das jetzt sein?«

Meine Eltern schienen danach auch in einen Streit geraten zu sein, der mich allerdings nicht interessierte. Für mich war klar, ich würde die Welt sehen, ob mit oder ohne Hilfe meiner Eltern.

***

Ich streifte mir das T-Shirt und die Kappe über, auf dem das Pizzeria-Logo aufgedruckt war und ging zügig die Treppen hinunter. Meine Mutter kam gerade zur Tür rein und hielt mir diese auf.

»Viel Spaß auf der Arbeit und pass auf dich auf!«, rief sie mir noch nach, was ich jedoch ignorierte. Wer hatte schon Spaß beim Arbeiten?

Nach wenigen Minuten erreichte ich mit dem Skate-board ›Albertos beste Pizza‹. Die Ladentür stand bereits offen und sorgte dafür, dass in diese muffigen vier Wände gelegentlich eine frische Brise gelangte. Es war nun einmal Sommer und es schien von Tag zu Tag heißer zu werden.

»Wo bleibst du?« Alberto fuchtelte direkt mit den Händen herum und zeigte auf die Ecke der Pizzeria, wo sich der Steinofen befand.

»Wieso?«, wollte ich wissen und er begann zu fluchen, dass sein armer Sohn nun den ganzen Pizzateig allein hatte vorbereiten müssen.

»Idiota«, murmelte er und schob mich, mitsamt meinem Skateboard, hinter die Theke zu einer jüngeren Version seiner selbst.

Maulend und wild gestikulierend verschwand er wieder und ich stand nun neben Alberto Junior.

»Hi Al!«, grüßte ich den jungen Mann, der es nicht wirklich mitbekam, da die Musik extrem laut aus seinen Ohrstöpseln dröhnte. Ich zog an einer Seite, sodass dieser heraus fiel und er wurde auf mich aufmerksam.

»Hey, Moe! Hat mein Alter dich nach hier hinten geschleppt?« Er grinste breit und ich nickte.

»Wobei brauchst du noch Hilfe?«, wollte ich wissen und bemerkte, dass er gar keinen Teig, sondern mit den Händen in der Luft knetete.

Verwirrt sah ich von seinen Händen zu ihm und wieder zurück. In meinem Gesicht stand es förmlich geschrieben, dass ich nicht ganz verstand, was hier gerade abging.

»Es ist schon alles fertig! Ich verstecke mich hier nur vor ihm.« Abermals grinste er und ich mimte seine Bewegungen. Nun sah es wohl so aus, als ob wir beide Teig kneten würden, denn der Alte war zufrieden.

»Wie lange machst du das schon?«, kicherte ich amüsiert und er sah auf die Uhr.

»Gute zwei Stunden!«

Al war ein cooler Typ, allerdings hatte er ein ähnliches Problem wie ich. Er wollte studieren, durfte es aber nicht, da er im Familienbetrieb arbeiten musste. Irgendwann sollte er den Laden übernehmen, jedoch hatte Al nur im Sinn, diesen dann abzufackeln und das Geld von der

Versicherung zu kassieren. Ich fand die Idee von Tag zu Tag, die ich hier verbrachte, genialer!

Unsere Show fand ein Ende, als die erste Bestellung reinkam und Alberto mir den Helm zurechtlegte. Ich hasste dieses muffige und stinkende Ding, in dem vor meinem schon mehrere Köpfe gesteckt hatten.

»Eine Lieferung durch die City. Mach mir keine Beule in den Roller!«, ermahnte er mich jedes Mal und ich nickte. Das Ding würde eh irgendwann von allein auseinanderfallen, ohne dass ich irgendwo dagegen fahren musste. Eine Beule war da das kleinste Problem.

***

Freitag abends war natürlich die Hölle in der Stadt los. Die meisten Leute gingen feiern, trafen sich mit Freunden zum Abendessen oder liefen besoffen und brüllend über die Straße. Es war immer wieder eine Freude, so einem Vollidioten auszuweichen und sich selbst mit dem Mofa beinahe auf den Asphalt zu legen. Ich versuchte, den Überblick zu behalten, und übersah durch den Verkehr einen Mann, der torkelnd vor mir über die Bahn schlenderte.

»Ey, pass doch auf, du Spinner!«, schnauzte dieser mich an, obwohl ich ihn gar nicht berührt hatte und rechtzeitig bremste, mal ganz davon abgesehen, dass er auf der Straße nichts zu suchen hatte.

»'Tschuldigung!«

Es war gar nicht so einfach, mich unter dem Helm mitzuteilen. Außen hörte man wohl gar nichts, denn der Idiot griff unter mein Visier und zog mich zur Seite.

»Was hast du gesagt? Du willst ein paar aufs Maul?« Er lachte und eine weitere Person gesellte sich grölend zu

26

ihm. Der erwartete offensichtlich eine gute Show und kannte dieses Verhalten von seinem Freund.

»Nein! Das war keine Absicht«, begann ich und die Ampel vor mir sprang auf Grün.

Das Hupkonzert hinter mir ließ nicht lange auf sich warten. Ich kam nicht vor, noch zurück, ohne einem der beiden über die Füße zu fahren. Das wäre eine Option gewesen, doch wahrscheinlich mit Polizei verbunden und einer eventuellen Kündigung. Hilfesuchend blickte ich mich um, aber mehr als Hupen konnten die Leute wohl nicht. Wie gern hätte ich mit jemandem getauscht. Jemand, der dies regelte, während ich aus dessen Auto heraus und in Sicherheit, hupen durfte.

4

Mein Termin war soeben beendet worden. Ich trat auf die Straße und wollte mich meinem Wagen zuwenden, als ich ein Hupkonzert vernahm. In dieser Stadt war es keine Seltenheit, dass Leute auf Fehler lautstark hingewiesen wurden, aber hier beschlich mich ein sonderbares Gefühl. Etwas war anders!

»Was hast du gesagt? Du willst ein paar aufs Maul?«, brüllte jemand und ich erkannte die Gestalt, die da auf einem ziemlich verbeulten und klapprigen Moped saß: Moritz Landvogt – mein Nachbar.

›Ach du Scheiße! Wenn er jetzt ausflippt‹, schoss es mir durch den Kopf und eilte auf dieses Spektakel zu. Bisher fehlten mir zwar die Beweise, aber es musste einen Grund geben, wieso ich diesem Jungen seit kurzem ständig über den Weg lief. Zudem hatte er etwas an sich, das mich anzog. Das war schwer zu erklären, gab es jedoch oft bei Wölfen. Man fand sich einfach.

»Ich glaub, für dein Verhalten gehört dir mal so richtig eins aufs Maul«, fuhr ihn der Betrunkene an und holte aus.

Ich rechnete damit, dass sich der Junge wegducken würde oder zumindest etwas in der Art, aber er schloss nur die Augen und wartete darauf, getroffen zu werden. Das konnte ich nicht zulassen!

»›Aufs Maul geben‹ ist heute nicht drin!« Glücklicherweise erreichte ich den Angreifer, ehe er den Jungen
erwischen konnte, und wehrte diesen ab.

Mich wie einen Geist anstarrend, taumelte der Betrunkene zurück in Richtung Gehweg. Der würde mir keine
Schwierigkeiten machen, da war ich mir sicher.

»Alles okay?«, wandte ich mich an Moritz, der irritiert
die Augen öffnete, mich kurz anblinzelte und auf einmal
Vollgas gab.

Der Junge war eindeutig verrückt!

»Hey! Da sagt man wenigstens ›Danke, dass du
meinen Arsch gerettet hast‹!«, schrie ich ihm hinterher
und bemerkte, dass er den Arm hob und mir winkte. Er
hatte mich zumindest gehört.

»Samuel?«, nahm ich eine Stimme hinter mir wahr und
erstarrte.

›Bitte, bitte, das darf jetzt echt nicht wahr sein! Nicht
hier und jetzt.‹ Dieser Gedanke wurde leider durch die
gleiche weibliche Stimme von eben unterbrochen und
eine Hand legte sich auf meine Schulter. Ich fluchte
innerlich.

»Samuel! Ich wusste doch, ich habe richtig gesehen.«
Viviennes melodische Aussprache war etwas, das ich
gerade ganz und gar nicht brauchen konnte. Am liebsten
wäre ich geflüchtet, doch das verbot meine Erziehung.
Wenigstens hier hatte ich etwas von meinen Eltern
gelernt.

»Vivienne.«

Sie strahlte mich an und wie immer musste ich feststellen, dass sie surreal wirkte. Viv trug ein silbergraues
Abendkleid, das davon zu fließen schien. Ihre braunen
Augen betrachteten mich liebevoll, was ich keinesfalls
verdiente und während sie mich anlächelte, zeigte sie die

strahlend weißen Zähne. Diese Frau war nicht nur bildschön, sondern hatte auch die reinste Seele, die man sich vorstellen konnte. Sie hasste niemanden, freute sich meist nur des Lebens, hatte gute Manieren und besaß nur einen Makel: Sie war meine Frau.

»Ich war gerade bei einem Termin, als es hier laut wurde ... muss leider schon wieder los«, murmelte ich und wollte die Flucht ergreifen. Sie blickte mich wissend an.

»In Ordnung. Es war schön, dich wiedergesehen zu haben. Du weißt ja, wo du mich findest, Samuel.«

Mein Herz wurde schwer. Ich wusste genau, dass sie die Tage und Nächte damit verbrachte, auf mich zu warten. Leider war eine Scheidung bei uns im Rudel nicht ohne Mord und Totschlag möglich, also gab es nur die Möglichkeit, sie ins Exil zu schicken. Dieses bestand zwar aus einem riesigen Herrenhaus mit allem Komfort, den man sich vorstellen konnte, doch es verschleierte nicht die Tatsache, dass man sie abgeschoben hatte. Und ihre Gefühle mir gegenüber schienen sich nicht geändert zu haben. Seit ich zum Anführer der Rudel geworden war, zeigte sie sich bei offiziellen Anlässen als meine liebende Gemahlin. Eine absolute Farce!

»Wir sehen uns, Vivienne.« Ich verbeugte mich vor ihr, wandte mich um und lief in Richtung meines Wagens, als wäre der Teufel in Person hinter mir her.

Sie konnte nichts dafür, das wusste ich. Es war alles mein gottverdammter Fehler. Ich hatte keine Lust, mich für immer und ewig an nur eine Frau zu binden, mit ihr zusammen Kinder in die Welt zu setzen und mich im Grunde lebendig begraben zu lassen. Ich liebte das Leben und wollte Spaß haben! Das stand allerdings im krassen Gegensatz zu meinen Aufgaben und Pflichten. Es wäre alles viel einfacher, wenn Ava statt meiner zum Alpha geboren worden wäre. Sie hatte als Baby leider keine Anzeichen gezeigt und war somit übergangen worden. Schade, denn mittlerweile deutete alles daraufhin, dass sich alle geirrt hatten. Sie war stets diejenige, die in der Firma die Willensstärke bewies, die Führung übernahm und als zweite Geschäftsführerin den Kopf hinhielt.

Ein Mann hätte hier vermutlich eine zweite Chance bekommen, sie wurde verstoßen und war nun eins meiner vielen Probleme, die ich lösen durfte.

›Meine Güte! Heute sind wir aber trübsinnig ... Jetzt reicht es!‹, dachte ich und rieb mir die Stirn. Es musste daran liegen, dass ich in den kommenden Tagen meinen einunddreißigsten Geburtstag feiern würde. Ich hatte wohl eine Art ›Midlife crisis‹.

Damit konnte ich mich allerdings später beschäftigen! Ich musste den Jungen aufspüren. Zum Glück hatte ich das Logo bemerkt, das eine Pizza zeigte. Davon gab es zum Glück nicht allzu viele in der Stadt, dank der explosionsartigen Ausrottung durch Dönerläden. Die fand man mittlerweile an jeder Straßenecke.

›Albertos beste Pizza‹ befand sich in einer ziemlich heruntergekommenen Gegend. Früher hatte es hier sicherlich mal nett ausgesehen, doch dann war das Zentrum der Stadt gewachsen und alle Läden hatten sich dorthin verlagert. Die Fassade des Gebäudes wirkte angegraut und schmutzig. Ich überlegte, ob es darin genauso trostlos erschien, unterdrückte jedoch den Impuls, nachzusehen. Meine Aufgabe war es, den Jungen zu beobachten. Der war zugegebenermaßen drinnen, konnte ich hier noch seine Fährte aufnehmen. Im Laden befanden sich drei Personen, das war zu riechen. Vielleicht sollte ich doch hineingehen und eine Pizza oder so bestellen und danach zufällig mit ihm ins Gespräch kommen ...?

Kaum hatte ich den Entschluss gefasst, diesem Plan nachzugehen, kam er aus der Pizzeria und stieg erneut aufs Moped. Sollte ich ihm folgen?

Nein! Ich würde mich doch nicht zum Affen machen und einen Pizzaboten auf seiner Runde beschatten. Das war hirnrissig!

Ich notierte mir die Daten der Pizzeria und rief mehrere meiner Kontakte an, sie sollten die Nacht über Pizza bestellen und liefern lassen. Jede Stunde eine andere Lieferung, sodass Moritz konstant zwischen der Pizzeria und den Adressen hin- und herfuhr. Damit sollte sicher sein, dass er nicht verschwand.

Von diesem Teil der Stadt aus fuhr ich direkt nach Hause. Ich stellte mir einen Alarm im Handy, um kurz nach 23 Uhr selbst eine Pizza zu ordern. So würde ich endlich mit dem Jungen sprechen können und vielleicht herausfinden, was mit ihm nicht stimmte. Etwas in meinem Inneren war davon überzeugt, Moritz war der Gesuchte.

Vor dem Haus stand der Wagen meiner Schwester und mir schwante Böses. Sie hatte sich hoffentlich abreagiert. Ich wünschte inständig, Avalarie wollte nicht über Nacht bleiben.

»Und wieder warte ich auf dich, Samuel. Wie war dein Meeting?«

Sie hatte auf jeden Fall vor, über Nacht zu bleiben! Alles, was sie trug, als sie mit schwingenden Hüften auf mich zukam, war ein Paar extravaganter High heels. Ich schluckte. Sie wusste genau, wie sie sich bewegen musste, um meine Triebe in Wallung zu bringen. Verdammte Wolfsgene!

»Das Meeting war in Ordnung. Davor hatte ich jedoch ein weniger erfreuliches Telefonat mit Robert Allerton«, versuchte ich, sie von ihrem Plan abzubringen und das Thema zu wechseln.

Ava griff nach meinen Händen und legte sie auf ihre Brüste, ließ danach ein Schnurren hören und rieb sich an mir wie eine Katze. Ich schluckte, ratterte innerlich irgendwelche Daten des Meetings herunter.

»Was wollte der alte Mann denn?«

Mit geschickten Handgriffen öffnete sie den Knopf der Anzughose, befreite mich Stück für Stück von meinen Klamotten.

»Er hat drei Leichen mit aufgerissener Kehle. Es gibt wohl einen Wolf, der sich austobt. Ich habe zwei Wochen, um den Täter ausfindig zu machen ...« Ich stöhnte, als sie vor mir auf die Knie ging. »Ava, ich denke wirklich, dass es jetzt der falsche Zeitpunkt ...« Ich schnappte nach Luft, als sie begann, an meinem Schwanz zu knabbern und zu saugen.

Zwei Wochen waren sicherlich genug Zeit. Da käme es doch sicherlich nicht auf den einen Abend an ...

Mein Hirn schaltete aus. Dieses Biest hatte gewonnen. Grob zog ich sie zu mir nach oben, ergriff von ihrem Mund Besitz und hob sie hoch. Meine Hände lagen auf ihrem Hintern, pressten Ava an mich. Sie keuchte, setzte ihre Fingernägel ein, um mich noch mehr anzuheizen. Ungeduldig drang ich in sie ein, stieß mit aller Kraft zu, bis sie vor Ekstase schrie. Das hatte sie schließlich die ganze Zeit gewollt.

»Sam, ja, nimm mich hart!«, stöhnte sie und gelangte nur Augenblicke später zum Höhepunkt, was ihren Körper erbeben ließ.

Ich warf sie auf die Couch. Avalarie gab einen erschrockenen Laut von sich, hatte jedoch nicht viel Zeit, sich zu beschweren, denn ich schob meinen Schwanz erneut zwischen ihre vollen Lippen. Sie verwöhnte mich, saugte hart, bis ich ebenfalls zum Orgasmus kam und mich in ihrem Mund entlud. Frech grinsend schluckte sie, was ich ihr gab.

»Wie immer ein Vergnügen, Bruder«, hauchte sie danach und stand auf. Mit selbstsicheren Schritten ging sie auf einen Stapel Klamotten zu, um sich anzuziehen. Ava hatte bekommen, weshalb sie hier gewesen war, nun hielt sie nichts mehr. So lief es jedes Mal und das war mir sehr recht. »Ich werde wegen der Leichen selbst recherchieren und meine Quellen befragen. Du kannst dich auf mich verlassen.«

Sie leckte sich noch einmal über die Lippen und hauchte mir danach einen Kuss auf die Wange. Ich nickte, obwohl ich nicht vorhatte, ihr die Dinge zu überlassen. Den Jungen unserer Nachbarn verschwieg ich ihr, keine Ahnung wieso. Vermutlich wäre es besser, ihn nicht gleich einer männerfressenden Wölfin vorzuwerfen. In seinem Alter könnte das bleibende psychische Schäden hervorrufen.

Nachdem meine Schwester gegangen war, lümmelte ich ein paar Minuten herum. Ich hatte keine Lust, mich erneut anzuziehen, also marschierte ich nackt in Richtung Dusche. Es drängte mich, mir Avalaries Geruch vom Körper zu waschen.

Manchem meiner Triebe konnte ich leider nicht widerstehen, doch danach fühlte es sich meist falsch und leer an. Dieser ganze Sex war schön und gut, aber zuweilen fehlte etwas ... ich wusste nur nicht, was.

Was zur Hölle ist denn heute nur los?«, schnaufte ich überfordert, als Al schon die nächsten Pizzakartons in die Styroporkisten packte.

»Ich habe keine Ahnung! Hier klingelt dauernd das Telefon. Selbst Paps kommt nicht mehr hinterher, die Bestellungen entgegenzunehmen. Sobald er den Hörer weglegt, ist der Nächste dran«, lachte Al, da er es selbst für einen Scherz hielt.

»Haben die alle keinen Geschmack mehr oder was?«, brummte ich und schüttelte den Kopf, während ich die nächste Kiste aufs Mofa schnallte.

»Hey, *ich* mache die Pizzen!«, grinste Alberto Junior und schlug mir mit der Faust gegen den Oberarm.

»Entschuldige! Seitdem sind diese grandios! Na, in Ordnung. Ich düse mal los.« Ich hob die Hand zum Abschied und schwang mich erneut auf die Klapperkiste.

Ich hatte aufgehört zu zählen, wie oft ich in dieser Nacht hin und her gefahren war. Jedes Mal, wenn ich eine oder mehrere Pizzen ausgeliefert hatte, fand ich mich vor teuren Häusern wieder. Wenn die Leute hinter der Tür wie meine Eltern waren, gaben sie sich doch nie im Leben mit Pizza zufrieden!

In der Hoffnung, ein letztes Mal klingeln zu müssen, stieg ich vom Mofa und überquerte das Anwesen. Drinnen war alles finster und es hing nur ein Zettel an der Haustür.

»Leg die Pizza einfach vor die Haustür. Geld liegt unter dem Stein!«

Verwirrt drehte ich mich um und sah tatsächlich einen Stein, unter dem Geld lag. Es war das Doppelte von dem, was hätte bezahlt werden müssen. Ich wechselte es eben flott, steckte den Rest zurück unter den Stein und ließ die Pizza vor der Haustür zurück. Sehr seltsam! Wieso bestellte man Pizza, wenn man gar nicht zu Hause oder schon im Bett war?

Mir konnte es ja eigentlich egal sein!

Ich fuhr zurück zu Alberto und war einfach nur froh, dass ich gleich den Helm abliefern konnte. Der ersehnte Feierabend war erreicht und Alberto zahlte, wie so oft, in bar.

»Gute Arbeit, mein Junge! Wir haben mehr Pizzen verkauft, als in den letzten drei Monaten. Du warst schnell und deswegen gibt es einen kleinen Bonus«, sagte er grinsend und drückte mir fünf Euro zusätzlich in die Hand. Ich lächelte, aber in meinem Inneren dachte ich:

›Nur fünf Euro? Geizkragen!‹

Nickend steckte ich das Geld für diesen Abend in meine Jackentasche und schnappte mir das Skateboard, das hinter der Theke aufbewahrt worden war. Das Telefon klingelte im Hintergrund und Alberto ging dran, während ich mich von Al verabschiedete. Fast auf dem Sprung hielt mich der Chef auf und pfiff mich buchstäblich zurück.

»Hey, warte! Du wohnst doch da hinten in dem Angeber-Viertel oder?«, fragte er und ich rollte mit den Augen.

»Ja, wieso?«, erwiderte ich ziemlich genervt und er winkte mich zurück.

»Hier ist noch eine Bestellung für dort. Das Trinkgeld kannst du behalten, bringst mir aber morgen das Geld für die Pizza mit! Verstanden?«

Ich nickte. Entnervt und müde setzte ich mich noch einmal hin, bis Alberto Junior die Pizza fertig hatte. Er lieh mir eine Styroporkiste, in der er das Essen verstaute, und dann konnte ich endlich die Freiheit genießen!

***

Die kühlere Luft der Sommernacht war um einiges angenehmer. Ich nahm einen kleinen Umweg durch den Park, in der Hoffnung nicht noch einmal irgendwelchen Betrunkenen über den Weg zu laufen.

Im Nachhinein konnte ich froh sein, dass mein merkwürdiger Nachbar aus dem Nichts aufgetaucht war und mir den Arsch gerettet hatte. Hoffentlich gab es danach nicht noch Probleme?! Beim nächsten Mal, wenn ich ihn fast über den Haufen fuhr, musste ich ihm danken. Bis dahin konnte allerdings noch viel passieren.

Kurz blickte ich auf die Adresse, die mir Alberto aufgeschrieben hatte. Ich würde wohl doch früher das Vergnügen bekommen, als mir lieb war. Der Kerl schien ein ziemlicher Schmierbold zu sein und der Kunde, der die Pizza bestellt hatte. Immerhin lag es auf dem Weg nach Hause, sodass ich diese nur kurz abliefern und mich dann vom Acker machen konnte. Wenige Minuten später rollte ich auf sein Anwesen und wurde langsamer. Vom Skateboard steigend, ging ich auf das große Eisentor zu und klingelte.

»Hallo?«, dröhnte es aus der Gegensprechanlage und ich rief:

»Albertos beste Pizza!«

Ein Summen war zu hören und das Tor öffnete sich automatisch. Im Dunkeln war das schon ziemlich gruselig. Vom Weiten sah ich längst, dass die Haustür geöffnet wurde und ich ging schnellen Schrittes auf diese zu. Mein Bauchgefühl sagte mir, ich sollte zügig verschwinden.

Er stand da, in einem T-Shirt und Jogginghose gekleidet und ich musste mich zusammenreißen, ihn nicht anzustarren. Was für ein ungewöhnlicher Anblick. Bisher war er mir nur im Anzug oder wie die anderen feinen Pinkel der Gegend aufgeplustert über den Weg gelaufen. Er lächelte mich freundlich an, als ich vor ihm stoppte.

»Das macht dann bitte sieben Euro!«, verhielt ich mich ebenfalls freundlich und er warf einen Blick in seine Geldbörse.

»Oh, das tut mir leid. Ich muss mein Geld in der Küche haben. Komm doch kurz rein und ich hole es eben!«, sagte er und machte eine Geste, dass ich an ihm vorbeigehen sollte.

Ohne groß darüber nachzudenken, marschierte ich mit der Kiste an ihm vorbei und blieb in der Eingangshalle stehen. Hier stank es förmlich nach Geld. Ob es feinster Marmor war oder nicht, konnte ich nicht sagen, aber alles erstrahlte in hellen Farben. Herr Anzugträger ging auf nackten Füßen in die Küche. Ich hatte ihn echt noch nie so gechillt herumlaufen sehen. Um mich auf meine Aufgabe zu konzentrieren, holte ich die Pizza aus der Kiste.

»Sieben Euro sagtest du?«, erkundigte er sich erneut und ich nickte. Kurz darauf kam er zurück und drückte mir einen Fünfziger in die Hand.

»Den Rest kannst du behalten!« Er grinste, nahm mir die Pizza aus der Hand und setzte sich an den Küchentisch. »Setz dich doch und iss etwas mit mir!«

Ich starrte total geschockt auf das Trinkgeld in meiner Hand.

»Ähm ... Das kann ich nicht annehmen«, murmelte ich verlegen und wollte just anfangen, das Geld zu wechseln, als er knurrte:

»Mach dich nicht lächerlich! Du kannst es annehmen. Und nun setz dich zu mir und nimm dir ein Stück!« Das klang eher nach einem Befehl, als eine Bitte.

»Danke, aber ich mag keine Ananas«, winkte ich ab und gab noch von mir, dass ich den Weg nach draußen allein finden würde.

»Moritz, jetzt stell dich nicht so an. Ich hab auch etwas Kaltes zu trinken im Kühlschrank. Nur einen Moment, ja?« Er wirkte dominant und gereizt.

Eventuell ein Schrei nach Aufmerksamkeit? Immerhin hatte der Kerl mir eben geholfen ... Was sollte also schon passieren? Ich sprang über meinen Schatten, drehte mich erneut zu ihm und trottete in dessen Küche. Grinsend stand er noch einmal auf, ging zum Kühlschrank und stellte mir eine gekühlte Flasche Eistee vor die Nase. Gegenüber von ihm nahm ich Platz und zog das Getränk dankbar zu mir heran. Ich fühlte mich unwohl und bekam eine Gänsehaut allein bei dem Gedanken daran, hier zu sein. In diesem Falle war es gut, dass ich die Flasche vor mir hatte, denn so konnte ich mit den Fingern am Etikett herumknibbeln.

»Ihre Frau ist nicht zu Hause?«, wollte ich wissen, da meine Mutter einmal erwähnt hatte, er wäre verheiratet. Umso schlimmer fand ich es, dass er so viele Frauen am Start zu haben schien.

»Geschäftsreise«, antwortete er zwischen zwei Bissen und dem Nippen an seinem Bier.

»Aha ...«

Ich blieb ruhig und hoffte, dass ich bald die Kurve kratzen konnte. Eine unangenehme Stille machte sich breit und irgendwie hätte ich schwören können, dass sich seine Nasenflügel stark bewegten.

»Danke übrigens für eben«, kam es stammelnd von mir und ich sah auf meine Hände, die die Flasche umklammerten.

»Kein Problem. War nur ein Trottel«, kommentierte er dies und ich nickte.

Wieder schwiegen wir. Was sollte ich denn nur sagen? Ich wollte nicht unhöflich sein, aber es war nicht normal mit einem Kunden in der Küche zu sitzen und ihnen beim Pizzaessen zuzusehen.

»Sicher, dass du nichts möchtest? Könntest nämlich ein bisschen was auf den Rippen vertragen.« Er schmunzelte und ließ es sich weiterhin schmecken.

Ich wusste, dass ich zu dünn aussah, aber es war ja nicht so, als würde ich dagegen etwas machen können.

»Gene. Meine Großmutter war auch sehr schlank. Ein Vorteil ist, dass ich so viel essen kann, wie ich möchte. Das Gewicht bleibt gleich«, kam es eher schnippisch über meine Lippen.

»Beneidenswert«, antwortete er. Sein Blick beunruhigte mich. Etwas störte mich daran und ich bekam den Wunsch, schleunigst zu verschwinden. Aber was sollte ich als Ausrede bringen, dass es nicht auffiel?

»Okay, ich muss dann mal los. Meine Mutter fragt sich bestimmt schon, wo ich bleibe!«, log ich, doch das flog ziemlich schnell auf.

»Deine Mutter ist nicht zu Hause. Wir wissen beide, dass es ihr gerade ziemlich egal ist, wo du steckst«, hörte ich ihn sagen und begann unruhig zu werden.

Was wollte der Kerl von mir?

6

Ich konnte an seinem Gesichtsausdruck erkennen, wie sich Panik in ihm breitmachte. Am liebsten wäre er vermutlich aus dem Haus gerannt, doch hielt er sich noch zurück. Ich hörte den lauten Herzschlag, roch die Nervosität und fühlte ... Moritz.

»Keine Sorge. Ich wollte dir nur ein paar Fragen stellen. Es ist ungewöhnlich, dass du Pizza ausfährst. Haben deine Eltern da nichts dagegen?«, bemühte ich mich um einen unanstößigen Plauderton, der allerdings nur bewirkte, dass der Junge vor mir die Stirn runzelte.

»Die interessiert es nicht. Ich habe den Job, um mir meine Hobbys und Ziele finanzieren zu können.« Seine Worte kamen gepresst heraus, als hätte ich einen wunden Punkt getroffen.

Seit seiner Ankunft hatte ich ihn nicht aus den Augen gelassen. Ich war mir mittlerweile ziemlich sicher, dass er keine Wolfsgene in sich trug. Vielleicht war er ein Anwärter? Er roch zwar sehr stark nach Pizza, aber da war auch etwas anderes ... Wenn ich nur benennen könnte, was es war.

»Hast du denn so ein kostspieliges Hobby?«, versuchte ich, das Gespräch am Laufen zu halten. Dieses Manöver schien zu wirken, denn Moritz biss nachdenklich auf der Innenseite seiner Wange herum, als würde er die passenden Worte suchen.

»Ich will reisen. Meine Eltern haben gesagt, dass ich es tun kann, wenn ich das Geld zusammen bekomme.« Er presste plötzlich die Lippen aufeinander. Moritz hatte mehr ausgeplaudert als geplant.

»Keine Sorge, ich verrate es keinem. Reisen also ...? Das macht echt Spaß. Ich war im Grunde schon überall. Nenn mir ein Land«, forderte ich ihn auf und bemerkte, dass er große Augen bekam.

»Neuseeland!«

»Ich war schon dort, ehe es zu Mittelerde wurde. Die Landschaft ist wie im Film einfach atemberaubend. Allerdings solltest du dort nicht allein unterwegs sein. Zu zweit ist eh alles schöner.« Ich grinste ihn an und hätte lachen können, als ich erkannte, dass er rot wurde. Machte ich ihn etwa verlegen? Der Junge schien noch sehr grün hinter den Ohren zu sein!

»Ich hab es nicht so mit Freundschaften.« Er rieb sich den Nacken. Seltsamerweise spürte ich seine Unsicherheit. Wovor hatte er Angst?

»Na, wenn du immer gleich davonrennst, wenn man dich zum Essen einlädt, ist das kein Wunder«, flachste ich und überrumpelte ihn mit einer Prise Charme. »Ich denke, du könntest ganz nett sein, Moritz.«

»Moe«, korrigierte er mich und ich nutzte die Chance, um mich zu erheben und ihm die Hand hinzuhalten.

»Hi Moe, ich heiße Sam. Meine Eltern haben mich zwar Samuel genannt, aber Sam gefällt mir besser.«

Er starrte auf meine Hand und ergriff diese nach kurzem Zögern. Seine Finger waren kalt. Leider brachte mich das auch nicht weiter. Im Gegensatz zur These in irgendwelchen Filmen, hatten Wölfe die gleiche Körpertemperatur wie normale Menschen. Sie waren höchstens etwas hitzköpfiger und verloren schneller die Geduld, aber sonst konnte man sie schlecht von anderen unterscheiden. Eine Ausnahme war die Phase des Vollmonds, aber da diese noch nicht anstand, beförderte mich das ebenfalls in eine Sackgasse.

»Wieso bist du so nett zu mir?«

Ich zuckte mit den Schultern. Im Grunde wusste ich das selbst nicht. Es war etwas Seltsames an dem Jungen.

»Wieso nicht? Meinst du, du hättest das nicht verdient? Oder ist es, weil dich ein alter Sack, wie ich angesprochen hat?« Ich feixte und schnappte mir mein Bier. »Komm, auf der Terrasse ist es um diese Uhrzeit ganz angenehm. Ich verspreche auch, kein Sittenstrolch zu sein.«

Vor meiner Bemerkung hatte ich das Gefühl, dass die Stimmung erneut zu kippen drohte. Moritz Landvogts grüne Augen betrachteten mich die ganze Zeit kritisch, als hätte ich tatsächlich Dreck am Stecken. Der Junge hatte auf jeden Fall ein Problem mit seinem Selbstbewusstsein.

»Willst du auch ein Bier?«, fragte ich, während ich zum Kühlschrank ging, um mir ein neues zu holen.

»Gern«, sagte Moe zu meiner Überraschung und lächelte auf einmal leicht.

In meinem Bauch machte sich ein eigenartiges Gefühl breit. Keine Ahnung, was es war, doch schlecht fühlte es sich nicht an. Ich reichte ihm eine Flasche und marschierte danach in Richtung Terrasse. Der Himmel war klar und die Sterne leuchteten ungewöhnlich hell. Demnächst war tatsächlich Vollmond, eine sehr anregende Zeit für uns Wölfe. Die Sinne wurden schärfer, der Drang zu jagen wuchs und der Sex bekam eine extraheiße Note. Eigentlich ein Grund, mir noch jemanden für die nächsten Nächte zu suchen.

»Warst du auch schon mal in Paris?«, wollte Moritz wissen und ich erzählte ihm vom Eiffelturm, den kleinen Cafés an der Seine und der Kathedrale Notre-Dame.

Er lauschte begeistert und steckte mich mit seinem Enthusiasmus an. Moe erklärte mir, er würde viele Bücher von den Orten lesen, die er unbedingt besuchen wollte. Bisher hatte er es noch nicht geschafft aus dem Land herauszukommen, doch eines Tages ...

»Wie viel Geld hast du denn bisher zusammengespart, um deinen Traum zu erfüllen?«, wollte ich wissen und der Junge runzelte zum wiederholten Mal die Stirn.

Er ließ die Finger nachdenklich durch sein pechschwarzes Haar gleiten. Moritz erinnerte mich bei dieser Geste an dessen Mutter. Sie waren sich sehr ähnlich. Die beiden hatten die gleiche Mundpartie, die kleine Nase und das schwarze gelockte Haar. Moe trug es etwas länger. Vermutlich, um sich dahinter zu verstecken, denn es fiel ab und an wie ein Vorhang vor sein Gesicht. Auf der Nase saß eine Brille, die allerdings nicht sonderlich stark zu sein schien, soweit ich das beurteilen konnte. Alles an seinem Äußeren schrie danach, unauffällig zu sein. Und er wollte ernsthaft in die Welt hinaus? Die Fremde würde ihn sicherlich schon nach den ersten Minuten auffressen. Ohne Beschützer war Moe aufgeschmissen, zumindest hatte ich dieses Gefühl.

»Hundertfünfzig, wenn ich das Trinkgeld von dir mit einrechne. Ich werde vermutlich noch etwas Zeit brauchen, ehe ich meinen Traum verwirklichen kann«, murmelte er nun und wirkte irgendwie verloren.

»Das ist echt noch nicht viel. Sag mal, kennst du dich eigentlich mit Computern aus?« Diese spontane Eingebung ließ mich innerlich jubeln, äußerlich blieb ich allerdings bei meinem Pokerface. Nicht umsonst hatte ich jahrelang trainiert Emotionen nicht zu zeigen.

»Klar kenne ich mich mit Computern aus. Ich benutze meinen täglich und das nicht in irgendwelchen sozialen Netzwerken. Wieso?«, erkundigte sich Moe erneut irritiert. Ich musste ihm vorkommen, wie ein alter Mann, der sich an ein Kind ranmachte.

»Parfum Johnsan sucht nach Praktikanten. Die Voraussetzungen sind gute Kenntnisse in EDV und die Fähigkeit zum Teamwork. Manchmal geht es darum, Akten von A nach B zu tragen, etwas abzutippen oder andere Botengänge zu erledigen. Falls du also Interesse hast: Ich kenne da einen Typ, der den Inhaber ab und an mal sieht ... Das Gehalt dürfte wohl mehr als das Dreifache von dem sein, was du beim Pizza-Ausfahren verdienst.«

Ich ließ meine Worte wirken und wartete auf Moes Reaktion, doch die blieb aus. Er starrte mich nur an.

»Parfum Johnsan?«, raunte Moe schließlich.

»Jep. Mittlerweile kein kleiner Laden mehr. Viel zu tun.« Ich zuckte mit den Schultern. Sollte er mein Angebot annehmen, würde ich ihn im Auge behalten können. Das sollte nicht schaden und außerdem brauchten wir wirklich mittlerweile Hilfe bei unserem elenden Schreibkram.

Statt mir jedoch zu antworten, stand Moe plötzlich auf und entschuldigte sich. Er wirkte, als hätte ihn auf einmal etwas gestochen, so schwungvoll erhob er sich.

»Ich fürchte, das Bier ist mir zu Kopf gestiegen. Mein Bett ruft und morgen muss ich unbedingt für die nächste Klausur lernen«, brummte er. »Danke für deine Geschichten über Paris und Neuseeland. Ich muss jetzt wirklich gehen.«

Ehe ich ihn aufhalten konnte, stellte er die Bierflasche auf den Tisch und hastete durch den Garten davon. In der Eile vergaß er sogar, dass in der Küche noch Zeug von ihm lag.

Was hatte ich denn gesagt oder getan, dass er die Flucht ergriff? Es war mir ein Rätsel.

»Hey, Moe, jetzt warte doch mal«, lief ich ihm hinterher, aber er hatte sich bereits aufs Skateboard geschwungen und raste die Straße entlang.

Meine Güte! Bei dieser Fahrweise würde er sich sicherlich irgendwann das Genick brechen!

Ich starrte ihm erst noch ein paar Sekunden hinterher, dann schlurfte ich zurück ins Haus. Je öfter ich mit diesem Jungen zu tun hatte, desto mehr wurde mir klar, dass er anders war, als die Teenager, die ich bisher kennengelernt hatte. Wenn er beileibe ein Anwärter war, versteckte er dies ganz gut.

Kopfschüttelnd schnappte ich mir die Bierflasche, an der er gerade mal genippt zu haben schien und brachte sie in die Küche. Während ich das Gesöff in die Spüle kippte, fiel mein Blick auf den Karton aus Styropor, der mit dem Logo der Pizzeria versehen war. Bestimmt würde Moe Ärger kriegen, wenn er das Ding nicht wieder bei seinem Chef abgab.

›Ob ich ihm den vorbeibringen soll? Dann könnte ich ihn auch gleich fragen, wieso er so ein Trottel ist und vor mir wegrennt, als hätte ich ihn angemacht‹, ging es mir durch den Kopf, verwarf den Gedanken allerdings. Ich würde nicht den Fehler begehen und diesem Jungen hinterherrennen!

Schlecht gelaunt packte ich nach der Kiste und warf sie auf den Schrank im Flur, der als Garderobe herhielt. Sollte ich am nächsten Tag noch immer das Gefühl haben, ihm nachjagen zu müssen, konnte ich ihm das Ding ja immer noch bringen. Jetzt war es für mich Zeit, ins Bett zu gehen. Der Tag hatte mit vielen Neuigkeiten angefangen und war nicht wirklich besser geworden. Das musste ich erst einmal alles sacken lassen.

7

Unsicher, lief ich zu Hause in meinem Zimmer auf und ab. Natürlich war wie so oft niemand da gewesen, was mir gerade jedoch gelegen kam. Ich drehte die Musikanlage mit den Songs meiner Lieblingsband voll auf und ließ die Gedanken kreisen.

›Hat er mir eben tatsächlich ein Jobangebot gemacht? Wieso macht er sowas? Er kennt mich doch überhaupt nicht! Was, wenn ich Mist baue und der Firma schade? Andererseits ging es ja nur um ein Praktikum mit Sonderleistungen.‹

Ich kratzte mir den Kopf. Sollte ich die Stelle bei Alberto wirklich aufgeben, wo ich meist eine ruhige Kugel schob, aber fast nichts verdiente? Oder sollte ich den neuen Job annehmen, von dem ich nicht einmal wusste, was mich erwartete? Es fühlte sich kompliziert an, meine Bequemlichkeit beiseitezuschieben und mal richtig hart für mein Geld zu arbeiten. Unter meinem Bett holte ich den Karton hervor, in dem ich das Trinkgeld sammelte. Kaum einer wusste von diesem Versteck und hier im Haus würde es eh keinen interessieren. Ich warf die Fünfzig Euro hinein. Morgen würde ich Alberto sieben Euro Kleingeld aus meiner Geldbörse geben. Die Flyer von Paris, Kanada, Japan und Neuseeland lagen über dem Briefumschlag, in dem das Geld war.

»Eines Tages hält mich hier nichts mehr!«, murmelte ich zu mir selbst und grinste. Allein der Anblick der

Flyer nahm mir die Entscheidung ab. Hoffentlich war es kein Fehler die neue Stelle anzutreten. Zudem blieb die Frage, ob das Angebot auch morgen noch stand, nach meinem spontanen Rückzug.

Dennoch zufrieden legte ich mich aufs Bett und döste vor mich hin. Es war ein entspannter Schlaf, in dem ich träumte in Kanada zu sein. Ich betrachtete die Ahornbäume, die rot leuchteten und genoss die frische Herbstbrise, welche mir die Haare zerzauste. Dabei legte sich ein Arm um meine Schultern, der mich dichter zu sich heranzog. Schmetterlinge flogen in meinem Bauch Saltos und ich wandte mich um, die Lippen zu einem Kussmund geformt.

***

Ein lauter Knall und ein darauffolgendes Kichern rissen mich aus dem Schlaf. Erschrocken setzte ich mich auf und lauschte, ob es vielleicht Einbrecher waren. Ich griff zu meinem Golfschläger, aus der Zeit in der ich noch ›Aktivitäten‹ hatte haben dürfen und schlich aus dem Zimmer und ans Treppengeländer im Flur.

»Wo soll ich es denn hinstellen?«, hörte ich einen Mann unten fragen und anschließend die quietschende, betrunkene Stimme meiner Mutter.

»Einfach irgendwo, Hauptsache du ziehst dich schnell aus!«, brachte sie kichernd heraus. Ich stand wie angewurzelt oben am Treppengeländer und sah zu, wie die beiden auf mich zu kamen.

»Dein Mann ist sicher nicht zu Hause?«, erkundigte sich der Fremde und sie begann ihn zu küssen. Meine Güte, sie fraß ihn ja geradezu!

»Würde ich das sonst machen?«, gluckste sie und ich wusste mir nicht mehr anders zu helfen, als in dem Moment das Licht anzuschalten.

»Ihr Mann nicht, aber der Sohn durchaus!«, knurrte ich und sah die beiden an, die sich durch den plötzlichen Lichtschein versteiften.

Der Kerl war ungefähr fünfzehn Jahre jünger als meine Mutter, schien vom Typ her einen südländischen Touch zu haben und keine Ahnung, worauf er sich da einließ.

»Moritz! Du bist noch wach?« Mutter beäugte mich unsicher und ich schnaubte.

»Sagen wir so: Ich wurde durch Verrat, Ehebruch und Lügen geweckt«, zischte ich und drehte mich weg, um zurück in mein Zimmer zu gehen.

Im Flur wurde es schlagartig still. Keine Ahnung, ob sich die beiden am Ende doch noch ins Schlafzimmer verzogen oder jeder seiner Wege gegangen war. Das fühlte sich so schrecklich an!

Tränen schossen mir in die Augen bei dem Gedanken, dass sie meinen Vater wieder einmal betrog und wir nur nach Außen die heile Welt spielten. Ich wollte dieses ›Theater auf großer Bühne‹ nicht mehr. Am liebsten hätte ich alles und jeden angebrüllt, wie mies es hier lief. Mein Leben war eine Lüge.

Irgendwann schaffte ich es dennoch und schloss die Augen. Ich dachte an nichts mehr und schlief endlich ein. Was für eine Erleichterung!

***

Wie gerädert erwachte ich am Morgen durch die Sonnenstrahlen, die ins Zimmer schienen. Herzhaft gähnend kratzte ich mir den Bauch und setzte mich auf. Die letzte

Nacht hatte ich mich nicht einmal ausgezogen. Ich betrachtete die Klamotten, die total zerknittert waren. Stirnrunzelnd zog ich diese aus, pfefferte sie in den Wäschekorb und ging unter die Dusche. Mein Gesicht war vom Weinen noch total gerötet und unwohl fühlte ich mich auch. ›Gefühlschaos‹ beschrieb es wohl am besten.

Nachdem ich mich frisch gemacht hatte und nicht mehr aussah wie ein Kindergartenkind, das die Nacht durchgeheult hatte, ging ich hinunter in die Küche. ›Liane‹, so würde ich sie ab jetzt nennen, saß im Bademantel am Küchentisch und trank Kaffee.

»Guten Morgen, mein Schatz.« Sie lächelte mich an, doch ich ignorierte sie. Stattdessen griff ich nach einer Schüssel, der Packung Cornflakes und der Milch. Absichtlich setzte ich mich mit dem Rücken zu ihr hin und betrachtete den Fernseher, den sie bereits für die Nachrichten eingeschaltet hatte.

»Guten Morgen meine Damen und Herren. Zwei tragische Todesfälle wurden heute Morgen gegen fünf Uhr von der Polizei bekanntgegeben. Die jungen Frauen, Lena S. und ihre Freundin Jennifer M., wurden heute Morgen im Stadtpark tot aufgefunden. Die Polizei gab an, dass die beiden jungen Frauen laut Auskunft der Eltern auf dem Weg zu einer Party waren, dort jedoch nie ankamen. Die Todesursache ist noch unklar. Die Polizei vermutet, dass es sich um einen Tierangriff handelt, da man Spuren fand, die dies nahelegen. Wir werden Sie mit weiteren Informationen auf dem Laufenden halten. Folgen Sie uns auf den unten genannten social media Seiten. Ihre Maria Herbst mit den Nachrichten.«

»Bestimmt haben sich die beiden auf den falschen Kerl eingelassen, wollten nicht spuren und wurden kalt gemacht!« Liane schmunzelte, aber mir lief es eiskalt den Rücken hinunter. Was für sie wie ein Scherz klang, hätte durchaus ihr eigenes Schicksal sein können. Ich schwieg zu dem Ganzen und starrte auf mein Handy, um jegliche Kommunikation mit ihr zu vermeiden. Sie ließ jedoch nicht locker.

»Übrigens habe ich nachher noch etwas vor. Könntest du bitte einkaufen gehen?«, fragte sie mich in zuckersüßem Tonfall, doch ich schüttelte den Kopf.

»Nein, ich habe auch keine Zeit. Ich muss noch lernen!«, versuchte ich, mich heraus zu reden, während sie die Stirn runzelte.

»Wir wissen beide, dass du so gut wie nie lernst. Und wenn du weiterhin deine Cornflakes mit Milch essen möchtest, kaufst du nachher neue! Verstanden?«, fuhr sie mich an und bemühte sich, den strengen Elternteil heraushängen zu lassen. Sie knallte mir ihren Einkaufszettel auf den Tisch, mitsamt der Kreditkarte. »Wenn du noch etwas brauchen solltest, bring es ruhig mit. Ich werde wohl erst morgen wieder da sein. Kannst dir ja irgendwelche Tiefkühlkost mitbringen.«

Es klingelte an der Tür. Genervt sprang ich auf, schnappte mir die Kreditkarte und den Einkaufszettel und stürmte los. Auf gar keinen Fall wollte ich dem nächsten Lover meiner Mutter über den Weg laufen, weshalb ich durch den Garten verschwand. Nicht einmal meine Cornflakes konnte ich in Ruhe aufessen!

***

Im Supermarkt angekommen sah ich das erste Mal auf den Zettel.

»Joghurt, Äpfel, Ziegenkäse, Milch, Wein und Tampons«, las ich laut und stockte bei Letzterem.

»Das … das ist nicht ihr ernst?!«, murrte ich peinlich berührt und wusste jetzt schon, dass dies abenteuerlich werden würde.

Frauen sollten ihre ›Frauensachen‹ definitiv selbst kaufen. Was hatten wir Männer damit denn schon am Hut? Da es allerdings nichts brachte, sich weiterhin darüber aufzuregen, stapfte ich in die Abteilung für Hygieneprodukte. Als ich die Auswahl sah, traf mich beinahe der Schlag. Wie konnte es von den Dingern so viele Marken, Größen und ›Passformen‹ geben?

Ich war mächtig überfordert und mein Kopf ratterte. Mir war danach, einfach einmal ganz laut nach Hilfe zu brüllen, aber diese Courage besaß ich dann doch nicht. Hoffentlich sah mich hier keiner, sonst wäre ich nicht nur eine Schwuchtel, sondern noch dazu Tampon-Träger!

»Hallo Moritz«, grüßte mich eine Stimme, die ich, gedankenverloren wie ich war, erst registrierte, als sich eine Hand auf meine Schulter legte.

Ich drehte den Kopf nach links und blickte Yvonne Nowak ins Gesicht. Hatte das Schicksal irgendwas gegen mich? Oder wieso fickte es mich jeden Tag unnötig?

»Hallo, Frau Doktor«, murmelte ich und legte die kleinen Schachteln, die ich in Händen hielt, peinlich berührt zurück.

»Alles in Ordnung?« Sie verkniff sich ein Schmunzeln und ich zuckte mit den Schultern.

»Wie man es nimmt …«, wollte ich das Gespräch beenden, da es mir einfach nur total peinlich war. Konnte sie nicht verschwinden? Oder ich? So in den Erdboden vielleicht?

»Einkauf für Mutti?«, fragte sie nun grinsend und traf damit voll ins Schwarze. Nickend reichte ich ihr den Zettel auf dem auch sie das Wort ›Tampons‹ lesen konnte. Sie seufzte und schüttelte leicht den Kopf.

»Nimm diese hier für deine Mutter. Die sind bestimmt passend!«

Sie reichte mir eine Packung. Ich wollte gar nicht hinterfragen, woher sie das wusste und schmiss diese einfach nur stillschweigend in den Einkaufskorb. Frau Doktor strich sich über den Bauch, der sich leicht wölbte und grinste. Das Glück stand ihr ins Gesicht geschrieben.

»Zur Zeit hab ich sowas ja nicht nötig. Dennoch sind sie zu empfehlen. Das muss dir wirklich nicht peinlich sein«, versicherte sie mir und legte die Hand erneut auf meine Schulter. Sofort fühlte ich mich erleichtert, dass sie mir geholfen hatte und die Situation verstand. Auf gar keinen Fall wollte ich ein zweites Mal einkaufen müssen, besonders nicht das!

»Alles okay?« Ein Mann tauchte neben ihr auf und durchbohrte mich förmlich mit Blicken. Irgendwie bekam ich es sofort mit der Angst zu tun, doch Yvonne Nowak winkte lächelnd ab.

»Mein Schatz, das ist Moritz. Er ist ein sehr netter Junge, der nur eine Frage hatte«, meinte sie, grinste ihn an und die Miene des brummigen Mannes wurde schlagartig friedlich.

Das war die Gelegenheit für mich zu verschwinden. Wer wusste denn schon, was dieser Kerl mit mir machen würde, wenn ich seine Frau zu lange anstarrte. Er wirkte irgendwie besitzergreifend und so mürrisch, dass ich mich fragte, wie meine Therapeutin das aushielt. Sie machte mir normalerweise einen eher selbstständigen

Eindruck. Durch kurzes Heben der Hand signalisierte ich meinen Abschied und machte mich hastig von dannen. Noch mieser hätte dieser Tag nicht starten können!

8

Sam

Ich hatte mich doch dazu durchgerungen, Moe diesen seltsamen Styroporkarton zu bringen, da ich nicht wollte, dass er Ärger bekam. Vielleicht konnte ich ihn bei dieser Gelegenheit nochmals auf das Praktikum ansprechen. Während ich mich mit dem Karton unter dem Arm geklemmt auf das Haus zubewegte, klingelte mein Handy. Ich unterdrückte einen Fluch und ging stattdessen dran.

»Ja?«

»Hi!« Robert. Na klasse! Was wollte er denn schon wieder? »Wieder zwei. Dieses Mal im Park. Bitte sag mir, dass du eine Spur hast.«

Zwei weitere Leichen? Das konnte doch nicht wahr sein!

»Wann?«, fragte ich knapp und Robert gab mir die Daten durch. Anscheinend war es kurz nach Moes Verschwinden bei mir passiert. Hatte ich mich etwa doch geirrt? Die Zeit hätte gereicht, dass er mit diesem eigenwilligen Gefährt, das bei ihm ständig an den Füßen zu kleben schien, in den Park gekommen wäre.

»Ein Ratsmitglied hat angefangen, selbst Nachforschungen anzustellen. Halt dich ran, Samuel! Ich brauche Antworten ...«, drängte Robert und ich schnaubte. Woher sollte ich denn den Verdächtigen nehmen? Sollte ich mir einen backen?

»Ich gehe gerade einer Spur nach. Ich melde mich.« Hastig legte ich auf und drückte den Klingelknopf. Moe hatte hoffentlich ein gutes Alibi. Es konnte nicht sein, dass er mir immer wieder über den Weg lief, ständig in Schwierigkeiten steckte und mich mit seiner eigenwilligen Art irritierte. Da war etwas faul!

Die Tür öffnete sich und ich starrte in einen extrem tiefen Ausschnitt. Liane. Ausgerechnet sie. Ich wappnete mich und fragte nach Moe.

»Moritz? Der ist einkaufen gegangen. Wieso? Hat er was ausgefressen?« Sie betrachtete mich, als wäre ich ein Sechser im Lotto. Von der liebenden Mutter war nichts zu sehen und langsam ärgerte mich das. Sollte man nicht wenigstens von seinen Eltern eine gewisse Sicherheit erwarten dürfen, wenn man ein Teenager war? Da war schließlich schon die ganze Welt gegen einen!

»Nein, Moe hat nichts ausgefressen, im Gegenteil. Er hat mir gestern recht spät eine Pizza vorbeigebracht und seinen Karton vergessen. Den wollte ich ihm bringen. Wir hatten gestern außerdem davon gesprochen, dass ich einen so intelligenten Jungen gern als Praktikanten in meiner Firma haben möchte. Ich denke, das wäre die perfekte Stelle für ihn und seine Fähigkeiten.« Ich übertrieb absichtlich, denn es gefiel mir, wie sich bei Liane mit jedem meiner Worte mehr und mehr Unmut breitmachte.

Sollte Moe tatsächlich ein Werwolf sein und diese Schnepfe wäre sein nächstes Opfer, könnte ich es ihm nicht einmal verübeln. Diese Frau hielt ich für absolut billig! Ein Flittchen, wie es im Buche stand.

»Nun ja. Ich werde ihn später noch einmal aufsuchen. Hier!« Ich drückte ihr den Styroporkasten in die Arme und wandte mich ab, bevor sie mich noch bitten konnte, bei ihr im Haus zu warten. »Hab noch einen schönen Tag, Liane!«

»Dir auch, Samuel«, murmelte Moes Mutter enttäuscht.

Sie verschwand rasch im Haus und schloss die Tür, während ich die Straße weiter hastete. Wenn Moe einkaufen gegangen war, gab es hier in der Umgebung nicht viele Möglichkeiten, genau genommen sogar nur eine. Ich musste unbedingt mit ihm reden und wir hatten keine Zeit zu verlieren. Entweder war er der Werwolf und ich musste ihn zur Vernunft bringen oder er war es nicht und steckte schlicht in einem Albtraum. Mir kamen erneut die Gefühle in den Sinn, die ich in seiner Gegenwart wahrgenommen hatte. Die meiste Zeit war es Verzweiflung gewesen und Unsicherheit, doch auch eine Sehnsucht, die ich nicht in Worte fassen konnte.

Ich bog um die Ecke, wo sich der Eingangsbereich des Supermarkts befand, als mir jemand in die Quere kam. Diese Person schien es ebenfalls mächtig eilig zu haben. Sie rannte mich gekonnt über den Haufen, wobei ich das Gleichgewicht verlor und extrem unsanft auf dem Hintern landete, genau wie mein Gegenüber.

»Scheiße!«, kam es mir über die Lippen und betrachtete das Chaos. Überall flogen nun Sachen auf dem Boden herum. »Wir sollten uns wohl beide eine Brille zulegen.«

Ich blickte auf und erstarrte. Vor mir saß Moe, der mich mit schreckensblasser Miene betrachtete. Sofort sprang ich auf und fing damit an, seine Einkäufe zusammenzusuchen, ehe die Leute noch zu gucken begannen. Ich konnte mir vorstellen, wie peinlich ihm das wäre und somit würde er sich mal wieder komplett in sich zurückziehen. So käme ich sicherlich an keine Antworten.

»Warte, ich helfe dir mit den ...« Ich stockte und warf einen Blick auf das, was ich aufgehoben hatte. Eine Packung Tampons. Ganz toll!

Sein Gesichtsausdruck versteinerte, verfinsterte sich wie in Zeitlupe und er streckte die Hand nach der Verpackung aus.

»Danke, aber ich denke, wir sollten Abstand voneinander halten, nicht, dass nochmal was passiert. Eventuell bin ich auch verflucht und werde irgendwann von einem vom Himmel fallenden Klavier erschlagen. Besser wäre es wohl«, knurrte er und stopfte die Tampons zurück in den Stoffbeutel, der auf der Erde lag.

»Das wäre unpraktisch, denn schließlich will ich dich noch immer als Praktikanten.«

Seine Augen fixierten mich. Wie konnte man jemanden nur so mit Blicken auseinandernehmen und analysieren?

»Du hältst mich nicht für einen Irren?«

Seine Worte brachten mich zum Lachen. Moe war sicherlich merkwürdig und verdächtig, aber auf keinen Fall verrückt. Gegen mich war er bestimmt ein Waisenknabe.

»Nein, Moe, ich halte dich nicht für verrückt. Etwas vom Pech verfolgt vielleicht, aber bestimmt kein Härtefall. Komm, ich bring dich nach Hause. Damit gehe ich sicher, dass du da auch ankommst und ich laufe nicht Gefahr, in den nächsten Pechvogel hineinzulaufen.« Ich zwinkerte ihm zu und entdeckte ein leichtes Zucken um seine Mundwinkel. Fast hätte er sich zu einem Lächeln durchgerungen. Na, das würde ich auch noch schaffen.

»Musst du nicht noch einkaufen?«, erkundigte er sich stattdessen, aber ich schüttelte schnell den Kopf.

»Nein, ich denke, in dieses Abenteuer stürze ich mich dann morgen.«

»Da sollte es risikofrei sein, denn dann hat der Laden zu. Die haben sonntags geschlossen.« Moe brachte das so trocken heraus, dass ich abermals lachen musste.

»Stimmt auffallend. Vielleicht sollte ich dich eher als meinen Sekretär anwerben, anstelle des Praktikanten. Meine Terminplanung ist ebenfalls grauenhaft und nicht mehr von dieser Welt.« Ich nahm Moe die Stofftasche ab und wir schlenderten nebeneinander die Straße entlang. Ihm die Sachen abzunehmen war ein Reflex gewesen, denn er wirkte auf mich zu zerbrechlich, um mit dem Einkauf fertig zu werden. Die vier 1,5-Liter-Flaschen Cola, die er sich vorgenommen hatte zu schleppen, zogen selbst meinen Arm mächtig in die Länge.

»Ich bin durchaus in der Lage meine Einkäufe selbst zu tragen ...«, meinte er nun, aber ich zuckte mit den Schultern.

»Kein Ding. Also? Hast du dir das mit der Stelle durch den Kopf gehen lassen?«, hakte ich nach und spürte seine Unsicherheit.

»Ich fänd es toll, habe nur keine Idee, wie ich es Alberto erklären soll. Es wäre irgendwie nicht fair, wenn ich ihn und Al allein lasse.« Moe biss auf der Innenseite seiner Wange herum, eine Angewohnheit, die ich bei ihm schon mehrmals gesehen hatte.

»Das ist doch kein Problem. Wenn du willst, können wir ihnen einen Ersatz für dich besorgen. Ehrlich gesagt wäre mir wohler, wenn du nicht mehr mitten in der Nacht durch die Gegend fahren würdest. Da kann einiges passieren«, lenkte ich das Gespräch in die Richtung, in die ich unbedingt wollte. »Hast du das mit den beiden Mädels mitbekommen, die sie im Park gefunden haben? Echt tragisch ...«

»Ja, es kam heute Morgen in den Nachrichten. Sie meinten, es wäre ein Angriff durch ein Tier gewesen.« Moe schien sich auf den Weg zu konzentrieren, der Blick verlor sich im grauen Beton. Seine Gefühle waren nicht ganz zu entziffern. Wut? Traurigkeit?

»Wieso bist du wütend?« Diese Frage rutschte mir einfach so heraus und ich bereute sie sogleich, denn Moritz Landvogt baute mal wieder eine Barriere auf. Das machte er immer, wenn man ihm ein bisschen zu nahe kam.

»Ich bin nicht wütend!«, ranzte er mich an und beschleunigte den Schritt.

Gut, diese Runde hatte ich verloren.

»Hey, ist ja gut. Dann hab ich mich eben geirrt. Noch ein Punkt auf der Liste. Ich bin nicht gut mit Menschen, okay? Die meisten sind mir viel zu kompliziert. Ich mag es lieber einfach«, gab ich zu und merkte, dass ich erneut unter die Lupe genommen wurde.

Moes Augen begannen zu Funkeln, was nichts Gutes zu bedeuten hatte, denn eine Welle unbändiger Wut traf mich wie ein Schlag in die Magengrube.

»Hast du meiner Mutter deshalb so tief in den Ausschnitt gestarrt ...? Weil es ›so einfach‹ war?«

Also hatte er unsere letzte Unterhaltung vor dem Haus mitbekommen. Ich stöhnte genervt. Allmählich hatte ich große Lust dazu, den Jungen zu schnappen, ihn gegen eine Hauswand zu drücken und die Wahrheit aus ihm raus zu quetschen. Eine leise Stimme in meinem Innern prophezeite mir jedoch, dass das rein gar nichts bringen würde. Je heftiger man Moe zusetzte, desto mehr zog er sich in sein Schneckenhaus zurück. Ich rieb mir genervt den Nacken. Diplomatie war überhaupt nicht mein Ding.

»Sagen wir es so: Deine Mutter hat mir ihre Brüste so unter die Nase gehalten, dass ich nicht anders konnte, als hinzusehen. Für ihr Alter sind sie auch nicht übel ... Allerdings hatte ich kein Bedürfnis, sie noch weiter zu erforschen, wenn du verstehst, was ich meine.« Ich hielt mich an die Wahrheit, in der Hoffnung, er würde es mir nicht übel nehmen.

Ihm klappte die Kinnlade herunter.

»Was? Ist doch wahr!«, brummte ich.

Moe starrte mich ein paar Sekunden an, dann krümmte er sich plötzlich vor Lachen. Es schüttelte ihn und ich hatte zwischenzeitlich Angst, er könnte mir ersticken, so sehr japste er.

»Du hast es wirklich nicht mit Menschen ...«, brachte er zwischen den zahlreichen Lachattacken heraus. »Du bist echt schräg. Wie ist jemand wie du Inhaber einer Firma geworden?«

Ich zuckte mit den Schultern.

»Bin in die falsche Familie hineingeboren worden. Solltest du kennen.«

Zu meinem Erstaunen nickte er nun.

»Ich denke, es könnte Spaß machen in deiner Firma zu arbeiten. Wann fange ich an?«, erkundigte sich Moe und jetzt war ich es, der ihn mit offenem Mund anstarrte.

»Wann du willst.«

Nein, er war kein Werwolf! Auf keinen Fall ... Aber etwas war an ihm, das meine Sinne durcheinanderbrachte.

»Ich muss aber noch zur Schule. Meinst du, ich bekomme das mit meinem Stundenplan geregelt?«, fragte er nun mit beinahe kindlicher Freude.

»Was nicht passt, wird passend gemacht. Du bringst am besten deinen Stundenplan mit und wir basteln was zusammen. Es gibt allerdings ein paar Regeln in der Firma, die unbedingt eingehalten werden müssen. Wir stellen Parfum für alle möglichen Produkte her, das heißt, dass du viel mit geheimen Daten zu tun haben wirst. Ich muss dir vertrauen können ...«

Er schaute mich an.

»Ich habe nix zu verstecken. Wenn du magst, kann ich auch so eine Verschwiegenheitserklärung unterschreiben. Ich hätte eh niemanden, dem ich was erzählen könnte.« Moe seufzte leise.

Traurigkeit beherrschte erneut sein Wesen, was mir leidtat. Manchmal dachte ich, dass ich es in dem Chaos, das ich mein Leben nannte, gar nicht so schlecht getroffen hatte. Zumindest versank ich nicht ständig in einem Loch aus Verzweiflung. Der Junge könnte ein paar ›Happy-Pills‹ gebrauchen oder eventuell nur einen Freund, der ihm ab und an zuhörte. Er schien sehr einsam zu sein.

»Ich denke, ich kann dir vertrauen. Hast du Lust, morgen doch einen kleinen Ausflug zu machen? Ich zeig dir gern die Firma. Sonntags ist bei uns nicht viel los. Da arbeiten nur diejenigen, die mit der Arbeit verheiratet sind.«

9

Immer wieder ging ich meine Worte im Kopf durch, wie ich Alberto am besten klar machen konnte, dass ich heute meine letzte Schicht antreten würde. Die Einkäufe hatte ich zu Hause verstaut und war danach direkt aufs Skateboard gehüpft, um in den Imbiss zu fahren. Ich grinste bei der Erinnerung an Sams skeptischen Blick darauf. Ihm schien diese Fortbewegungsmöglichkeit nicht zu gefallen. Er hatte geschnaubt, als ich danach griff.

»Du brichst dir irgendwann damit das Genick!«

Schmunzelnd hatte ich ihn stehen lassen, meinen neuen Chef. Irgendwie fühlte es sich gut an, etwas zu verändern. Vielleicht lernte ich ja neue Leute oder sogar Freunde kennen. In einer Welt, in der mich noch keiner kannte, bis auf Sam, konnte ich sein, wer immer ich wollte.

»Ah, Junge! Da bist du ja!«, begrüßte mich Alberto, als ich mit der Styroporkiste unter dem Arm in den Laden kam.

Ich legte ihm diese auf den Tresen, samt der sieben Euro für die Pizza gestern.

»Hast du wenigstens gutes Trinkgeld bekommen?«, fragte er und ich schüttelte den Kopf.

Alberto sollte nicht auf die Idee kommen, etwas von dem Geld haben zu wollen. Das war allein für meine Träume reserviert.

»Naja. Gut. Hier ist schon die erste Bestellung! Alberto Junior macht sie gerade fertig!« Der Mann grinste aufmunternd und wollte sich bereits abwenden, als ich mich räusperte.

»Alberto, wir müssen reden ... Ähm ... Ich fahre heute das letzte Mal für dich. Ich kündige«, gab ich kleinlaut von mir und mein ›Noch-Chef‹ runzelte die Stirn.

»Was soll das heißen, du hörst auf?«, knurrte er. Ich zuckte mit den Schultern.

»Ich schaffe es auf diese Weise nicht, für die Abschlussprüfung zu lernen. Wenn ich bis spät nachts hier herumturne, bin ich tagsüber zu nichts zu gebrauchen. Daher habe ich nun einen anderen Job nach der Schule. Es tut mir leid.« Meine Ausführungen bewirkten jedoch nur, dass er wieder mit den Händen zu reden begann ... zudem wechselte er ins Italienische, sodass ich gar nichts mehr verstand.

»Egal, ich finde hunderte wie dich!«, zischte er danach und ging beleidigt in sein Büro.

Ich seufzte und bemerkte Al, der neugierig über die Theke linste.

»Oh, dem hast du gerade das Herz gebrochen!« Er lachte und schob mir die fertige Pizza herüber.

»Egal wie ich es gesagt hätte, es wäre auf dasselbe hinausgelaufen«, murmelte ich und Al streckte sich, um mir auf die Schulter zu klopfen.

»Du machst meiner Meinung nach das Richtige. Schule ist wichtig! Schließlich hast du bald deine Abschlussprüfungen. Gib dir Mühe!« Er zwinkerte mir zu und das miese Gefühl nahm etwas ab. Al war einfach nett.

***

Heute, war nicht viel los gewesen, sodass mich Alberto um kurz nach neun aus dem Dienst entließ.

»Wenn du doch wieder einen Job brauchst, weißt du ja ...« Er beendete den Satz nicht, legte mir meinen letzten Lohn auf den Tresen und drehte sich ohne ein Wort des Abschiedes um.

Al hob die Hand und rief:

»Pass auf dich auf, Knirps!«

Ich winkte kurz und verließ dann den Laden. Es fühlte sich befreiend an, zu wissen, dass ich nicht mehr hierher kommen würde, obwohl ich an diesem Ort nette Leute kennengelernt hatte. Albertos beste Pizza ... Ein Abschied, der mir gedanklich doch etwas schwerer fiel.

Durch die Straßen schlendernd fragte ich mich, was ich nun anstellen sollte. Nach Hause wollte ich nicht und die Abendluft war so schön erfrischend, dass ich einfach weiterlief. Da es noch hell war, zottelte ich in Richtung Park, wo man am Morgen die beiden Leichen gefunden hatte. Bei Tageslicht würde bestimmt keiner so dumm sein, einen Mord zu begehen, und ich vermisste diesen Ort. Auf einem kleinen Hügel legte ich mich ins Gras und starrte in den Himmel, der sich langsam rot färbte. Die Vögel flogen über mich hinweg und ab und an wehte eine Brise. Ich musste an den Traum von letzter Nacht denken, fehlten hier doch nur die Bäume und ... jemand der mich küssen wollte.

Meine Wangen wurden warm. Ich war wohl bei dem Gedanken rot angelaufen. Belustigt schüttelte ich den Kopf. Wer sollte mich schon küssen wollen. Aus der Schule sicherlich keiner und auch sonst fiel mir niemand ein.

Meine Atmung wurde ruhiger. Ich genoss die Wärme auf der Haut und spielte ein wenig an einer Locke, die mir ständig ins Gesicht fiel.

Das Rot wurde allmählich lila und langsam zu dunklem Blau. Es war Zeit für mich, nach Hause zu gehen und vielleicht noch etwas zu zocken. Etwas essen war auch keine so schlechte Idee. Wie Sam schon sagte, ich könnte etwas mehr auf den Rippen vertragen. Seltsam. Er war der Einzige, dem ich einen solchen Spruch nicht übelnahm. Samuel Johnsan schien ständig genau das zu sagen, was er dachte und das fand ich cool. Manchmal wünschte ich, es ihm gleich zu tun ...

Langsam erhob ich mich und klopfte ein paar Grashalme von meiner Kleidung. Gähnend streckte ich mich noch einmal und griff dann zu meinem Gefährt, das neben mir auf der Wiese gelegen hatte.

Ein Rascheln aus einem Busch hinter mir lenkte meine Aufmerksamkeit darauf. Die Tiere hatten Paarungszeit. Da konnte es in dem einen oder anderen Gebüsch wild zu gehen.

»Ja, ja, nehmt euch ein Zimmer!«, brachte ich heraus und lachte. Ich machte einen Schritt vorwärts, weg von dem Gestrüpp.

Dem Rascheln folgte ein tiefes Knurren, was mich zusammenzucken ließ. Ein Hund? Ich drehte mich erneut herum und sah zwei Augen aus dem Busch starren. Dieses eigenartige Grau war beängstigend. Das Grollen wurde lauter und ich bewegte mich rückwärts.

»Gutes Hündchen! Braves Hündchen. Ich bin keine Gefahr für dich«, murmelte ich vor mich hin und tastete mich bedächtig weiter.

Plötzlich stürzte ein riesiges Tier aus dem Busch. Das konnte unmöglich ein Hund sein! Vor Schreck keuchte ich. Es versteifte sich auf allen vieren vor mir und gab ein dröhnendes Grollen von sich. Das Biest fletschte die Zähne, der Sabber lief ihm aus dem Maul und es schien sich in Angriffsposition zu bringen.

»Heilige Scheiße!«, schrie ich plötzlich und nahm die Beine in die Hand.

Auf dem Rasen hatte ich keine Chance mit meinem Skateboard, also konnte ich nur hoffen, dass der Sportunterricht etwas gebracht hatte. Ein schweres Gewicht riss mich jedoch zu Boden. Ich stürzte, rollte noch ein Stück den Hügel hinab, bis etwas Mächtiges auf mir landete und die Luft aus meinen Lungenflügeln presste. Keuchend sah ich den Hund an, der nun mit den Pfoten auf meiner Brust wachte, als wollte er die Beute gleich erlegen. Sein Sabber tropfte mir ins Gesicht und das dunkle Knurren ließ meinen ganzen Körper vibrieren. Das war definitiv kein Hund, sondern ein zu groß geratener, genmanipulierter Wolf! Das schwarze Fell, die großen Pranken und die grauen Augen. Es würde wohl das Letzte sein, was ich vor meinem Tod zu sehen bekam. Ade Weltreise!

Eine Pranke hob sich und schnellte hinab, zerriss das T-Shirt und schnitt mir tief in die Brust. Ich schrie auf, denn der Schmerz war unerträglich! Mein Blick fiel auf das Skateboard, das neben mir lag. Mit Mühe und Not schaffte ich es, danach zu greifen. Mit all der Kraft, die ich aufbringen konnte, holte ich aus und schlug es dem Tier ins Gesicht. Es jaulte auf, ließ einen Moment von mir ab, ehe es erneut zum Angriff übergehen wollte. Bevor er auf mich springen konnte, rollte ich zur Seite, holte erneut aus und klatschte ihm das Ding mitten auf die Nase. Das Skateboard zerbrach bei der Wucht, was ich mit Schrecken feststellte. Nun hatte ich keine Waffe mehr.

Der Wolf zog überraschenderweise jaulend ab, sprang in den Busch und kam nicht mehr zurück.

›Was war das, verdammt?‹

Ich griff mir an die Brust, spürte die warme Flüssigkeit an meinen Fingern.

»Scheiße«, zischte ich und wankte. Die Schmerzen waren kaum auszuhalten.

›In ein Krankenhaus!‹, war mein Gedanke, doch wie sollte ich das anstellen? Ich hatte mein Handy Zuhause liegen lassen. In die Stadt zurück war es zu weit.

Langsam schleppte ich mich in Richtung ›Angeber-Viertel‹, das von allen anderen am nächsten lag. Ich würde von dort aus eine Ambulanz rufen und mich ins Krankenhaus bringen lassen. Sonst würde ich vielleicht verbluten ... Im Dunkeln konnte ich die Wunde nicht sehen, aber sie fühlte sich übel an.

Meine Füße wurden schwerer, jeder Schritt anstrengender und ich fühlte mich, als hätte ich einen Marathon hinter mir. Den Blick erhoben, erkannte ich, dass bei Samuel Licht brannte. Ich war so unglaublich müde!

Am Eisentor hangelte ich mich entlang, hob die Hand und erreichte mit den Fingerspitzen die Klingel, die ich drückte. Noch ein bisschen weiter bis zur Haustür. Ich musste nur noch einen Augenblick durchhalten ... Dann brach ich zusammen, spürte noch den Aufprall auf dem Boden und es wurde mir Schwarz vor Augen.

10

J a, danke, ich werde die Sachen dann am Montag bei Ihnen abholen«, brummte ich und würgte den Anrufer ab, da es an der Haustür klingelte. Ich runzelte die Stirn, denn eigentlich erwartete ich keinen Besuch.

›Hoffentlich nicht wieder Ava. Sie würde jedoch nicht klingeln, denn sie besitzt ja einen Schlüssel‹, ging es mir durch den Kopf, während ich zur Tür marschierte und die Klinke drückte.

»Heilige Scheiße!« Mir kam eine Gestalt entgegen, die an der Tür gelehnt haben musste. Es war Moe. »Was ist los?«

Zu meinem Entsetzen gab der Junge keinen Ton von sich. Hastig zog ich ihn in den Flur und blickte mich prüfend draußen um. Keiner der Nachbarn hatte seinen Auftritt bei mir mitbekommen. Wäre ja noch schöner, wenn am Ende die Polizei vor der Haustür stehen würde.

»Moe!«, knurrte ich und wollte ihn schon schütteln, als mir das Blut auffiel, das die Vorderseite seines Oberteils durchnässte.

›Kein Wolf! Er ist kein Wolf!‹ Dieser Gedanke brachte mich dazu, den Stoff anzuheben und nachzusehen, was passiert war. Mir wurde augenblicklich schlecht. Normalerweise war ich hart im Nehmen, aber beim Anblick von Moes Oberkörper, der durch vier nah aneinander liegende Schnitte zugerichtet worden war, hörte es auf.

Ich schnappte mir das blutende Bündel von Junge und trug ihn in mein Schlafzimmer. Dorthin würde niemand kommen und die Vorhänge waren so dicht, dass keiner der Nachbarn etwas mitbekam. Ich musste mich um die Blutung kümmern und Hilfe holen.

Entschlossen zückte ich das Handy und wählte die Nummer, die ich für solche oder ähnliche Fälle abgespeichert hatte.

»Ja?«, drang es aus dem Hörer.

»Notfall bei mir Zuhause. Wolfsattacke. Vier Schnitte im Brustbereich. Beeil dich bitte!« Ich hielt mich nicht mit Floskeln auf und mein Gegenüber tat dies glücklicherweise ebenfalls nicht.

»Alles klar, ich komme. Mach vorab die Kompressen fertig und stopp die Blutungen. Ich brauche etwa zwanzig Minuten«, brummte Mika und legte dann auf.

Es war immer gut einen Arzt im Bekanntenkreis zu haben, obwohl es sich bei Mika um einen Tierarzt handelte. Deswegen hatte ich ihn allerdings nicht im Handy in den Favoriten abgespeichert, sondern aus dem Grund, weil er zudem ein Heiler war. Er konnte mittels Handauflegen Verletzungen kurieren. Genau das hatte Moe jetzt dringend nötig.

Unverzüglich steckte ich das Handy weg und griff nach dem Erste-Hilfe-Kasten, der auf der Kommode im Schlafzimmer lag. Ich war zwischenzeitlich zu faul gewesen, diesen wieder an seinen Platz zu räumen, und nun kam es mir sehr gelegen.

›Mit den Klamotten wird das aber nicht klappen‹, dachte ich und betrachtete die Fetzen, die Moe bedeckten. ›Die müssen weg!‹

Mit der Schere, die ich ebenfalls im Erste-Hilfe-Kasten vorfand, schnitt ich ihn aus seinen Klamotten. Mein Herz raste, als ich sah, wie viel Blut er bereits verloren hatte. Hoffentlich ging das gut, denn noch eine weitere Leiche würde ich nicht verkraften. Das hatte der Junge nicht verdient.

»Nein«, jammerte Moe auf einmal wie im Fieberwahn und begann um sich zu schlagen. »Geh weg!«

»Moe, beruhige dich!« Ich hielt ihn fest, sehr darauf bedacht, ihn so zu fixieren, dass die Wunde nicht noch mehr blutete. »Ich bin's, Sam. Du bist bei mir und in Sicherheit. Hilfe kommt gleich.«

Die Anspannung in seinem Körper ließ ein wenig nach und ich bekam die Gelegenheit, die Kompressen anzubringen. Der Junge keuchte, als der Stoff die Wunden berührten.

»Ich weiß, das tut weh, aber bleib liegen«, redete ich ihm weiterhin gut zu, auch, um mich selbst zu beruhigen. Meine Hände zitterten.

Er öffnete träge die Augen und blinzelte zu mir hinauf. Noch nie war ich so froh, in grüne Augen zu sehen. Er wirkte noch orientierungslos, doch öffnete er den Mund.

»Sam?«, murmelte er und ich nickte.

»Alles wird gut. Du bist in Sicherheit«, versicherte ich ihm. »Ich lasse nicht zu, dass dir etwas geschieht.«

Er nickte müde und schloss erneut die Augen. Die Anspannung schien nun komplett von ihm abzufallen. Wenigstens der Junge hatte Vertrauen in mich, obwohl ich mir selbst nicht ganz so sicher war.

›Mika, verdammt, wo bleibst du?‹

***

Ein weiteres Klingeln an der Haustür brachte mich in Bewegung. Mika hatte es endlich zu uns geschafft und stürmte herein, kaum hatte ich die Tür geöffnet.

»Wo?«

»Schlafzimmer«, brummte ich und beobachtete, wie er in die richtige Richtung eilte. »Ist er wach?«

»Nein, Moe hat zwar kurz das Bewusstsein erlangt, aber ist danach gleich wieder weggedämmert.« Hilflos sah ich zu, wie sich Mika über den Jungen beugte, die Verbände inspizierte und mich irgendwann kritisch unter die Lupe nahm.

»Also, Sam, das hätte ich dir echt nicht zugetraut! Wie konntest du nur?« Mein Freund schnalzte missbilligend mit der Zunge.

Irritiert starrte ich ihn an, bis mir dämmerte, was Mika meinte: Er ging davon aus, dass ich Moe verletzt hatte.

»Hast du sie noch alle? Das war ich nicht! Moe ist mein Nachbar und fiel mir entgegen, als ich die Tür öffnete ...« So unglaublich es klang, war es dennoch die Wahrheit.

»Ein Junge, der von einem Wolf angegriffen wird, landet ausgerechnet bei seinem Nachbarn, der ebenfalls ein Wolf ist und noch dazu ein Alpha? Sam, das sind echt ein paar Zufälle zuviel! Also entweder, der Kleine hat echt eine Pechsträhne oder ist komplett verflucht. Es kann schließlich nicht sein Schicksal sein, ausgerechnet in unserer Sippe zu landen, weil irgendeiner ihn verwandelt hat.« Mika runzelte mal wieder die Stirn. Er glaubte mir kein Wort.

»Ich lüge nicht. Aber die Sache mit der Pechsträhne kann ich bestätigen. Die letzten zwei Tage hält er mich schon mächtig auf Trab. Erst irgendein Betrunkener, der ihn vom Mofa holen wollte, dann die Sache mit dem Zusammenstoß, als ich ihn wegen der Wolfsattacken befragen wollte. Ganz koscher ist das Thema nicht.« Ich verzog gleichfalls das Gesicht, doch nur, weil mir bewusst wurde, was Mika gesagt hatte. Irgendwie schien mein Hirn heute nicht allzu schnell zu arbeiten, doch die letzte Bemerkung rastete nun ein. »Meinst du, er könnte gewandelt werden?«

Der Heiler legte Moritz die Hand auf dessen Schulter und schloss die Augen. Ein erleichtertes Stöhnen kam über Moes Lippen und ich biss die Zähne zusammen. Mika brauchte zu lang. Normalerweise schloss er seine Untersuchungen wesentlich schneller ab, drehte sich dann zu einem um und verkündete die Diagnose. Bei Moe schien er eine kleine Ewigkeit zu benötigen.

»Und?«, hakte ich ungeduldig nach.

»Ich heile die Wunden.« Mika bedachte mich mit einem tadelnden Blick und schloss danach abermals die Augen.

Ich begann damit, im Schlafzimmer auf und ab zu tigern. Diese Ungewissheit machte mich fertig! Ich wollte nicht, dass Moe verwandelt wurde! Das würde sein Leben sicherlich nur noch komplizierter machen, als es jetzt schon war.

»Mach so weiter und ich schmeiß dich aus deinem eigenen Schlafzimmer ... Das dürfte dir bisher noch nicht passiert sein, aber einmal ist immer das erste Mal«, knurrte Mika irgendwann und ich stoppte.

»Ich bleibe!« Das wäre ja noch schöner. Ich hatte Moe versprochen, auf ihn aufzupassen und daran würde ich mich auch halten!

Quälend langsam verstreichende zehn Minuten später ließ Mika ihn endlich los und öffnete die Augen.

»Die Wunden sind geschlossen, aber es werden feine Narben bleiben. Außerdem muss ich morgen nochmal ran. Es gab sehr große Schäden. Ob es eine Wandlung geben wird, kann ich nicht beurteilen, denn dazu ist der Angriff zu brutal gewesen. Sollte der Virus nicht durch den Blutverlust aus dem Körper geschwemmt worden sein, müsste man es in ein oder zwei Tagen erkennen. Was mir mehr Sorge bereitet ist die Tatsache, dass er zu viel Blut verloren hat. Er sollte sich ausruhen, sehr viel trinken und am besten genau da liegen bleiben, wo er jetzt ist. So kannst du ihn auch beobachten.« Mein Freund wirkte abermals distanziert, was mich stinksauer machte. »Das hätte echt ins Auge gehen können.«

»Ich weiß. Und wenn ich denjenigen erwische, der das gemacht hat und auch für die anderen fünf Leichen verantwortlich ist, werde ich ihn in kleine Scheibchen schneiden, das versichere ich dir. Der Kerl sorgt noch dafür, dass wir auffliegen.« Wütend schlug ich mit der geballten Faust gegen die Wand. Der Schmerz durchzuckte mich, doch er war nicht so groß wie das Chaos in meinem Innern.

Moe ... Was sollte ich machen, wenn er sich tatsächlich wandelte? Wie sollte ich ihm sein neues Leben erklären? Die meisten Wölfe brauchten Jahre, um mit all den Eindrücken und Veränderungen klar zu kommen, und die waren meist als solche Wesen geboren worden. Wandlungen geschahen nur noch in Ausnahmefällen, denn dadurch, dass Wölfe die gleiche Lebenserwartung hatten, wie Normalsterbliche, verfluchte man seine Lebensgefährten eher damit, als ihnen zu helfen. Ich hatte nie verstanden, wieso man jemanden in einen Wolf verwandeln sollte, obwohl ich als solcher geboren wurde. Ich fand mich dadurch weder cooler, noch irgendwie besonders. Ganz im Gegenteil: Dank der Vampire waren wir wie gejagte Hunde.

»Du warst es wirklich nicht?«, erkundigte sich Mika ein letztes Mal und ich schüttelte den Kopf.

»Ich mag den Jungen, das ist alles. Er ist durch seine Eltern schon gestraft genug.«

»Also doch ›ein Hauch von Schicksal‹.« Mein Freund lächelte auf einmal und schlug mir gegen die Schulter. »Dran denken: Bettruhe, nicht aufregen lassen und wenn es Probleme geben sollte, hast du ja meine Nummer. Beobachte ihn. Ich schau dann morgen Nachmittag nochmal hier vorbei. Vielleicht wissen wir dann mehr wegen der Wandlung.«

Ich dankte ihm und brachte Mika noch zur Tür. Als sich diese hinter ihm schloss, spürte ich, wie die Anspannung meinen Körper verließ. Moe würde es überleben und es war noch nicht sicher, ob eine Wandlung stattfand. Es bestand also noch eine Chance, dass alles gutging.

Diese Aktion hatte mich unheimlich müde gemacht und ich gähnte. Was sollte ich nun tun? Mich im Wohnzimmer aufs Sofa legen? Aber Mika hatte gemeint, ich sollte Moe beobachten. So schnappte ich mir eine Wolldecke von der Couch und marschierte zurück ins Schlafzimmer.

Moe hatte sich auf die Seite gerollt und schnarchte leise. Er schien zu träumen, denn ab und an bewegte er sich im Schlaf. Obwohl er diesen ungeheuerlichen Vorfall erlebt hatte, reagierte er nun erstaunlich ruhig. Die meisten wären wohl in Panik verfallen oder gestorben. Er war ein tapferer Junge, mein Praktikant.

11

Bitte nicht!«, schrie ich, als spitze Zähne an meinem Hals rissen. Ich bekam keine Luft mehr, konnte nur noch schlucken und hatte das Gefühl zu ertrinken. Meine Lunge füllte sich mit meinem eigenen Blut.

***

Nassgeschwitzt wurde ich wach. Ich versuchte, mich aufzusetzen, doch der Schmerz auf meiner Brust ließ mich in der Bewegung stoppen. Ich stöhnte leise und sah an mir hinunter. Ein Verband? Hatte ich es doch noch ins Krankenhaus geschafft?

Meine Augen suchten den Raum ab. Das sah hier ganz und gar nicht nach Klinik aus. Wenn es sich als Krankenzimmer herausstellte, wollte ich nicht wissen, wie teuer es war.

Leises Atmen ließ mich den Kopf nach links drehen. An der linken Seite des Bettes saß Sam. Er hing mit dem Hintern gerade noch so auf einem Stuhl und lag mit dem Oberkörper bereits auf dem Bett. War ich etwa bei ihm zu Hause? Wieso? In meinem Kopf ratterte es. Ich war also tatsächlich angegriffen worden?! Im ersten Moment hatte ich es für pure Einbildung gehalten.

Während ich grübelte, betrachtete ich meinen neuen Chef. Er sah erschöpft aus. Der blonde Haarschopf wirkte ziemlich zerzaust und unter seinen Augen zeigten sich dunkle Ringe. Hatte er die ganze Zeit hier gesessen? War er vielleicht meine Rettung gewesen? Es fiel mir schwer, mich zu erinnern, denn sobald ich an den Angriff und die grauen Augen des Tieres dachte, hörte es auf. Mein Körper zitterte wie Espenlaub. So vermied ich es, zumindest fürs Erste.

Ich hob die Hand und überlegte Sam zu wecken, wobei mir das Herz bis zum Hals schlug. Was wäre, wenn er wütend wurde, da ich ihn aus dem Schlaf riss? Vielleicht erkannte er, dass ich nichts als Probleme machte und wollte mich nicht mehr für sich arbeiten lassen? Bei dem Gedanken rollten mir Tränen über die Wange. Diese Angst, zurückgewiesen zu werden, die schmerzende Wunde und das Erlebte ... Ich dachte, ich würde sterben, mutterseelenallein im Park. Ich konnte ein Schniefen nicht unterdrücken, während meine Hand noch immer über ihm schwebte und ich zögerte, ihn zu berühren.

Sam schien allmählich aufzuwachen, ich konnte meine Hand jedoch nicht zurückziehen. Sie streckte sich wie zwanghaft nach ihm aus. Er öffnete die Augen und sah mich an. Das hellblau der Pupillen strahlte sogar in diesem abgedunkelten Raum.

»Hey, Moritz«, murmelte er und verzog schmerzhaft das Gesicht, als er sich aufrichtete. »Gott, auf einem Stuhl schlafen ist unbequemer, als man im Fernsehen vorgegaukelt bekommt!«, brummte er und stand kurz auf, um sich zu strecken. Dann sah er erneut zu mir.

»Was ist los? Wieso weinst du? Hast du Schmerzen?« Seine Stimme klang nicht wütend, sondern eher besorgt und er setzte sich zu mir aufs Bett.

Ich schüttelte den Kopf. Keine Ahnung wieso ich weinte und noch viel weniger wusste ich, wieso es mich zu ihm getrieben hatte. Ich schluchzte. Er streifte die Schuhe ab, zog die Beine aufs Bett und legte sich neben mich. Was sollte das denn werden?

Eine Hand ergriff mich, drückte meinen Körper sanft hinunter und der erwachsene Mann neben mir wiegte mich in einer innigen Umarmung. Mir blieb die Luft weg, hatte ich doch eh kaum welche durchs Heulen.

»Alles wird gut, hörst du?«, flüsterte er mir ins Ohr und ich bekam eine Gänsehaut. Ich war müde und so angespannt, dass ich hätte verzweifeln können. »Schlaf noch etwas. Ruh dich aus. Später erkläre ich dir alles.«

Er strich mir durch die langen Haare. Es war ein unglaublich schönes Gefühl, was mich dazu bewegte, den Arm um seinen Bauch zu legen und mich tatsächlich an ihn zu schmiegen. Mir war egal, wie es aussah und wenn die Welt das für ›schwul‹ hielt, sollte sie das eben! Ich sehnte mich plötzlich nach Wärme, Geborgenheit und Schlaf. Das alles versprach mir Samuel in diesem Moment und ich nahm es dankend an. Ich hörte auf zu weinen, lauschte seinem Herzschlag, der ziemlich stürmisch ging. Es war angenehm in diesem Kokon aus Decke und ihm und roch so gut. Irgendwie nach Wald und Freiheit. Vermutlich wurde ich einfach verrückt.

»Ich werde nicht zulassen, dass dir noch einmal sowas passiert«, begann er erneut zu flüstern und ich nickte leicht.

Seine Hand strich weiter durch meine Locken und blieb an einer hängen, um diese verspielt um die Finger zu wickeln. Der andere Arm hielt mich am Rücken, nah genug an ihn gedrückt, sodass ich nicht weggekonnt hätte. Als ob ich dies beabsichtigt hätte.

Meine Finger bewegten sich automatisch und strichen in kleinen kreisenden Bewegungen über Sams Bauch. Das beruhigte mich. Mein Kopf wurde schwer, fand auf seiner Brust halt und ich schlief ein. Ein leises »Schlaf gut«, hörte ich noch und spürte etwas Warmes an der Stirn.

War das ein Kuss?

***

Als ich wieder zu mir kam, lag ich allein im Bett. Der Stuhl stand nicht mehr da, wo er gewesen war und auch Sam befand sich nicht mehr hier. Ich versuchte, mich aufzurichten und aufzustehen, rutschte dazu bis an die Kante des Bettrands. Ein ziemlicher Akt, wenn einem alles weh tat und sich das Ding als Kingsize-Version herausstellte. Samuel konnte hier bestimmt sieben Frauen auf einmal vernaschen, wenn er es darauf anlegte ...

Mühsam stand ich auf und stellte fest, dass ich nur noch meine Shorts trug. Wo hatte Sam meine Kleidung hingelegt? Ich schwankte durch das Zimmer, eher schlecht als Recht, doch ich fand meine Jeans und einen Fetzen, der nach dem T-Shirt aussah, das ich getragen hatte. Hieß dann wohl ›oben ohne in der Öffentlichkeit‹ für mich. So ein Mist!

Ich zog mir erst einmal die Jeans an und stützte mich auf den Stuhl, der eben noch am Bett gestanden hatte. Die Tür hinter mir ging leise auf und ich beäugte Sam, der ein Tablett mit Frühstück hereinbrachte.

»Du sollst eigentlich liegen bleiben!«, knurrte er mich an. Ich schluckte. Wieso wurde er auf einmal wütend?

»Ich muss aber zur Toilette. Und davon mal abgesehen, brauche ich etwas zum Anziehen. Ich kann doch so nicht mit in deine Firma«, murrte ich und bemerkte, dass er mich mit großen Augen anstarrte.

»Du wirst nirgendwo hingehen, Freundchen! Du bist gestern angegriffen worden, hier halb verblutet aufgetaucht und denkst allen Ernstes, ich werde heute mit dir das Haus verlassen?« Sein Tonfall war streng und er näherte sich mir, mich böse anfunkelnd.

»Ja, das war mein Plan«, brachte ich unsicher heraus, was dafür sorgte, dass Sam bellend auflachte.

»Nein, so läuft das nicht. Du gehst erst einmal zur Toilette! Das Badezimmer ist rechts, die große Tür nebenan. Danach wirst du etwas essen! Ich habe Frühstück gemacht. Du bekommst von mir leihweise etwas zum Anziehen. Deine Klamotten sind hin«, erklärte er und deutete auf den Fetzen, den ich bereits als meine Kleidung identifiziert hatte.

Ich nickte und gab auf. Hier zu sein, war wahrscheinlich besser als allein zu Hause. Und dieser Mann vor mir legte es richtiggehend darauf an, dass ich blieb.

»Wie fühlst du dich?«, riss mich Sam aus meinen Gedanken. Er stand auf einmal sehr nah vor mir und legte eine kühle Hand auf meine Stirn. Ich schloss die Augen und genoss diese Kälte.

»Es ist ganz ok«, murmelte ich und bemerkte, dass sich mein Gleichgewicht verabschiedete. Ich kippte unbeholfen nach vorn.

»Hey, nicht umfallen!«, hörte ich und öffnete wieder die Augen. Ich war geradewegs auf seine Brust gekippt.

»Tut mir leid. Mein Körper will irgendwie nicht, wie ich will.« Verlegenheit ließ mich erröten und Sam half mir, mich erneut aufzurichten.

Nachdem ich auf der Toilette gewesen war und mir leihweise ein T-Shirt von Sam angezogen hatte, ging ich zurück ins Schlafzimmer. Auf dem Balkon stand ein Tisch, den er gedeckt hatte.

»Alles in Ordnung, Moe? So! Nun wird gegessen. Setz dich«, forderte er mich auf und ich kam dieser Anordnung nach.

Es war ein Frühstück, wie ich es zuletzt vor Wochen bei meinen Eltern erlebt hatte. Frisches Obst, Säfte, sogar Sekt, diverse Aufschnitte und süßer Aufstrich, Brötchen und Croissants. Wer sollte das denn alles essen?

Wie ein kleines Kind musste ich ausgesehen haben, denn ich freute mich total über die frischen Erdbeeren, die sich in einer Schüssel auf dem Tablett befanden. Sam grinste und zog mir den Stuhl zurück, damit ich Platz nehmen konnte.

»Was magst du haben?«

Ich strahlte.

»Erdbeeren«, antwortete ich und er runzelte irritiert die Stirn.

»Nur Erdbeeren?«

»Jep, nur Erdbeeren«, sagte ich schmunzelnd und er schob die Schüssel zu mir.

»Kein Brötchen? Käse? Haselnussaufstrich? Das findet ihr Jugendlichen doch so geil«, hörte ich ihn brummen. War er nun enttäuscht, weil ich nur Erdbeeren wollte?

»Oh ... Ähm ... 'Tschuldigung. Du hast dir so viel Mühe gemacht ... und ich nehme nur das«, murmelte ich und wollte schon nach einem Brötchen greifen, als mir Sam auf die Finger schlug.

Nun verstand ich gar nichts mehr. Er allerdings betrachtete mich eingehend.

»Lass dich nicht so leicht beeinflussen. Wenn es das ist, was du möchtest, und zwar ›nur Erdbeeren‹, dann zieh es durch! Sollte sich deine Meinung danach oder währenddessen ändern, kannst du immer noch was anderes nehmen. Sei nicht so unsicher!«, knurrte er und ich nickte, fühlte mich allerdings eingeschüchtert.

Sam seufzte.

»Ich will damit sagen: Bleib bei deinen Entscheidungen. Erst am Ende siehst du, ob es richtig oder falsch war. Nun iss!«, versuchte er, die Stimmung zu heben, indem er mir die Schüssel unter die Nase hielt.

Ich nahm eine Erdbeere und schob sie mir genüsslich in den Mund. Es dauerte nicht allzu lang, da hatte ich die ganze Schüssel leergefuttert. Sam hatte mich die ganze Zeit beobachtet und begann nun zu lachen.

»Bekommst du zu Hause keine, weil du so ausgehungert danach bist?«

Ich schüttelte den Kopf. Als ihm bewusst wurde, dass es der Wahrheit entsprach, sah er mich fragend an.

»Liane ist hochgradig allergisch gegen Erdbeeren. Vater hat es nicht so mit Obst. Wenn ich mir sowas kaufe, darf es weder in den Kühlschrank, noch in die Nähe meiner Mutter. Der ganze Trubel sorgte dafür, dass ich keine Lust mehr darauf hatte«, schnaubte ich, wobei ich diese kleinen roten, verführerischen Dinger liebte!

Am Funkeln in Sams Augen konnte ich erkennen, dass ihn irgendetwas störte. Es war ein ähnlicher Blick, wie der, als er mir auf die Finger geklopft hatte.

»Weißt du was? Wenn du Erdbeeren möchtest, komm zu mir. Ich besorg dir so viele Erdbeeren, wie du willst!« Er lächelte und ich schmunzelte ebenfalls. So viel Euphorie für Erdbeeren. Ich hatte nicht vor, es tatsächlich dazu kommen zu lassen, nahm ich ja schon genug Hilfe von Sam in Anspruch.

»Moe? Geht es dir gut?«, fragte er, da ich mich etwas zurücksacken hatte lassen.

»Ich glaube, ich hab zu viel gegessen und meine Brust schmerzt.« Ich war versucht, über diese zu reiben.

»Du brauchst einen frischen Verband«, brummte Sam und wies auf das geliehene T-Shirt. Ich hatte bereits die Kompressen vollgeblutet und es arbeitete sich nun durch den Stoff. »Einer der Schnitte scheint aufgegangen zu sein. Komm, ich mach dir einen Neuen.«

Sam ging in den Flur, während ich mich im Schlafzimmer aufs Bett setzte. Er kam ziemlich zügig zurück, mit einem Verbandskasten in der Hand. Langsam hob ich die Arme, was mir aber nicht sonderlich gut gelang, da der Druck des Verbandes heftig war.

»Ich helfe dir«, raunte Sam sanft und begann, die Knöpfe des Polo-Shirts zu lösen.

Das Ganze war mir mehr, als unangenehm. Meine Nackenhaare richteten sich auf und ich bekam eine Gänsehaut. Ich fühlte mich bei diesem Mann zu wohl! Er zog mir das Shirt über den Kopf und es fiel zu Boden. Mir wurde warm ... Schlagartig! Meine Atmung wurde schneller und ich hoffte, es würde ihm nicht auffallen. Sam beugte sich hinunter, lehnte sich nah an mir aufs Bett und griff an meine Seite, wo der Verband fixiert worden war. Langsam rollte er diesen auf. Seine Finger streiften mich dabei entweder am Arm oder meinen Bauch. Es kribbelte förmlich, wenn er dies tat.

Unsere Blicke trafen sich und ich konnte meine Verlegenheit nicht mehr überspielen, als mich dieser forschende Ausdruck aus hellblauen Augen traf. Ein

Klopfen an der Tür riss mich jedoch aus dieser Emotion heraus, denn ein Typ kam herein, den ich nicht kannte.

»Oh, du quacksalberst schon an unserem Patienten herum?«, lachte dieser und stellte eine Tasche auf dem Beistelltisch ab. »Hi, ich bin Mika.«

12

Mika untersuchte Moes Wunde eingehend. Ich zog mich auf den Balkon zurück, um den beiden etwas Freiraum zu gönnen, außerdem brauchte ich eh frische Luft. Mein Magen rebellierte und Wut hatte mich erneut gepackt, als ich die tiefen Kratzer betrachtete, die die Brust des Jungen durchzogen.

›Wenn ich dieses Drecksvieh erwische, werde ich es kalt machen!‹, dachte ich und atmete tief durch, um mich zu beruhigen.

Der Vollmond kam näher und ich war fraglos nicht gerade die Ruhe in Person. Meine Emotionen standen kopf. Wieso fühlte ich mich so für den Jungen verantwortlich und wollte ihn vor allem Unheil bewahren? Das war nicht normal! Und zudem ...

Ein Keuchen lenkte meine Aufmerksamkeit auf die beiden im Schlafzimmer. Ehe ich es selbst realisierte, war ich bereits auf den Beinen.

»Alles okay?«, knurrte ich und sah, dass Moe versteinert war. »Was ist los?«

Mika räusperte sich und deutete auf die Brust des Jungen, dessen Wunde sich geschlossen hatte. Ich fluchte, denn unser Heiler war zu forsch herangegangen und das, ehe ich Moe erklären konnte, was auf ihn zukam.

»Du ...«, stammelte dieser nun. »Du hast ... Was ...? Wie ...?«

Ich verschränkte die Arme vor der Brust. Diese Scheiße durfte Mika selbst ausbaden! Ich würde mich hier nicht einmischen. Mit strafendem Blick bedachte ich ihn und der Heiler lächelte freundlich.

»Weißt du, Moe, ich bin kein normaler Tierarzt. Ich kann Wesen heilen. Du warst gestern zu schwer verletzt, sodass ich die Wunde nicht komplett heilen konnte, aber jetzt bist du vollkommen wiederhergestellt. Naja, bis auf den Blutverlust. Aber das sollte mit Ruhe, viel Trinken und guter Pflege heute ebenfalls klappen.« Seine Gelassenheit war beneidenswert. Ich hätte in dieser Situation vermutlich ständig den Faden verloren. »Meinst du, du kommst damit klar, mein Geheimnis für dich zu behalten? Es ist nicht so, dass ich dir böse wäre, wenn du es nicht kannst, doch leider sind die meisten Menschen nicht in der Lage, eine solche Gabe zu verstehen.«

Ich beäugte Moritz Landvogt, der Mika nachdenklich studierte und dann langsam nickte.

»Ich danke dir für deine Hilfe«, murmelte Moe und hielt dem Heiler die Hand hin, der diese ergriff.

»Sehr gern. Aber im Grunde solltest du Sam dankbar sein, der so geistesgegenwärtig war, mich anzurufen.«

Dieser Knallkopf konnte es echt nicht lassen, Moe in Verlegenheit zu bringen! Der lief rot an und nickte in meine Richtung. Ich spürte die Zerrissenheit des Jungen, denn er war mir tatsächlich dankbar, aber auch verunsichert, ob er mir nicht bald zu viel werden würde.

»Passt schon«, brummte ich aus diesem Grund und bedeutete Mika mit einer Kopfbewegung, dass er sich jetzt endlich verziehen sollte.

Mein Freund reagierte mit einem frechen Grinsen. Er fand mein Verhalten wohl irre komisch. Sollte er es wagen, einen Ton darüber zu verlieren, würde er mich kennenlernen! Gerade nach dieser ganzen Sache war ich mehr als gereizt und hatte keinen Sinn für seine Sprüche.

»Nun, ich muss zum nächsten Termin. Es war schön, dich kennenzulernen, Moe. Du gehörst nicht zu meinen üblichen Patienten, aber es hat dir ja nicht geschadet.« Er zwinkerte ihm nochmals zu und Moe lächelte schüchtern.

»Und nun raus! Moe braucht Ruhe.« Ich knurrte die Worte geradezu und Mika zog sich rasch zurück, da er wusste, was gut für ihn war.

An der Haustür, wohin ich ihn begleitet hatte, drehte sich mein Freund ein letztes Mal zu mir um. Er lächelte und klopfte mir gegen die Schulter.

»Du warst es auf keinen Fall, das weiß ich jetzt. Aber etwas ist dennoch eigenartig an dem Jungen. Die Wunde ist bis auf zarte Narben vollkommen verheilt und es fand keine Wandlung statt. In seinem Pech hatte Moritz wohl doch eine Glückssträhne. Er wird keiner von uns«, sagte Mika leise und mir fiel ein Stein vom Herzen.

Moe würde ein normaler Teenager bleiben. Was für ein Glück!

»Danke, Mika«, raunte ich und der Heiler hob noch einmal die Hand zum Gruß, ehe er ging.

Ich blieb einen Moment an der Tür stehen und dachte über die letzten Stunden nach. Es hatte so viele eigenwillige Situationen gegeben, in denen ich nur reagierte, ohne zu überlegen. Manche davon waren vollkommenes Neuland für mich gewesen. Ich erinnerte mich an den Moment, in dem Moe geweint hatte, da die Lage und all die Gefühle über ihm eingebrochen waren. Es hatte ihm gutgetan, dass ich ihn an mich herangezogen und ihn beruhigt hatte. Meine Nerven waren bis dahin ebenfalls angespannt gewesen. Diese Nähe fühlte sich irgendwie richtig an. Ich hatte Moe gestreichelt, ihm sogar einen Kuss auf die Stirn gedrückt und ihm versprochen, dass ihm nichts geschehen würde. Eine solche Beteuerung war noch nie über meine Lippen gekommen.

Langsam bewegte ich mich wieder in Richtung Schlafzimmer. Ich erwischte Moe dabei, wie er versuchte, den Tisch auf dem Balkon abzuräumen. Das war zwar nett gemeint, doch nicht gut für seinen Zustand.

»Und was wird das, wenn es fertig ist?«

»Ich würde sagen, ich mache mich ein bisschen nützlich. Oder wie sieht es für dich aus?« Er biss sich verunsichert auf die Innenseite seiner Wange.

»Nix da. Lass es stehen und ab mit dir ins Bett. Du brauchst Ruhe«, befahl ich und Moes Augenbrauen hoben sich.

»Ich dachte daran, zu mir nach drüben zu gehen, und mich dort hinzulegen. Liane wird sich wundern, wo ich bin. Außerdem wirst du doch arbeiten wollen, oder nicht?« Sein Verhalten mir gegenüber wirkte wie gehabt sehr zurückhaltend, was mich ärgerte. Ich hatte gehofft, dass wir dieses Theater zwischenzeitlich hinter uns gelassen hätten. Statt mich jedoch mit ihm auseinanderzusetzen, zückte ich mein Telefon. Liane hatte mir irgendwann einmal ihre Nummer gegeben, welche ich nun wählte.

»Landvogt«, meldete sie sich.

»Hallo Liane, Samuel hier. Ich wollte dir nur kurz Bescheid geben, dass ich seit gestern mit Moe unterwegs bin. Er wird ja bei uns als Praktikant anfangen und ich fand es wichtig, dass er unsere Standorte kennenlernt. Ich bringe ihn morgen im Laufe des Vormittags nach Hause.«

Moes Mutter schien etwas irritiert zu sein, aber sie dankte mir für die Info. Ich wünschte ihr noch einen schönen Tag, dann legte ich auf. Währenddessen waren Moes Augen immer größer geworden.

»Du hast die Nummer meiner Mutter im Handy?«, fragte er und ich zuckte nur mit den Schultern.

»War das erste Mal, dass ich sie angerufen habe.«

»Und du hast sie angelogen ...« Moe schürzte missbilligend die Lippen.

»Hätte ich ihr etwa sagen sollen, dass dich ein großer Wolf angegriffen hat, ihr beschreiben, dass du wie ein nasser Sack vor meiner Haustür lagst und ich dich in mein Bett gelegt habe, um dich von einem Heiler verarzten zu lassen?«, entgegnete ich, wobei dem Jungen die Kinnlade herunterfiel.

Ich wusste, dass es wegen des Wolfs war, denn er hatte ihn noch nicht erwähnt. Allerdings brauchte ich Antworten, da die Zeit allmählich drängte. Robert Allerton würde nicht allzu lang darauf warten, dass ich Nachforschungen anstellte. Es standen letzten Endes weitere Leben auf dem Spiel.

»Du hast im Schlaf gesprochen«, erklärte ich, da Moe vor mir zurückgewichen war. Das stimmte zwar, aber ich hatte nicht verstanden, was er gesagt hatte.

»Ich glaube, ich werde langsam verrückt.« Es war mehr zu sich selbst, als zu mir, ich schnaubte dennoch.

»Vermittle ich dir den Eindruck, als würde ich dich für verrückt halten?« Ich blickte den Jungen an, legte den Kopf schief und grinste. »Du bist eingeschüchtert, versuchst, es jedem recht zu machen, manchmal denkst du zu viel nach ... du bist allerdings nicht verrückt.«

Selbstsicher ging ich auf ihn zu und legte die Hände auf Moes Schultern. Er ließ den Kopf hängen, versteckte das Gesicht hinter seinen schwarzen langen Haaren. Mit der rechten Hand ließ ich ihn los und schob meine Finger stattdessen unter sein Kinn, um es nach oben zu drücken. Er blinzelte, als ich ihn so zwang, mich anzusehen.

»Wenn du mir nichts erzählst, kann ich dich nicht beschützen. Das habe ich dir aber versprochen.«

Moe wurde rot, konnte sich jedoch nicht aus dem Griff befreien. Ich hatte auch keine Lust, ihn loszulassen. Seine grünen Augen faszinierten mich, da sie dermaßen ausdrucksstark sein konnten und das bei diesem Jungen, der sich vor allem und jedem zu fürchten schien. Seine Lippen zitterten leicht, was meine Aufmerksamkeit auf sie lenkte. Rot ... sicherlich warm ... verführerisch.

Ich schluckte. Diesen Gedanken, der mich heimsuchte, in die Tat umzusetzen, würde Moe vermutlich komplett aus der Fassung bringen. Sein Körper erbebte und die Angst stieg, was ich nur allzu deutlich wahrnahm.

»Keine Angst ...«, raunte ich und senkte den Kopf. Mit äußerst langsamer Bewegung, sodass er sich nicht überrumpelt fühlte, hauchte ich Moe einen Kuss auf die Stirn und umarmte ihn danach. »Ich werde nicht mehr fragen, wenn du nicht willst, aber ich hoffe, du wirst es mir anvertrauen.«

Er machte sich klein, schmiegte sich an mich und atmete tief ein. Sein Puls, der zu rasen begonnen hatte, beruhigte sich im Lauf der Zeit, was ich als gutes Zeichen deutete.

»Der Wolf war extrem groß, hatte schwarzes Fell und graue Augen. Mehr kann ich dir nicht sagen. Es tut weh, wenn ich mich an mehr erinnern will ...«, flüsterte Moe irgendwann kaum hörbar.

»War das Fell komplett schwarz?« Ich strich ihm beruhigend über den Rücken und er nickte. »Okay, das war es auch schon. Du musst dich nicht noch mehr quälen.«

Wir standen noch eine Weile so da, die Arme umeinander geschlungen. Ich gab Moe Halt und Geborgenheit, die er brauchte und er fand langsam die nötige Ruhe, um sich zu entspannen.

»Wieder okay?«, erkundigte ich mich, als ich mir sicher war, dass er damit klarkam.

»Ja, danke. Wobei ich noch eine Sache verkraften muss ...«

Ich rückte etwas von ihm weg, um ihn ansehen zu können, und bemerkte, dass er leicht grinste.

»Was?«, brummte ich und er gluckste.

»Wie konntest du es zulassen, dass mich ein Tierarzt behandelt?«

Mein bellendes Lachen dröhnte durch den Raum.

»Na, in der Situation konnte ich schließlich nicht wählerisch sein. Und jetzt halt die Klappe und ab mit dir ins Bett. Ich räum schnell auf, während du dich ausruhst und dann gammeln wir eine Runde. Ich bin gespannt, was du von meiner Film- und Serienauswahl halten wirst, die ich habe.« Ich zwinkerte Moe zu, der plötzlich ein Leuchten in den Augen bekam. Die Vorstellung schien ihm zu gefallen.

»Aber musst du nicht arbeiten?«, hakte er nach und ich lachte erneut.

»Ich bin der Boss. Wenn ich keinen Bock habe ... wer sollte mir was vorschreiben können?«

13

Wenn mich jemand fragen würde, wie mein Wochenende war, passte das Wort ›verrückt‹ wohl am besten. Liane beim Fremdgehen erwischt, meinen alten Job bei Alberto gekündigt, von einem Wolf angegriffen worden, verletzt gewesen, geheilt von einem Tierarzt und nun lag ich in einem riesigen Bett mit meinem neuen Boss. Sam hatte mir so viele Filme präsentiert, dass mir die Auswahl echt sehr schwerfiel. Ich war nun einmal die Generation, die keine Filme mehr kaufte, sondern streamte oder online etwas herunter zog. Ihm machte es allerdings eine große Freude, mir alles Mögliche über die Schauspieler oder die Hintergründe der Filme zu schildern. Gerade jetzt kam er mir eher wie der Teenager vor. Ein Knurren lenkte mich vom Film ab und Sam sah an sich hinunter.

»Oh. Ich habe Hunger, obwohl ich drei Brötchen hatte. Wie machst du das mit nur einer Schüssel Erdbeeren nicht zu verhungern?«, fragte er mich todernst und ich grinste.

»Mein Körper braucht nicht viel. Er freut sich, wenn er überhaupt was bekommt«, antwortete ich und beobachtete meinen Bettnachbarn beim Aufstehen.

»Gut, aber hier läuft das anders. Ich werde uns etwas kochen. Genug im Haus habe ich ja. Irgendwelche Vorlieben oder Abneigungen?« Sam sah mich erwartungsvoll an.

»Ich bin allergisch gegen Johannisbeeren und Zimt.«

»Weihnachten ist also dein Allergie-Tod?«, lachte er und ich zuckte mit den Schultern.

Bisher hatte ich es auch ganz gut ohne Zimtsterne, Spekulatius und Dominosteine ausgehalten.

»Im Angebot hätte ich Steak mit Pellkartoffeln, grünen Bohnen und einer scharfen Soße. Was meinst du?«

Ich nickte und krabbelte ebenfalls aus dem Bett. Es wäre eine schöne Abwechslung an diesem Tag, etwas anderes zu sehen, als Sams Spielwiese. Ich folgte ihm in die Küche und wollte wissen, wie ich mich nützlich machen könnte. Samuel wies mich lediglich an, Platz zu nehmen und ihn zu unterhalten.

»Erzähl mir etwas von dir. Etwas, was ich noch nicht weiß«, begann er das Gespräch und suchte aus allen möglichen Ecken die Zutaten zusammen. Er schien sich in der Küche und beim Kochen auszukennen, was ich ihm nicht zugetraut hätte.

»Ich bin siebzehn, was du aber wissen wirst, wenn du mit Liane gesprochen hast. Ich mag Hunde aber keine Katzen! Diese Viecher machen mich unruhig! Kommen an und wollen gestreichelt werden und hinterrücks hauen sie dir ihre Krallen in die Hände. Die Wiedergeburt des wahren Bösen! Denk an meine Worte, wenn du das nächste Mal eine siehst«, sagte ich schmunzelnd und auch Sam lachte.

»Gut. Du bist siebzehn und findest Katzen doof. Weiter!«, motivierte er mich zum Weitererzählen. »Was ist mit deinen Eltern oder Freunden. Bist du in einer Beziehung?«

Diese Frage kam wie aus der Pistole geschossen, sodass ich auf Anhieb rot wurde.

»Nein, ich habe keine Freundin!«, gab ich kurzangebunden von mir.

»Freundin?«, fragte Sam und ich erkannte an seinem Blick, dass auch er die Gerüchte bereits gehört hatte. Ich schluckte.

»Ich bin nicht schwul. Zumindest weiß ich es nicht sicher. Ich hatte ein paar Freundinnen, aber das lief nicht so. Entweder der Reiz war ziemlich schnell weg oder ich habe gezielt Dinge gesucht, die störten, nur, damit sie mir den Laufpass geben konnten. Das Verhältnis zu Liane und meinem Vater ist kompliziert. Er ist ständig auf Geschäftsreise und Liane ... Man kann sagen, ›sieht auch sehr viel‹.« Ich nahm einen großen Schluck von dem Wasser, welches mir Sam herüberschob.

»Besonders andere Schlafzimmer oder?«, knurrte Sam und haute mit dem Fleischklopfer auf das Steak. Ich zuckte mit den Schultern.

»Kann man so sagen. Aber es ist ihre Entscheidung. Vater duldet es schließlich auch.«

Irritiert sah der Möchtegern-Koch mich an.

»Er weiß davon?«, brachte er knurrend heraus und ich nickte. »Okay ... Das muss ich erstmal verdauen. Wenn mich mein Partner betrügen würde, würde ich ihm den Kopf abreißen!«

Seine Worte machten mich zornig.

»Das sagt der, der verheiratet ist und jedes zweite Wochenende eine andere morgens aus der Haustür fegt!« Mich überkam eine Empfindung von Unsicherheit und gleichzeitig Schuld. Ich hätte schwören können, dass es nicht meine Gefühlswelt war, doch wessen sollte es sonst sein. Wieso sollte ich mich schuldig fühlen?

»Wir reden gerade über dich, nicht über mich. Was ist mit deinen Freunden?«, wechselte er das Thema und ich redete etwas genervter weiter.

»Freunde habe ich keine mehr, seit mein Vater den Geldhahn zugedreht hat. Du wohnst ja selbst in dieser Gegend. Du wirst daran gemessen, wie hoch dein Kontostand ist. Als es mit meinen Eltern kompliziert wurde, wegen ihres Wunschs, ich möge doch studieren und ich mich weigerte, gab es kein Geld mehr. Somit fielen Konzerte, Kinobesuche, Essen gehen und eigentlich alles weg. Leider zeigte sich da, dass ich nie richtige Freunde gehabt hatte. Es war keiner unter ihnen, der auch mal etwas ohne Geld machen, für mich mitbezahlen oder einfach nur abhängen wollte. Ich wurde auf keine Partys mehr eingeladen, die Gerüchteküche um mich herum wuchs und am Ende mied man mich komplett.« Ich seufzte und rieb mir die Stirn. »Ich hatte anfangs noch die Hoffnung, dass Robin mir erhalten bleiben würde. Dann kam er aber mit einer meiner Ex Freundinnen zusammen und aus war der Traum«, fasste ich meine letzten Monate zusammen.

»Robin?« Sam schien mich mit seinem Blick beinahe zu durchbohren.

»Ja, Robin. Er ist der Sohn einer Freundin von Liane. Ich bin mit ihm im Kindergarten, in der Grundschule und eigentlich überall zusammen gewesen. Menschen ändern sich leider«, seufzte ich und Sam nickte nachdenklich.

»Das hört als Erwachsener leider nicht auf. Aber denk daran: Jeder, der geht, macht Platz für jemand Neuen!«, schmunzelte er und schmiss die Steaks auf den integrierten Grill. »Medium oder blutig?«

Ich wollte es weder noch.

»Gut durch bitte.« Anstatt es hinzunehmen, knurrte er etwas von ›Banause‹, was mich wieder zum Grinsen brachte. »Was ist mit dir? Wieso bist du so nett zu mir?«

Es wurde ziemlich still zwischen uns. Diese Ruhe war allerdings nicht unangenehm, denn Sam schien nur gründlich über seine Antwort nachzudenken.

»Ich weiß es nicht. Du bist ein junger Mann mit viel Potenzial. Es wäre schade, darauf nicht einzugehen!«, meinte Sam irgendwann wie beiläufig, während er die Kartoffeln in Salzwasser legte.

»Ja, aber wieso jetzt? Du wohnst seit gut zwei Jahren hier? Wir haben uns bis vor ein paar Tagen nicht einmal gegrüßt. Jetzt bekomme ich durch dich einen neuen Job, liege in deinem Bett und werde sogar bekocht. Wieso?«, ließ ich nicht locker, denn irgendwie kam mir jetzt erst die Erkenntnis, wie absurd das alles war.

Sam räusperte sich, nahm die Gabel und wendete das Fleisch.

»Sagen wir so: Manchmal sorgt das Schicksal dafür, dass man das Bedürfnis hat, etwas Gutes tun zu wollen. Das Gefühl hatte ich bei dir. Du wirkst immer so traurig, deine Eltern sind keine Vorzeige-Kandidaten und du machst mich einfach neugierig!«

Seine blauen Augen nagelten mich förmlich fest und es war mir unangenehm, dass mein Herz so in Wallung geriet.

»Ich wünschte, mein Vater wäre so wie du, Sam«, ließ ich verlauten und seufzte.

Ein Klirren war zu hören, denn ihm war die Gabel aus der Hand gefallen.

»Vergleichst du mich gerade mit deinem Vater?«, knurrte er, was ich nicht einzuordnen wusste. Wieso war er auf einmal so schlecht drauf?

»Ja. Du bist liebevoll, ein bisschen merkwürdig hin und wieder, kümmerst dich um mich und wenn du mich umarmst, fühle ich mich wohl. Das habe ich früher nur bei meinem Dad erlebt. Irgendwann hat das leider nachgelassen«, erklärte ich und meinte, ein weiteres leises Knurren zu hören.

»Essen ist fertig. Iss schön auf!«, murmelte er und schob mir einen reichlich gefüllten Teller zu.

»Ähm ... Danke«, meinte ich lächelnd und roch an der Köstlichkeit, die er fabriziert hatte.

Während des Essens schwiegen wir. Irgendwie wirkte Samuel wütend, grübelte zumindest sehr viel. Erst, als er meinen prüfenden Blick bemerkte, rang er sich ein Lächeln ab und fragte, ob es mir schmecken würde. Ich nickte und schon rutschte er erneut in seine Gedankenschleife ab. Vielleicht war ich doch zu viel Arbeit?

»Wenn ich dich morgen früh zu deiner Mutter bringe, ziehst du dich um und ich setze dich an der Schule ab. Dein treues Gefährt ist ja dahin, wie ich feststellen durfte. Früher oder später hätte dich dieses Geschoss aus der Hölle umgebracht, also ist es gut, dass es vorher den Geist aufgegeben hat«, murmelte er ohne aufzusehen.

»Um ehrlich zu sein, ist es der Grund, wieso ich noch lebe. Ich habe es dem Wolf um die Ohren gehauen und ihm sogar mitten auf die Nase geschlagen. Niemals hätte ich damit gerechnet, dass es dabei kaputtgehen würde!«, jammerte ich ein bisschen, denn ich vermisste mein Skateboard jetzt schon.

»Na, jedenfalls, wenn du umgezogen bist und in der Schule, schicke ich dir die Adresse der Firma aufs Handy. Da kannst du dann nach Schulschluss hinkommen und ich zeig dir alles!« Er lächelte endlich wieder und ich war beruhigt.

Der Abend verlief noch sehr entspannt. Wir spielten irgendein Kartenspiel, sahen eine Komödie, bis es schließlich Zeit war, ins Bett zu gehen.

»Das Gästezimmer ist nicht vorbereitet. Ist es in Ordnung, wenn du nochmal in meinem Bett schläfst?«, fragte mich Sam. Dagegen hatte ich nichts, war ich schließlich schon den ganzen Tag darin herumgelegen. Er nahm sich sein Kissen und eine Decke und machte Anstalten, das Zimmer zu verlassen, als ich ihn aufhielt.

»Wo gehst du hin?«, erkundigte ich mich irritiert und sah von ihm auf das große Bett und zurück.

»Ich schlafe auf der Couch. So bist du ungestörter!«

Ich schüttelte den Kopf. Das war doch lächerlich! Wie sollte er mich denn in einem zwei Meter Bett stören? Das hatte er schließlich auch den ganzen Tag nicht getan.

»Ist doch Unsinn! Es ist dein Bett, also leg dich schon dazu, schließlich ist es groß genug. Ich versuche, dir auch nicht in die Quere zu kommen«, grinste ich und begann, mir die Jeans auszuziehen. In Boxershorts und T-Shirt legte ich mich hinein und merkte, wie mich die Müdigkeit einholte. Zähneknirschend stand Sam nun vor seinem eigenen Bett und sah mich unschlüssig an.

»Sicher?«, brummte er und ich wurde nervös. Wieso sollte es nicht in Ordnung sein? Wir schliefen doch nur nebeneinander. Oder etwa nicht?

Ich nickte und ließ mich in die Kissen sinken. Im Augenwinkel beobachtete ich, wie Sam seine Jeans auszog und ebenfalls eine Boxershorts zum Vorschein kam. Dann zog er das T-Shirt aus und legte es über die Stuhllehne. Mir stockte der Atem. Der Kerl hatte ein Sixpack vom Feinsten, war muskulös gebaut und diese breiten Schultern ... Das Gesamtbild war mehr als ästhetisch. Verlegen drehte ich mich von ihm weg und nuschelte ein »Gute Nacht«, als ich neben mir merkte, dass sich die Decke hob.

***

Die Woche war ziemlich gut gestartet. Liane stellte keine Fragen, als ich morgens durchs Haus polterte, mich umzog und wieder verschwand. In der Schule lief es wie immer. Die Klausuren waren ein Kinderspiel und auch meine Mitschüler nervten nicht, was allerdings daran lag, dass ich mich meistens versteckt hatte, um in Ruhe lesen zu können.

Später am Tag in Sams Firma stellte mich dieser zwei jungen Männern vor, die etwa zwei oder drei Jahre älter waren als ich.

»Das sind Benny und Simon. Die beiden sind Zwillinge, wie du erkennen kannst, und gehen jedem damit auf den Sender. Sie haben hier den kompletten Überblick, wer was in der Firma macht und wofür er oder sie zuständig ist. Wenn du Fragen haben solltest, kannst du diese komischen Vögel fragen! Wenn die Sache nicht geklärt werden kann, kommst du zu mir!« Sam lächelte und deutete auf die beiden.

Sie sahen wirklich aus wie Zwillinge, mit dem feinen Unterschied, dass einer von beiden ein Muttermal am Kinn hatte. Mein neuer Boss verabschiedete sich, da nach ihm verlangt wurde und die beiden führten mich herum. Es waren so viele Informationen, dass ich mit dem Denken kaum hinterherkam. Eine Sache war mir allerdings im Gedächtnis geblieben ...

»Hier ist das Büro der stellvertretenden Geschäftsführerin Avalarie Johnsan. Was soll man groß zu ihr sagen ...? Der Teufel trägt Gucci! Wenn sie dir über den Weg läuft, vermeide Blickkontakt oder noch besser,

versteck dich«, zischte Benny und bekam eine Gänsehaut.

»So schlimm?«, lachte ich und Simon nickte.

»Du willst gar nicht wissen, wie schlimm! Solange du
es vermeiden kannst, ihr unter die Augen zu treten, freu
dich. Allerdings solltest du es mal müssen, triff sie nicht
ohne Rückendeckung oder Zeugen. Falls sie dir nämlich
den Kopf abreißen will, kann der andere laufen und Sam
zu Hilfe holen. Er ist der Einzige, der seine Schwester
unter Kontrolle hat!«

Simon und Benny schüttelten sich gleichzeitig, was ich
lustig fand. In deren Augen musste diese Avalarie echt
schlimm sein.

›Sams Schwester also‹, ging es mir durch den Kopf
und ich sah mir die Tür noch einmal genau an. Das sollte
ich nicht vergessen.

14

Sam

Im Büro nahm ich erst einmal Platz und kümmerte mich um die zahllosen Emails, die mich tagtäglich erreichten. Es war eine Arbeit, die mich meist frustrierte, denn ruhig dasitzen und Anfragen zu beantworten, war echt nicht mein Ding.

Die Tür meines Büros wurde aufgerissen und Ava stürmte herein. Sie wirkte, als hätte ich eine Todsünde begangen, was mich jedoch kalt ließ, denn schließlich wusste ich, dass ich nichts ausgefressen hatte.

»Und wie kann ich dir heute behilflich sein?«, brummte ich und meine Schwester schnaubte.

»Du hast einen Praktikanten eingestellt? Das ist eigentlich meine Aufgabe! Und bist du beim Eintragen des Gehalts irgendwie in der Zeile verrutscht oder hast du was genommen?«, fuhr Avalarie mich an und ich knurrte.

Dies bewirkte, dass sie kurz innehielt.

»Falls ich dich daran erinnern soll, ist es noch immer mein Geschäft und ich kann einen Praktikanten einstellen, wie es mir beliebt. Und das Geld wird sich Moe schon verdienen. Ich gehe davon aus, dass er fleißig arbeiten und sich einbringen wird.«

Meiner Schwester klappte die Kinnlade runter.

»Und ich habe da kein Wörtchen mitzureden?«, fauchte sie, was ich mit einem Kopfschütteln quittierte.

»Nein, hier nicht. Du erinnerst dich noch an unser Gespräch von dem Wolf, der eine Spur an Leichen hinterlässt? Moe ist ein Zeuge. Er hat den Angriff des Werwolfs überlebt. Ich werde ihn die nächsten Wochen nicht aus den Augen lassen. Er steht unter meinem Schutz.«

Ava schien mir kein Wort zu glauben. Sie lief im Büro auf und ab und wirkte wie ein Tiger im Käfig. Ihre hohen Absätze klapperten auf dem teuren Parkett und raubten mir den letzten Nerv. Irgendwann würde sie Löcher hineinbohren, wenn ich nicht so arbeitete, wie sie wollte. In diesem Punkt blieb ich allerdings stur. Moe sollte das Geld bekommen, um sich seinen Traum erfüllen zu können! Das hatte er sich nach all dem Ärger verdient. Außerdem erhoffte ich mir, dass ihm dadurch die Arbeit umso mehr Spaß machte.

Den Zwillingen hatte ich eingebläut, dafür zu sorgen, dass sich niemand verquatschte. Die meisten von Moes Kollegen waren Wölfe und würden auf ihn aufpassen, wenn ich dies nicht selbst erledigen konnte. Mein Wort war mir heilig! Naja, zumindest jetzt. Der Junge würde nicht nochmal angegriffen werden!

»Und was soll dieser ›Moe‹ den ganzen Tag machen? Falls es dir noch nicht aufgefallen sein sollte, wir haben keinen Platz für irgendwelche modischen Fiasken!«

»Erstens heißt es ›Fiaskos‹ und zweitens habe ich mir schon etwas überlegt. Wir werden ihn erst einmal mit der Post betrauen. So lernt er die Leute besser kennen. Dann dachte ich an unser Archiv, das er mit den Zwillingen zusammen in die Neuzeit befördern könnte. Wir haben keine richtige Datensicherung der Verträge. Sollte das geschafft sein, bekommt er ein paar Fortbildungen, sodass er mit in die Kundenbetreuung gehen kann. Er ist schlau, hat ein angenehmes Wesen und wird selbst Lydia um den Finger wickeln.« Ich grinste.

Lydia war unsere Abteilungsleiterin für den Kundensupport. Die meiste Zeit verschanzte sie sich in ihrer Abteilung und kümmerte sich darum, den Mitarbeitern den ›richtigen Ton‹ beizubringen. In Sachen Telefonieren war sie ein Ass.

Meine Schwester schüttelte fassungslos den Kopf.

»Würde ich es nicht besser wissen, wäre ich der Meinung, du bist hinter einem Rock her. Moe sah jedoch männlich aus, naja, zumindest nach einem Jungen. Aber wenn du meinst, du müsstest dieses verzogene Muttersöhnchen pampern, mach halt. Du wirst schon sehen, was du davon hast«, murrte Avalarie und schwang sich auf meine Schreibtischplatte. »Ich werde mich dann um den Rest kümmern ... So, wie immer.«

Was sollte denn das jetzt werden? Für so einen Mist hatte ich nun wirklich keine Zeit. Das nächste Meeting stand demnächst an und darauf hatte ich mich noch vorzubereiten.

Ava streifte einen der Highheels vom Fuß und stellte diesen auf meinen Stuhl, direkt zwischen meine Beine. Ruckartig rutschte ich zurück, sodass sie fast das Gleichgewicht verlor.

»Ich muss arbeiten, Ava, und das solltest du auch tun. Was macht die neue Kollektion?«, raunte ich und stand auf.

Meine Schwester funkelte mich wütend an. Ihre Absichten waren ihr deutlich ins Gesicht geschrieben, aber dieses Mal hatte ich nicht vor, dieses Spielchen mitzumachen. Hastig verließ ich den Raum und rannte fast in Annabelle, die in der Firma unsere Buchhalterin stellte, hinein.

»Anna! Entschuldige. Ich habe es leider eilig. Leg mir bitte die Unterlagen auf den Schreibtisch. Würdest du die Unterlagen für ›Woods‹ überprüfen? Die liegen ebenfalls auf dem Schreibtisch. Ich danke dir, du bist ein Schatz!«, rief ich über die Schulter hinweg und suchte das Weite.

Annabelle würde Ava schon aus meinem Büro vertreiben, während ich unterwegs war. Noch blieb mir etwas Zeit, also marschierte ich zum Bäcker um die Ecke und holte ein paar süße Teilchen. Gutgelaunt, weil sich Moe so gut mit den Zwillingen verstanden hatte, ließ ich mir mehrere Tüten befüllen und ging danach noch in den Laden daneben, der Obst verkaufte. Erdbeeren! Die würde es ab jetzt überall in der Firma geben.

»Würden Sie diese bitte täglich frisch liefern? Ich zahle Ihnen die Kosten hierfür«, sagte ich zum Ladenbesitzer und überreichte ihm einen Scheck. »Das sollte für den Monat wohl reichen.«

Ich schmunzelte, als dem Mann die Augen übergingen bei dem Anblick des Betrags. Natürlich würde er täglich zu uns nach drüben ins Büro kommen und die Erdbeeren persönlich vorbeibringen. Das gefiel mir. Vielleicht sollte ich generell eine Art Obst-Flatrate bei uns in der Firma einführen. Das war doch zum Wohle aller. Ich musste mal mit Annabelle darüber sprechen, wie wir diese Kosten verbuchen könnten.

Mit einem regelrechten Hochgefühl marschierte ich zurück und gab die Taschen am Empfang ab.

»Mit Grüßen vom Chef«, wies ich Jonas an, der grinsend nickte. »Und nimm dir auch was. Kommt Isabel heute, um dich abzuholen?«

»Nein, sie muss lernen. Abschlussprüfung. Soll ich dich fahren, Sam? Ich möchte dich nur daran erinnern, dass du mich eigentlich als deinen Chauffeur eingestellt hast ...«

Ich rollte mit den Augen. Im Grunde hatte ich Jonas Heisenberg infolgedessen eingestellt, weil Robert gemeint hatte, der Junge bräuchte eine Beschäftigung. Da hatte es wohl irgendein Problem gegeben. Geldsorgen gab es bei dieser Verbindung zumindest nicht, denn Jonas' Freundin war die Schwester eines Ratsmitglieds. Das hätte mich eigentlich abschrecken sollen, doch der Junge war vollkommen in Ordnung.

»Du weißt doch, dass ich mich nicht konzentrieren kann, wenn jemand anderes als ich am Steuer sitzt. Du fährst sicherlich unheimlich gut, aber diesen Luxus gönne ich meinen Mädels«, gab ich zurück und hob die Hand zum Abschied.

»Verrückter Kerl«, hörte ich Jonas noch murmeln, aber er lachte dabei.

›Da hat er eventuell nicht ganz Unrecht.‹ Mein Verhalten war nicht ganz normal, doch das störte mich nicht weiter. Ich mochte mich so! Und als Boss konnte man sich manche Marotte leisten, die man sich als Mitarbeiter verkneifen musste.

Ich zückte mein Handy und wählte.

»Moritz Landvogt, Parfum Johnsan«, ging Moe an den Apparat und mein Herz hüpfte.

»Hallo Moe, hier ist dein Boss.« Ich lachte, als es plötzlich still am anderen Ende wurde. Hoffentlich hatte der Junge nicht vor Schreck den Hörer fallen lassen.

»Ja, was kann ich für dich tun, ›Boss‹?«, fragte dieser allerdings erstaunlich gut gelaunt.

»Gefällt es dir?«

»Ja, bisher ganz gut. Sie sind alle echt nett. Woher hast du die Leute? Gab es eine Ausschreibung, frei nach dem

Motto: ›Suche super-angenehme und entspannte Leute, denn ich will eine Parfum-Firma aufmachen‹?«, scherzte er, aber ich wusste, dass ihm dieses Verhalten nicht ganz geheuer war.

»Nein, die gab es nicht. Aber bei uns arbeitet man gern und deshalb ist es so entspannt. Ich erzähl dir später davon. Sei weiter fleißig ...«

»Alles klar, Boss!«, lachte Moe und legte auf, ehe ich etwas erwidern konnte.

Der Junge schien sich allmählich zu öffnen. Das gefiel mir. Ich mochte seine Art, die aus einem guten Maß an Sarkasmus und purer Ehrlichkeit bestand. So jemanden brauchte man im Leben und ich war heute einfach nur froh, dass er mir sein Vertrauen schenkte.

15

Und? Was gibt es Neues?« Meine Therapeutin lächelte mich an und ich wusste, dass sie an die Tampon-Szene dachte. Ich wollte darauf allerdings nicht eingehen, sondern lieber etwas Erfreuliches berichten.

»Vieles!«, grinste ich breit und sie beugte sich neugierig vor.

»Na, dann erzähl mal!« Sie schob ein paar ihrer Bonbons zu mir herüber.

Zum ersten Mal seit ich hier war, hatte ich das dringende Bedürfnis, mich ihr mitzuteilen. Ich griff in die Schüssel, löste das Papier von der Süßigkeit und ließ es im Mund verschwinden.

»Ich habe einen neuen Job! Dort verdiene ich sehr gut und es ist zeitlich mit der Schule abgestimmt. So habe ich am Wochenende wieder frei und die Leute dort sind unheimlich cool!«

In den letzten Tagen hatte ich viel mit Simon und Benny abgehangen. In den Pausen waren wir sogar gemeinsam in der Kantine gewesen und hatten über alles Mögliche gequatscht. Sie hörten sogar die gleiche Musik wie ich! Ziemlich schnell hatten wir unsere Nummern ausgetauscht und so vibrierte mein Handy permanent wie bescheuert. Ob in der Schule oder nachts um vier! Die beiden schienen keinen Schlaf zu brauchen!

»Schön, das freut mich zu hören. Wie kam es denn dazu? Du hattest doch zuvor diesen Job, in dem du Pizza ausgefahren hast. Wurdest du dorthin bestellt?«, wollte Frau Doktor wissen und ich begann, ihr alles von Anfang an zu erzählen. Die Wolfsattacke ließ ich dabei außen vor, denn das klang zu unwirklich, um es zu erwähnen. Mein Mund fühlte sich vom ganzen Reden wie ausgetrocknet an, weshalb ich das Glas Wasser, das sie mir auf dem Tisch abstellte, dankend annahm.

Sie schrieb alles mit und nickte immer mal wieder lächelnd. Mein Redefluss schien ihr zu gefallen, da sie mir ja sonst eher die Dinge aus der Nase ziehen musste. Vermutlich hielt sie mein Plappern für einen kolossalen Fortschritt.

»Dieser Sam klingt ja wirklich sehr nett. Schön, dass es solche Nachbarn gibt. Lass uns da direkt einmal beim Thema bleiben. Wissen diese Leute, wie Sam, Simon und Benny, dass im Raum steht, du könntest auf Männer stehen?«, wollte sie wissen und ich sah sie verwirrt an.

»Wieso sollte das wichtig sein?«

Ich merkte, wie ich unsicher wurde und am liebsten wieder den Mund gehalten hätte.

»Ich meine, du hast erzählt, dass du sogar bei diesem Sam übernachtet hast. Wie hat es sich angefühlt? War es in Ordnung für dich, als Freunde? Oder hattest du das Gefühl, dass da etwas zwischen euch ablaufen könnte? Denn normalerweise lädt der Chef einen nicht nach Hause ein und schläft mit seinen Gästen im selben Bett.« Sie blickte mich prüfend an.

Nun hatte ich das Gefühl, zu viel erzählt zu haben, und es machte mich mal wieder wütend. Wütend auf mich selbst!

»Nein, so einer ist Sam nicht! Er hat nichts versucht, was ich nicht auch gewollt hätte!«, nahm ich ihn in

Schutz. Wie vom Blitz getroffen sackte ich in ihrem Sessel zusammen und mein Gehirn begann zu rotieren.

»Nichts, was ich nicht auch gewollt hätte ...«, hörte ich meine eigene Stimme immer und immer wieder sagen.

»Genau das meinte ich, Moritz. Du hast in den letzten vierzig Minuten sehr viel über diesen Sam gesprochen, was absolut nicht schlimm ist. Aber genau in solchen Situationen wägen Menschen normalerweise ab, wie nah sie anderen sein möchten. Deswegen meine Frage«, erklärte sie mir, doch ich schwieg. Ich musste nachdenken.

»Alles in Ordnung?«

Ich begann, wie wild mit den Händen zu fuchteln, hatte das Gefühl, plötzlich vor einer Wand zu stehen. Sollte hier etwa das Ende sein?

»Der Mann ist doppelt so alt wie ich! Was sollte er schon an mir finden? Und davon mal abgesehen, ist er einfach nur nett zu mir! Netter, als seit Ewigkeiten überhaupt jemand! Was nicht bedeutet, dass er mir an die Wäsche will ...«, plapperte ich los und Yvonne Nowak kritzelte einfach weiter auf ihrem Zettel.

»Das meine ich auch nicht! Ich möchte wissen, was *du* empfunden hast! Du sagst selbst, dass es dir schwerfällt, Empfindungen zu reflektieren. Was fühlst du, wenn du an Sam denkst? Ist es möglich, dass es nicht so ist, wie bei Benny und diesem ... ähm ... Simon?«, las sie die Namen von ihrem Klemmbrett ab.

Das Gespräch nahm einen Verlauf, der mir absolut nicht gefiel. Wieso musste sie damit jetzt anfangen, obwohl es mir mal gutging?

»Ich habe mir da nichts bei gedacht. Es war endlich jemand da, der mich in den Arm nahm, als ich es am meisten brauchte. Ich habe es nicht als Anmache verstanden«, murmelte ich und Dr. Nowak nickte.

»Es ist gut, dass du wieder Menschen in dein Leben lässt. Ich bitte dich nur, mehr auf deine Gefühle zu achten. Schau, ob du für dich ausmachen kannst, was diese Personen für dich bedeuten. Das ist eine ausgezeichnete Übung! Hör einfach mal auf dein Inneres, wenn sie dir wieder über den Weg laufen und wir besprechen es dann kommende Woche.« Sie lächelte mich aufmunternd an.

Zum Abschied klopfte sie mir auf die Schulter und wünschte mir viel Glück mit dem Job und den neuen Freunden. Ziemlich frustriert machte ich mich auf den Weg zur Schule und dachte darüber nach, was Frau Doktor gesagt hatte. Wäre ich mir bewusst gewesen, dass das Gespräch so einen Verlauf nehmen würde, hätte ich meine ersten beiden Freistunden sinnvoller gestaltet.

***

In der Schule lief es eigentlich wie immer ab. Ich saß in der vordersten Reihe, blendete die ganzen Idioten hinter mir aus, machte ein paar Notizen zum Unterricht. Meine Gedanken kreisten ständig um das Thema, dass ich vorher in der Praxis bei Frau Doktor Nowak besprochen hatte. Was war Sam für mich?

Ich schmierte im Notizheft herum, wie bei einem Brainstorming. Pro und Kontra, für die Freundschaft mit Sam, was dagegen sprechen würde und was mir bisher an ihm aufgefallen war. Wie von selbst standen dort auf einmal Sachen, wie sein Alter, muskulös, Sixpack, kann gut kochen, sanfte Hände ...

Meine eigenen Gedanken verunsicherten mich und ich ließ den Notizblock schnaubend zufallen. War Sam vielleicht doch mehr für mich? Ich hatte es genossen, als er mich an sich zog. Seine Nähe fühlte sich einfach richtig an und ja, hin und wieder kribbelte es in meinem Bauch. Was aber doch nicht unbedingt heißen musste, dass ich auf ihn stand!

Es war zum Haareraufen!

»So und nun gebe ich euch eure Klausur in Naturwissenschaften wieder!«, verkündete Frau Merl laut und schrieb den Notenspiegel an die Tafel. »Wieder einmal nur eine Eins. Was bringe ich euch hier eigentlich bei? Immerhin hat diese den Notenspiegel oben gehalten, sodass wir nicht neu schreiben müssen!«, seufzte sie und schien ziemlich genervt zu sein.

Die restlichen Noten, verteilten sich auf eher den ›befriedigend‹ bis ›mangelhaft‹ Bereich. Mir war sowas meistens egal. Eine Hand legte sich auf meine Schulter.

»Wie immer gut gemacht, Herr Landvogt!«, sagte sie und legte mir die Klausur mit der großen, Rot umrandeten Eins auf den Tisch. Schnell ließ ich diese unauffällig ins Notizheft wandern und das dann in meine Tasche. Das Feuer musste ja nicht noch mehr angefacht werden.

»Wer hat denn hier wieder den Streber heraushängen lassen?«, grölte einer der Primaten hinter mir.

»Herr Most, eigentlich geht es Sie nichts an. Aber vielleicht könnten Sie sich ja mal bei Herrn Landvogt ein paar Nachhilfestunden geben lassen ... Würde zumindest dafür sorgen, dass Sie Ihr Abitur noch bekommen!«, meinte unsere Lehrerin.

Schönen Dank auch! Wieso schrieb sie nicht direkt an die Tafel, dass ich mal wieder der Streber war? Ich seufzte und war der Erste, der beim Gong aus der Klasse stürmte. Natürlich waren die Jungs, die eben so laut herumgemault hatten, schnell wieder gleichauf.

»Hey, Landvogt, warte mal! Oder hast du ein Date mit einem Lover?«, knurrte Robin und riss mich an der Schulter zurück.

Ich zischte, dass er mich bloß loslassen sollte, und wandte mich aus seinem Griff. Neben ihm standen drei weitere Jungs, die ich nur flüchtig aus den anderen Kursen kannte.

»Wie ist es, wenn man ein Einser-Schüler ist Moritz? Ich bin neugierig!« Einer der Kerle riss mir den Rucksack von den Schultern.

»Wenn du die Murmel zwischen deinen Ohren auch mal nutzen würdest, könntest du es selbst herausfinden!«, fuhr ich ihn an und versuchte, meinen Rucksack zurückzuerobern.

Sie schmissen sich den Rucksack untereinander zu und als ich bei Robin ankam, spürte ich einen tiefen Schmerz in der Magengrube. Es war seine Faust, die sich darin versenkt hatte, sodass ich spucken musste.

»Du elender Penner!«, schnauzte ich ihn an.

Langsam hatte sich eine Traube von Schülern um uns gebildet. Einer der Jungs öffnete meinen Rucksack und suchte nach der Klausur, stieß dabei aber auf mein Brainstorming.

»Oh ... Guck mal einer an ... Unser Mädchen ist verliebt!«, grölte der Dicke und ich funkelte ihn wütend an.

»Wer ist denn die glückliche Schwuchtel?«, lachte ein anderer und ich schnaubte.

»Wer sagt denn, dass es kein Mädchen ist?«, fauchte ich, da ich nur ›Sam‹ in der Mitte des Titels umkreist hatte.

»Als ob ... Schau dich doch an!«, zischte dieser nun und ich lachte.

»Neidisch, dass ich mein Ding wenigstens sehen kann?«, brachte ich ihn in Verlegenheit, doch die Genugtuung hielt nicht lang. Jemand griff mir in die Haare und ich wurde herunter gerissen.

»Na, dann machen wir dich doch mal hübsch für deine Prinzessin!«, hörte ich Robin sagen, ehe sie mich packten und in die Jungentoilette schleiften.

»Lasst mich los, ihr Drecksäcke!«, keifte ich und schlug wie wild um mich.

Ich traf Robin, der an der Lippe zu bluten begann.

»Das hättest du nicht machen dürfen!«, knurrte dieser und wies die anderen an, mir die Haare zu waschen.

›Haare waschen?‹, schrie eine Stimme in meinem Kopf, als ich auch schon kopfüber in die Toilette getunkt wurde. Ich versuchte, den Würgereiz zu unterdrücken, für den das Toilettenwasser sorgte und trat nach allen Seiten aus, in der Hoffnung, wieder frei zu kommen. Keine Chance!

Als mein Kopf wieder hochgezogen wurde, zerrten sie an meinen Haaren und ich sah die Schere im Augenwinkel. Panik ergriff mich.

»So, schauen wir doch mal, welchen neumodischen Schnitt wir dir verpassen!« Mein ehemaliger bester Freund grinste boshaft. Ich wehrte mich mit aller Kraft, schrie und strampelte wie irre, doch Locke für Locke fiel mein Haar zu Boden. All das Selbstbewusstsein, das ich mir die letzten Tage so mühsam erarbeitet hatte, löste sich in Nichts auf.

Eine weibliche Stimme brüllte, dass sie aufhören sollten und die Kerle ließen tatsächlich von mir ab. Ich kannte die drei Mädels nicht, die nun in der Toilette standen, aber eine hielt meinen Rucksack.

»Verpisst euch! Ihr wollt euch nämlich nicht mit uns anlegen. Lasst ihn los!«, schrie die Dunkelhaarige der Gruppe und die Jungs machten einen Schritt zur Seite.

»Wollt ihr auch eine neue Frisur?«, meinte Robin lachend und eins der Mädels, mit langen blonden Haaren zischte, sie würde ihm gleich eine neue verpassen. Ihre Augen funkelten extrem wütend, sodass jeder auf einmal eingeschüchtert war. Irgendwie seltsam.

»Kommt Jungs. Wir sind hier fertig. Danke für die Nachhilfe, Moritz«, verkündete Robin und lauthals lachend verließen sie die Räumlichkeiten.

Nun musste ich würgen und übergab mich in die Kloschüssel. Was stimmte nicht mit meinem Leben? Ich schluchzte, als eins der Mädels mir die Hand auf die Schulter legte. Sie hielt mir wohl die restlichen längeren Haare, die sich noch auf dem Kopf befanden. Alle hatten diese Arschlöcher also nicht erwischt. Wie sah ich wohl aus?!

»Was für eine Scheiße! Hi, ich bin Elly und das sind Isa und Kristin. Wir hätten schon früher was gemacht, kamen aber nicht durch diese Ansammlung an schaulustigen Pennern. Isa hat deinen Rucksack und auch alles wieder hineingetan, was die Vollidioten im Flur verteilt hatten«, sagte die Dritte sanft. Ich erwiderte nichts, rappelte mich auf und nahm dankbar den Rucksack entgegen. Ich zitterte noch immer wie Espenlaub.

»Können wir dir helfen? Kristin könnte ihren Bruder anrufen, dass er dich zum Arzt fährt«, schlug diese Elly vor, aber ich lehnte ab.

»Lass gut sein. Ich weiß es zu schätzen, aber haltet euch von mir fern. Besser ist es«, gab ich jämmerlich von mir.

»Sowas! Da rettet man mal jemanden im Jungen-Klo und bekommt nicht einmal ein ›Dankeschön‹!«, murrte nun die Dunkelhaarige.

»Danke.« Das war dann auch mein letztes Wort. Ich begann zu wimmern und stürmte an den dreien vorbei. Ich musste aus diesem Klo raus! Meine Nerven lagen blank.

»Hey, warte doch!«, hörte ich noch, lief jedoch einfach, bis ich nicht mehr konnte. Ich wollte die Schule, diese Menschen und diese beschissene Welt verlassen. Ich konnte nicht mehr.

Ich würde mit einer miesen Frisur und dem T-Shirt von Sams Firma sterben. Marketing! In den Nachrichten würde man zumindest von seiner Firma hören, wenn sie meine Leiche aus dem See fischten. Das war ein Plan! Aber vorher würde ich es Krachen lassen. Immerhin hatte ich das nötige Kleingeld zu Hause, um mich zuvor volllaufen zu lassen. Das nahm ich mir noch vor, bevor ich diese Welt verließ, denn einen richtigen Rausch hatte ich bisher noch nicht gehabt.

16

Sam

Angespannt blickte ich auf die Uhr. Moe verspätete sich extrem und das war, soweit ich ihn einschätzen konnte, nicht seine Art. Ich musste gegen den Drang ankämpfen, in Richtung seiner Schule zu fahren und ihn höchstpersönlich abzuholen.

»Ganz ruhig. Gleich wird er auftauchen und erklären, eine Klausur hätte länger gedauert oder so«, redete ich mir zu.

Ich zuckte zusammen, als mein Handy klingelte. Der Blick auf das Display brachte leider auch keine Erkenntnis, denn die Nummer war unbekannt.

»Ja?«, knurrte ich und wartete.

»Herr Samuel Johnsan?« Eine weibliche Stimme mit Akzent war zu hören. War das russisch?

»Am Apparat.«

Erneut wartete ich, bis die Frau nach den passenden Worten gesucht hatte. Meine Güte! Wenn man nicht wusste, was man sagen wollte, sollte man nicht anrufen! Meine Ungeduld zeigte sich mal wieder auf seine typische Art und Weise. Dennoch wartete ich, denn einen Grund musste es schließlich gegeben haben, dass sie mich störte.

»Ich weiß nicht, wie ich es ausdrücken soll, aber ich fürchte, einer Ihrer Mitarbeiter ist hier.«

Ich runzelte die Stirn. Die Frau faselte. Was für ein Mitarbeiter? Und wieso rief sie deshalb mich an?

»Wo ist ›hier‹? Und wer sind Sie?«, fragte ich und die weibliche Stimme stellte sich als Sophia Jargoslaw vor, die Besitzerin des *Moonlight*. Ich kannte diesen Nachtklub, er hatte einen guten Ruf. Auf meine Frage, um welchen Mitarbeiter es sich handeln sollte, konnte sie keine genaue Antwort geben.

»Er trägt eins Ihrer Shirts. Leider hat er sich dermaßen betrunken, dass wir nichts aus ihm herausbekommen. Er saß an der Bar, hat sich wohl selbst bedient, als der Barkeeper im Lager war. Bei uns ist im Grunde noch geschlossen. Nun ja ...«, erzählte sie. »Er ist ziemlich dünn und hat schwarze Haare.«

Mein Herz setzte einen Schlag aus.

»Lange schwarze Locken? Grüne Augen hinter einer Brille?«, hakte ich nach, was die Besitzerin des *Moonlight* zu verunsichern schien.

»Keine Brille, aber ich denke, dass er schwarze Locken gehabt haben könnte. Er wirkte etwas mitgenommen.«

Augenblicklich sprang ich auf, schnappte mir die Schlüssel meines Wagens und eilte in Richtung Flur.

»Ich komme! Wie viel hat er getrunken?«, knurrte ich, während ich durch die Gänge hetzte.

Was hatte sich Moe nur dabei gedacht? Die Arbeit zu schwänzen, um sich volllaufen zu lassen?! Der Kleine würde was zu hören bekommen, wenn ich ihn erwischte!

»Ich kann es wirklich nicht sagen. Er war bereits bewusstlos, als mein Mitarbeiter zurückkam. Eigentlich müssten wir einen Krankenwagen rufen, aber da gibt es zwei Dinge, die uns davon abhielten ...«, redete Sophia weiter und mich beschlich das Gefühl, dass noch mehr schlechte Nachrichten auf mich warteten.

»Was?«

Mit der rechten Hand hämmerte ich ungeduldig gegen den Knopf des Aufzugs. Wieso brauchte diese Kiste so verdammt lange? Ich hatte gedacht, dass wir im Gebäude die neueste Technik hatten ...

»Auf der Suche nach einer Adresse fanden wir einen Brief und eine Anweisung, die lebenserhaltende Maßnahmen verbietet. Ich fürchte, der Junge hatte vor, eine riesige Dummheit zu begehen. Natürlich weiß ich es nicht genau, aber es sieht sehr danach aus, dass ...« Sie stockte, da ich laut knurrte.

Allein der Gedanke, dass sich Moe etwas antun könnte. Ich erinnerte mich an den Ärger, den er erwähnt hatte. Sollte das der Grund für diese Verzweiflung sein, würden mich diese Früchtchen kennenlernen!

»Ich bin in etwa einer viertel Stunde da. Bitte rufen Sie niemanden, Sophia. Ich kümmere mich um alles.«

Sie versicherte mir, dass sie auf mich warten würden und ich legte auf. Moe ... Wieso hatte er sich nicht bei mir gemeldet? Ich hätte ihm helfen können! Was war nur geschehen?

Wie ich ins *Moonlight* gekommen war, wusste ich nicht, aber nach fünfzehn Minuten hämmerte ich an dessen Tür. Hastig wurde diese geöffnet und ich stand einer schlanken Dunkelhaarigen gegenüber, die mich mit außergewöhnlich hellgrünen Augen betrachtete.

»Samuel Johnsan?«, fragte sie und ich nickte.

»Wo ist Moe?«

Sie deutete nach drinnen und ich marschierte hinter ihr her, bis zur Bar. Dort lag er auf dem Boden, eine Jacke unter dem Kopf und sah einfach schrecklich aus! Als ich mich ihm näherte, roch ich bereits den Alkohol, von dem er massig getrunken haben musste und er stank außerdem erbärmlich nach Urin und etwas, das ich mir gar nicht ausmalen wollte. Jemand hatte ihm in der Tat zugesetzt.

Vor Wut zitternd zog ich ihn auf meine Arme. Wenn ich diejenigen erwischte! Sie würden sich wünschen, tot zu sein ...

»Danke, ich werde mich um ihn kümmern«, versicherte ich und die Besitzerin des *Moonlight* begleitete uns noch bis zum Ausgang.

»Bitte seien Sie gut zu ihm. Er ist in einer schlechten Verfassung. Es wäre wohl besser, wenn sich ein Arzt den Jungen ansieht ... auch wegen seines Vorhabens.« Sie bedachte Moe mit einem besorgten Blick und ich versprach, sie auf dem Laufenden zu halten.

Mit etwas Hilfe verfrachtete ich ihn auf den Rücksitz und fuhr nach Hause. Im Rückspiegel beobachtete ich Moe die Fahrt über, denn ich hatte Angst, dass er irgendwelche Vergiftungserscheinungen zeigen könnte. Ich hatte erfahren, dass sie meinem Schützling den Finger in den Hals gesteckt hatten, um den Alkohol aus ihm herauszubringen. Jetzt war die Frage, wie viel er schon im Kreislauf hatte. Ich fühlte mich eigenartig benommen, schob es auf die Lage, in der ich steckte. Vielleicht war es doch zu viel für mich, auf den Jungen aufzupassen. Ich hatte bisher zumindest einen echt beschissenen Job gemacht!

»Sam«, nuschelte Moe und ich spitzte die Ohren.

Er war allerdings noch immer bewusstlos und blieb es auch, nachdem wir bei mir zu Hause ankamen. Ich fuhr in die Garage, schloss das Tor und schleppte ihn dann hinein. Im Flur befreite ich Moe von der stinkenden Kleidung, die ich verbrennen würde, um auf Nummer sicher zu gehen. Seine anderen Habseligkeiten schmiss ich ins

Wohnzimmer auf den Tisch. Da würden sie weniger stören.

»Und du musst wach werden!«, knurrte ich Moe an, der jedoch nicht reagierte.

Okay, dann musste es wohl sein ... Ich zerrte den Jungen ins Bad. Eine kalte Dusche würde hoffentlich dessen Lebensgeister wecken. Da ich Moe nicht auf den Boden der Dusche setzen wollte, kletterte ich mit ihm zusammen hinein. Was ich anhatte und, dass die Klamotten nass werden würden, war etwas, das ich vernachlässigte. Nachdem ich das Wasser aufgedreht hatte, keuchte Moe plötzlich. Ich ließ es ihm über den Kopf, die nackten Schultern und den Oberkörper laufen und er schnappte erneut nach Luft.

»Scheiße!«, lallte er und riss endlich die Augen auf.

»Da bist du ja wieder, Sonnenschein ...«

Sein Körper spannte sich an und er blickte sich geschockt um. Er hatte durch das kalte Wasser eine Gänsehaut bekommen und zitterte am ganzen Leib. Meine Klamotten sogen sich mittlerweile mit Wasser voll und wurden immer schwerer.

»Mach das scheiß Wasser aus!«, fuhr er mich an und als Reaktion ließ ich es ihm nochmals übers Gesicht und die Haare laufen, die man ihm wohl grob geschnitten hatte. Er spuckte das kalte Nass aus, das ihm in den Mund gelaufen war.

»Bleib ruhig stehen«, befahl ich und Moe versteinerte. Ich drehte an der Armatur und das Wasser wurde etwas angenehmer.

Der Gestank, den ich weiterhin wahrnahm, hing in seinen Haaren, also schnappte ich mir das Shampoo und begann damit, ihm diesen vom Schädel zu waschen. Er erschauderte, als ich ihm die Kopfhaut massierte. Nach und nach verwandelte sich das Etwas vor mir wieder in den Jungen, der sich heimlich in mein Herz geschlichen hatte. Die letzten Minuten war es mir bewusst geworden. Hätte sich Moe etwas angetan, wäre etwas in mir zerbrochen. Ich mochte ihn nicht nur, sondern fühlte mich wirklich zu ihm hingezogen.

»Hast du noch ne Zahnbürste da?«, murmelte dieser nun und ich nickte.

»Klar.«

Ich half ihm aus der Dusche. Bis auf die Boxershorts war er nackt und ich konnte nicht anders, als ihn mir anzusehen. Er wirkte so zerbrechlich und zart. Moe war dünn, aber nicht dürr. Was mir allerdings mehr Sorgen bereitete, waren die blauen Flecken, die sich über seine Haut zogen. Heute war nicht das erste Mal gewesen, dass ihm zugesetzt wurde.

»Waren das deine Mitschüler? Das und ...« Ich deutete auf seinen Kopf.

»Zahnbürste«, wiederholte Moe nur und schürzte die Lippen.

Ich reichte ihm eine aus dem Badezimmerschrank, nachdem ich diese von der Verpackung befreit hatte. Er ergriff sie und begann wie wild damit, sich die Zähne zu putzen und immer und immer wieder den Mund auszuspülen. Egal, was er entfernen wollte, es schien seiner Meinung nach nicht wegzugehen.

Nach ein paar Minuten wurde es mir zu bunt.

»Hey, das reicht jetzt. Du bist definitiv sauber.«

Ich hielt seine Hand fest, aber er entriss sich meines Griffs. Wütend funkelte er mich an und ich taumelte zurück. Diese Gefühle! Ich nahm seine Wut wahr ...

»Lass endlich die Scheiße, Sam! Du bist nicht mein Vater!«, fuhr er mich an.

Das war der Moment, in dem bei mir die Sicherungen durchbrannten und ich ihn an mich zog. Moe gab ein leises Keuchen von sich, während mich seine grünen Augen verängstigt anstarrten. Mein Atem ging schwer, während ich seine Lippen betrachtete.

»Meinst du echt, ich bin scharf darauf, die Stelle deines Dads einzunehmen? Da habe ich eher anderes im Sinn ...« Ich senkte den Kopf und unsere Lippen berührten sich. Dieser Kontakt stellte mein ganzes Leben auf den Kopf. Ich hatte schon oft geküsst, aber bei Moe fühlte ich, wie die Sehnsucht in mir zu ungeahnten Höhen anstieg.

Leidenschaftlich drückte ich mich noch fester an ihn und auch er schien diese Berührung zu genießen. Er öffnete leicht den Mund, was ich als Einladung nahm. Der Kuss wurde intensiver und hätte noch ewig so weitergehen können, wenn es nach mir gegangen wäre.

Das Klingeln meines Handys holte uns in die Wirklichkeit zurück. Ich hatte es zu Moes Sachen ins Wohnzimmer geworfen.

»Scheiße!«, knurrte ich und machte mich von ihm los. Er hielt sich wankend am Waschbecken fest. »Ich bin gleich wieder bei dir. Versuch bitte, nicht zu fallen. Zur Not setz dich auf den Klodeckel.«

Mit blassem Gesicht nickte er und ich spurtete ins Wohnzimmer, um dieses verfluchte Handy zu suchen. Wenn es nicht etwas Wichtiges war, würde ich diesen Mitarbeiter feuern!

Das Handy lag auf Moes Rucksack und ich ging dran. Es war Ava.

»Wo steckst du?«, fauchte sie sogleich, kaum hatte ich abgenommen, und ich biss mir auf die Lippe.

»Hatte einen Notfall. Bin heute den ganzen Tag unterwegs und vermutlich morgen auch.«

Meine Schwester schnaubte empört.

»Hat sie wenigstens einen geilen Hintern?«, erkundigte sie sich und ich linste um die Ecke in Richtung Badezimmer. Wenn sie so dumme Sprüche bringen wollte, konnte sie das haben.

»Kann man so sagen.«

Ava stöhnte.

»Dann viel Spaß. Morgen Abend hast du allerdings deinen Termin mit ›Woods‹. Du solltest dich also nicht komplett um den Verstand vögeln lassen ...«, zickte sie und legte auf.

›Wenn es nach mir geht, kann ich nichts versprechen‹, ging es mir durch den Kopf und ich verkniff mir ein Lachen.

Moe hatte sich mittlerweile ins Schlafzimmer zurückgezogen und sich eine meiner Boxershorts angezogen. Er saß auf dem Bett, als ich eintrat und wirkte wie ein Häufchen Elend.

»Hey«, brummte ich und er nickte unsicher.

»Ich glaub, wir sollten das gleich wieder vergessen ... Ich bin echt betrunken und nicht zurechnungsfähig. Du weißt schon ... Wäre eh keine gute Wahl. Bin ja nicht mehr lange hier ...«

Ich erinnerte mich an die Worte der Besitzerin des *Moonlight* und marschierte auf ihn zu. Er hob die Hand, um mich aufzuhalten, aber ich wischte diesen Protest beiseite.

»Hör endlich auf, so eine verdammte Scheiße zu reden! Du bist gerade jetzt alles, was ich will, verstanden?!«

Moe betrachtete mich, als wäre ich irre geworden, dann seufzte er und ließ sich erneut von mir küssen. Ich würde dem Kleinen schon noch eintrichtern, wie viel er wert war! Noch nie hatte ich einen solchen Menschen getroffen.

17

Alles drehte sich und ich fühlte mich wie im Rausch. Als würde ich fallen und gleichzeitig fliegen. Jede Berührung durch Sam auf meiner Haut ließ mich erschaudern und eine Gänsehaut bekommen. Da ich nicht allzu viel anhatte, gab es für ihn jede erdenkliche Möglichkeit, meinen Körper zu erkunden. Sam hatte sich nach unserem zweiten Kuss mit ins Bett gelegt und ließ seine Hände wandern. Mir war so unendlich warm, dass ich Angst hatte innerlich zu verbrennen. Der Mann neben mir richtete sich auf, zog sich das nasse T-Shirt über den Kopf und entledigte sich auch der klebenden Jeans. Was hatte er vor? Wie weit würde er gehen wollen?

Ich murmelte, dass ich mir nicht sicher war, ob das eine gute Idee sei, doch Sam hatte ganz klar ein Ziel vor Augen.

»Hör auf zu reden!«, knurrte er und beugte sich über mich.

Seine Lippen liebkosten meinen Hals und er knabberte auch sanft daran. Er setzte seine Erkundungstour fort zu meinem Schlüsselbein, um daraufhin wieder zu meinen Lippen zurückzukehren und mich richtig zu küssen. Sam raunte, wie schön ich wäre und strich mir über den Bauch. Ich zitterte förmlich vor Nervosität und merkte, wie mein Körper mit einem Ständer darauf reagiert. Es war mir peinlich. Das musste sofort aufhören, bevor er etwas mitbekam!

Mein Kopf schrie die ganze Zeit nur: »Oh, nein!«, doch mein restlicher Körper gab sich völlig Samuel hin.

»Sam ... warte ... Das geht nicht!«, versuchte ich, ihn zu stoppen, und wurde verlegen.

»Wieso denn nicht? Willst du nicht?«, fragte er und ich hörte die Enttäuschung heraus.

»So ist es nicht ... Ja ... aber nein ... Ich meine«, druckste ich herum, aber er unterbrach mich, indem er erneut Besitz von meinem Mund ergriff. Diesmal wurde er fordernder und seine Zunge spielte schließlich mit meiner. Sams Hände wanderten an meinem Körper hinab und fassten mir direkt in den Schritt. Ich stöhnte, als er begann mich zu streicheln.

»Sam, hör auf«, löste ich unseren Kuss und bettelte da ich vor lauter Erregung, kaum noch an mich halten konnte.

»Nur ein bisschen. Versprochen!«, schnurrte er, rutschte etwas an mir hinab und legte den Mund auf meine Nippel, um an diesen zu saugen. Ich gab Geräusche von mir, die ich nicht kannte und genoss es einfach, dass er das mit mir machte. Meine Boxershorts rutschte nach und nach immer tiefer, bis Sam einen Blick auf meine Männlichkeit werfen konnte.

»Kann sich sehen lassen«, meinte er und grinste schelmisch. Er streichelte mich weiter. In seiner Hose hatte sich ebenfalls einiges getan, denn der ›große‹ Sam stupste mich von der Seite her an.

»Ich ... ich weiß nicht, Sam!« Ich wurde unsicher, da mir das allmählich zu viel wurde. War ich nun derjenige, der wenn es ernst wurde, einsteckte? Derjenige, der das Mädchen spielte? Ich wollte nicht irgendwer für ihn sein. Er war zudem verheiratet!

Allein bei diesem Gedanken erlosch das Feuer der Leidenschaft in mir und ich schob ihn zitternd weg.

»Ich muss aufs Klo!«, nuschelte ich verlegen und Sam sah mich irritiert an.

»Was? Jetzt?« Er knurrte und ich drückte mich von ihm weg, sprintete aus dem Bett in Richtung Badezimmer.

Ich verschloss hinter mir die Tür und konnte Sam vom Schlafzimmer aus fluchen hören. Verdammt, was passierte hier?

***

»Die Länge kann ich leider nicht retten Sweety, aber wir zaubern noch etwas Schönes daraus«, lächelte mich Kitty freundlich an und begann wie wild darauf loszuschneiden.

Als ich aus dem Bad gekommen war, hatte Sam keine weiteren Anstalten gemacht, mir nahe zu kommen. Im Gegenteil ließ er mich komplett in Ruhe. Ich schlief ein und wurde erst am Morgen von ihm geweckt, als er seine private Friseurin dazu gerufen hatte.

»Kitty macht Ava und mir seit Jahren die Haare. Sie hat mein absolutes Vertrauen«, brummte er, grinste und diese Kitty tobte sich an meinem Kopf aus.

Nach nur wenigen Minuten hatte ich eine Kurzhaarfrisur, in der meine Locken nur leicht zur Geltung kamen.

»Sie wachsen ja wieder nach«, hörte ich Sam hinter mir und seufzte, als ich sein Spiegelbild erkannte. Gestern wollte ich alledem noch ein Ende setzen. Und wo saß ich nun? Wiederholt bei ihm. Er hatte mir abermals das Leben gerettet.

»Wenn wir hier durch sind, besorgen wir dir noch eine neue Brille.«

Ich winkte allerdings ab. Dieses Spielchen war nicht mehr nötig.

»Vergiss es. Das war eh nur Fensterglas. Ich brauch keine Brille zum Gucken«, erwähnte ich nebenbei.

»Wieso hast du dann eine getragen?«, wollte er wissen, doch die Antwort kannte ich selbst nicht. Sie hatte mir einfach gefallen.

Kitty verkündete, dass sie fertig wäre, und ging mit den Fingerspitzen noch einmal durch meinen Ansatz.

»Perfekt! Was sagt der Boss?«, wollte sie wissen, doch Sam nickte nur verlegen. »Prima, dann bin ich hier für heute fertig! Ich schreib es dir auf die Rechnung von Ava nächste Woche. Und du weißt ja, wenn du mal wieder mehr als nur einen Haarschnitt brauchst ... Du hast meine Nummer.«

Sie zwinkerte und drückte ihm beim Vorbeigehen auch noch einen Kuss auf die eine Seite seines Munds. Meine Güte, was war ich plötzlich angepisst von ihrem Verhalten. Am liebsten wäre ich aufgesprungen und hätte ihr eine verpasst! Ich unterdrückte diesen Impuls so gut es eben ging.

Sam brachte sie schleunigst hinaus, da er meinen Gesichtsausdruck wohl richtig gedeutet hatte. Gerade in diesem Augenblick war ich einfach nur eifersüchtig und hätte dem Miststück am liebsten die Schere ins Auge gejagt. Ich knurrte vor mich hin. Eifersucht war noch nie ein Thema für mich gewesen ... Aber in diesem Moment nervte es mich!

Ich stand vom Stuhl auf und warf erneut einen Blick in den Spiegel. Es sah nicht schlecht aus, fühlte sich jedoch ungewohnt an und sah irgendwie nicht mehr nach mir aus. Als würde ein Fremder aus dem Spiegel zu mir heraussehen.

»Hey«, hörte ich auf einmal hinter mir und zwei Arme schoben sich an meinen Hüften vorbei. Sam verteilte Küsse auf meinem Hals und ich schloss die Augen. Nur für einen kurzen Moment, bis meine Vernunft es mir sicherlich wieder zerstören würde. Sofort erwachte das Kribbeln in meinem Körper. Egal was er machte, ich reagierte sofort seitdem wir uns das erste Mal geküsst und er mich gestreichelt hatte.

»Wir müssen noch reden, Moritz!« Seine Worte bewirkten, dass das Thema schlagartig ernst wurde. Es fühlte sich zumindest für mich todernst an und mein Magen krampfte sich zusammen.

»Worüber?«, fragte ich, dabei kannte ich die Antwort schon. Unsere Blicke trafen sich im Spiegel und aus seiner eben noch so selbstsicheren Miene wurde eine sorgenvolle.

»Was war das gestern?«

»Ein Ausrutscher!«, antwortete ich, denn ich hatte nicht vor, mein ganzes Vorhaben zu erläutern.

»Ausrutscher? In diesem Ausmaß?! Du hast dich übelst betrunken, dass ich schon mit einer Vergiftung gerechnet habe. Ich bin nur froh, dass du das Firmen T-Shirt anhattest, sodass man mich kontaktiert hat«, meinte er und küsste auf einmal meinen Nacken. Ich sah ihm im Spiegel dabei zu und versuchte zu ergründen, wieso es sich bei ihm so anfühlte. So richtig ...

»Wird nicht wieder vorkommen«, versprach ich, denn er schien sich wirklich Sorgen zu machen.

»Sagst du mir, was du vorgehabt hast und den Auslöser hierfür?« Er blieb vorsichtig und eine Hand glitt langsam unter mein T-Shirt.

Ich schüttelte den Kopf und sah weiter Sams Spiegelbild zu. Er bekam ein erstaunliches Funkeln in den Augen. Wie machte er das?

Skeptisch sah ich in sein Gesicht, ehe er mich zu sich drehte und an seinen Körper zog. Der Kuss war leidenschaftlich und innig, allerdings konnte ich mich nicht dazu durchringen, es komplett zu genießen. Ich war zu verkrampft.

»Du machst mich wahnsinnig ... Ich spüre, dass etwas nicht stimmt! Was ist es!«, knurrte er mich plötzlich an und ich sah beschämt zu Boden.

»Moritz?!«, wurde er energischer und schüttelte mich sanft.

»Du bist verheiratet und ich würde nur einer von vielen sein.« Diese Worte waren mir über die Lippen gekommen, bevor ich diese stoppen konnte und mein Herz fiel schwer auf den harten Fliesenboden.

18

Sam

Moes Worte trafen mich auf eine Weise, die ich nicht beschreiben konnte. Irgendwie hatte er Recht, denn Treue gehörte nicht zu meinen Stärken, ein Grund, wieso ich mir, bis auf die Sache mit meiner Ehefrau, nie eine Beziehung angetan hatte.

»Ich liebe sie nicht und soweit ich das beurteilen kann, hat sie auch keine Gefühle für mich«, knurrte ich und ließ Moe los.

Er hatte sich erneut abgewandt. Sein Spiegelbild bedachte mich mit einem seiner typischen Blicke, die durch diese grünen Augen umso intensiver wirkten. Er verstand meine Worte nicht.

»Es ist kompliziert.«

Mit dem Wunsch, dieser Situation zu entfliehen, marschierte ich ins Wohnzimmer und nahm auf der Couch Platz. Mit dem Fuß stieß ich gegen Moes Rucksack, dessen Inhalt sich auf dem Boden verteilte. Das hatte mir gerade noch gefehlt!

»Scheiße!«, brachte ich frustriert heraus und bückte mich, um die Sachen aufzulesen.

Moes Abschiedsbrief und ein Notizheft fielen mir in die Hände. Ich starrte auf die karierte Seite, die etwas zeigte, das mein Herz spontan schneller schlagen ließ. ›Sam‹ stand dort in verschnörkelter Schrift. Es war eine Liste mit Pros und Kontras.

»Kontra: Alter, ist ziemlich bestimmt, ›nur einer von vielen?‹, ich habe keine Ahnung, was man bei der Auswahl an mir finden kann, ist mein Boss«, las ich und schluckte. »Pro: Muskulös, Sixpack, kann gut kochen, sanfte Hände, ich fühle mich einfach wundervoll in Sams Nähe.«

Also hatte ich mich nicht getäuscht und Moe fühlte tatsächlich das Gleiche. Aber warum sträubte er sich dann so? Mein Blick fiel wieder auf den Punkt mit den krakeligeren Worten ›nur einer von vielen?‹. Wie sollte ich beweisen, dass ich ihn wirklich mochte? Seit er in mein Leben gestolpert war, mit seinem Sarkasmus und der offenen Art, ging er mir nicht mehr aus dem Kopf! Wenn er nicht da war, fehlte er mir sofort und eine Welt ohne Moritz, wollte ich mir gar nicht vorstellen.

Ich legte das Notizheft auf den Tisch, das so aussah, als hätten jede Menge Leute darauf herumgetrampelt und nahm Moes Brief zur Hand. Er war nicht zugeklebt, weshalb ich die eine Seite herauszog, die er hastig dahin-gekritzelt hatte. Ich verkniff mir einen erneuten Fluch, als ich über die Zeilen las.

»Ich habe dieses Leben so satt! Ständig allein und immer auf der Hut sein zu müssen, wurde mir nun doch zu viel.« Der Rest der Worte schien unleserlich zu sein, da diese durch Tränen aufgeweicht worden waren. Ich erkannte allerdings meinen Namen, der etwas abseits stand. Was hatte er noch beabsichtigt, mir mitzuteilen?

Moe war wohl zu dem Entschluss gekommen, mir folgen zu wollen, und blieb im Türrahmen wie angewur-zelt stehen. Ich hielt ihm den Brief entgegen. Mein Herz schlug mir bis zum Hals, aber ich sagte kein Wort. Ich konnte nicht. Mein Mund war auf einmal ganz trocken. Er hatte sich umbringen wollen ... einfach so.

»Ich werde es nicht nochmal tun«, meinte Moe kleinlaut und ich erkannte, dass ihm Tränen über die Wangen liefen. »Du hast es geändert. Auch, wenn ich mich dafür hasse, aber ich kann nicht ...«

Was er mit seinem letzten Satz ausdrücken wollte, wusste ich nicht. Ich streckte die Hand nach ihm aus und Moe kam schwankend auf mich zu. Sanft zog ich ihn zu mir auf die Couch. Ich brauchte unbedingt seine Nähe, musste ihn berühren, um sicher zu sein, dass alles in Ordnung war.

»Tu mir sowas nicht an, okay? Ich weiß nicht, was gewesen wäre, wenn du ...«, begann ich, aber mir blieben die anderen Worte im Hals stecken.

»Du hättest dir einen neuen Praktikanten suchen müssen.« Es war eine Feststellung, die mich erzittern ließ. Moe schien echt keine Ahnung zu haben!

»Was hast du mir in diesem Brief geschrieben?«, fragte ich stattdessen, da ich nicht wollte, dass Moe seine übliche Mauer aufbaute. Er schien das Thema verdrängen zu wollen, aber er musste darüber sprechen, um zu begreifen, wie wertvoll sein Leben war!

»Ich ...« Er nahm mir den Brief aus der Hand und blickte darauf. »Da steht: Sam ... Danke für die letzten glücklichen Momente meines Lebens. Ich ... Ich liebe dich dafür.« Moe schniefte. »Das ändert jedoch nichts an der Tatsache, dass das zwischen uns nicht das ist, was ich will. Du hattest sicherlich schon zu viele und ich bin zu treudoof, um damit klarzukommen.«

Er redete sich um Kopf und Kragen und allmählich verstand ich seine Ängste. Zärtlich strich ich ihm über den Rücken, tastete mich zu seinem Nacken vor und kraulte diesen. Emotionen überfluteten mich: Angst,

Genuss, Traurigkeit und Unsicherheit ... Moes Gefühle. Nun erkannte ich es.

»Du wärst nicht einer von vielen«, raunte ich. »Ich kann dir nicht versprechen, dass es zwischen uns klappt, aber das, was ich für dich empfinde, ist auch neu für mich. Du wärst ... naja ... Du wärst ebenfalls mein Erster.«

Ich grinste, um meine plötzlich aufkeimende Unsicherheit zu überdecken. In Moes Anwesenheit wusste ich nie, ob es seine oder meine Gefühle waren, die ich wahrnahm. Das konnte echt verwirrend sein!

»Und dennoch wolltest du gestern ...?« Mit großen Augen fiel Moe die Kinnlade herunter, doch ich zuckte mit den Schultern. Es hatte sich einfach richtig angefühlt. Das erklärte ich ihm. Er blickte erneut auf seine Füße und erkundigte sich dann abermals nach meiner Frau. Ich stöhnte.

»Ich habe Vivienne geheiratet, weil es von mir erwartet wurde. Meine Familie und ihre waren nicht sonderlich gut aufeinander zu sprechen und eine Heirat hat diesen Zwist behoben«, erklärte ich, was auch stimmte. Irgendwie. Dass das Ganze leider durch die Wolfsgene und Hierarchien noch komplizierter wurde, verschwieg ich, denn irgendwann würde man wohl auch auf Nachwuchs hoffen.

Ich dachte an die Zeit zurück, als die Ehe beschlossen worden war. Das war mein Weg gewesen, die Freiheit des Rudels zu sichern, die ich selbst wollte. Leider hatte meine fragwürdige Beziehung zu Ava das Gesamtbild bereits gestört, denn einigen war dies nicht entgangen. Hätte es Vivienne nicht gegeben, wäre ich wohl bei meiner Schwester gelandet und sie hätte den Platz eingenommen, den sie immer gewollt hatte. Nun allerdings war ich dabei, alles über den Haufen zu werfen. Für einen Kerl! Meine Verwandtschaft wäre entsetzt, doch in diesem Augenblick war mir das total schnuppe. Sie hatten ja keine Ahnung, was mir Moe bedeutete und das nach so kurzer Zeit.

»Das klingt irgendwie nach Mafia«, stellte dieser nun fest und runzelte die Stirn.

Ich lachte. Meine Familie mit der Mafia zu vergleichen war irgendwie abstrus, aber dennoch passend.

»Ich sagte doch, es ist kompliziert. Vivienne lebt am Rand der Stadt, ich wohne hier. Näher sind wir uns während unserer Ehe nicht gekommen, außer ein paar Begegnungen, die ich ... Nun ja, sagen wir so: Ich hatte intensivere Erlebnisse mit dir im Bett, als mit ihr.«

Moe riss überrascht die Augen auf und starrte mich ungläubig an. Das nahm ich als passenden Moment, um ihn an mich zu ziehen und ihn zu küssen. Er wehrte sich nicht, sondern erwiderte sachte den Kuss.

»Ich habe aber keine Ahnung, wie man eine Beziehung auf diese Art führen soll«, protestierte er daraufhin erneut und ich ächzte.

»Meinst du, ich? Können wir nicht einfach den Moment genießen und es auf uns zukommen lassen? Oder hat da dein innerer Moritz Landvogt was dagegen?«, knurrte ich und Moe wurde rot.

Diese Unsicherheit ging mir allmählich etwas auf den Geist, obwohl ich es auch süß fand. Dieser Junge war für sein Alter viel zu unschuldig.

Mein Magen gab ein Brummen von sich und Moe gluckste, als sein Bauch antwortete. Zumindest die beiden schienen sich einig zu sein.

»Das ist wohl mein Stichwort, was zu Essen zu machen. Worauf hast du Lust?«

Natürlich zuckte Moe mit den Schultern. Er schien nicht gern zu essen, sondern es eher als Sache zum Überleben zu sehen. Das würde ich in der nächsten Zeit ändern! Essen war etwas Tolles und das sollte er auch irgendwann zu schätzen wissen.

»Hast du noch Steaks da?«, erkundigte er sich plötzlich und ich grinste.

»Klar. Die esse ich auch am liebsten. Wärst du dieses Mal bereit für ein Experiment und ich mache deins ›medium‹? Dann blutet mein Herz nicht so während des Kochens.«

Moe runzelte die Stirn, ließ sich allerdings erweichen. Gott sei dank! So marschierte ich wie beim letzten Mal in die Küche und er leistete mir Gesellschaft. Es war gemütlich und wir redeten über Gott und die Welt. Das kam zumindest besser, als über unsere Beziehung nachzudenken. Das musste sich einfach entwickeln!

Geistesabwesend fuhr sich Moe durch die kurzen schwarzen Haare. Ich wusste, dass ihm die langen Locken fehlten, doch diese waren leider nicht mehr zu retten gewesen. Ich musste unbedingt herausfinden, wer ihm das angetan hatte.

»Wie laufen eigentlich deine Prüfungen?«, erkundigte ich mich und wartete, ob ich Anhaltspunkte gewann.

»Ganz gut. Die letzte Arbeit war wieder ne eins, also starte ich mit einem guten Schnitt.« Er blickte ins Leere und mir fiel der Vater-Vergleich vom letzten Mal ein. Okay, ich sollte wohl andere Fragen stellen.

»Ich war eine Niete in der Schule. Das, was mir die Lehrer erzählt haben, interessierte mich überhaupt nicht. Wer will denn schon wissen, welcher Politiker vor Jahrhunderten einmal Scheiße gebaut hat ...? Natürlich sollte man manche Fehler nicht wiederholen, aber darüber

Prüfungen ablegen? Und dann diese ständigen Jahreszahlen! Fand ich ätzend.« Meine Worte brachten Moe zum Schmunzeln.

»Damit habe ich wenig Probleme. Was ich gelesen habe, ist in meinem Kopf.« Er tippte sich gegen die Stirn. »Eidetisches Gedächtnis.«

»Beneidenswert«, gab ich zurück und zwinkerte ihm zu. »Ich lass dich irgendwann mal die Daten und Fakten meiner Meetings lesen. Vielleicht kannst du mir dann auf die Sprünge helfen.«

Wir aßen in aller Ruhe und ich grübelte, wie ich die Wahrheit aus Moe herausbringen könnte, aber er schwieg. Obwohl man ihm dermaßen zugesetzt hatte, wollte er seine Angreifer nicht verraten. Auf mein Nachhaken behauptete er sogar, es würde sich danach eh nichts ändern. Zumindest den Namen der Schule wusste ich und, dass es dieselbe war, in die auch Jonas' Freundin Isabel ging. Vielleicht konnte sie etwas Licht ins Dunkel bringen.

19

Er hat den Brief gefunden«, grübelte ich neben Sam im Bett, der tief und fest eingeschlafen war.

Im Schlaf sah er total harmlos aus und man konnte gar nicht glauben, dass dieser Kerl so autoritär sein konnte. Eine Diskussion mit ihm anzufangen, bezüglich des Übernachtens, hatte nichts gebracht. Er bestand darauf und ließ keine Widerworte zu. Ich seufzte und gab schließlich nach. Wie versteinert saß ich daraufhin den Abend über auf seiner Couch und wir schauten die eine oder andere Serie. Immer wieder fielen mir die Augen zu. Mein Körper hatte die Energie aufgebraucht und forderte nun seinen Tribut.

»Lass uns schlafen gehen«, raunte Sam in mein Ohr und strich mir über das kurze Haar. Er schien es zu mögen, mich ständig zu berühren, und ich musste gestehen, dass ich es ebenfalls schön fand.

Ich gab also einen zustimmenden Laut von mir und richtete mich schlaftrunken auf. Er griff nach meiner Hand und zog mich quasi hinter sich her, bis ins Schlafzimmer. Allein der Gedanke, heute Nacht wieder neben ihm zu liegen, ließ mich rot werden. Es passierte allerdings rein gar nichts. Sam wünschte mir eine gute Nacht, strich mir zärtlich über die Wange und schlief ein. Meine Gefühle und Gedanken fuhren Achterbahn.

Bisher gingen die Berührungen und Zärtlichkeiten komplett von ihm aus. Ich war dabei meist wie versteinert, sobald Sam näher an mich herankam, obwohl es mir außerordentlich gut gefiel.

Schnaubend verschränkte ich die Arme vor der Brust und starrte an die Decke. So konnte ich nicht einschlafen! Ich musste einen klaren Kopf bekommen und rutschte vorsichtig aus dem Bett. Im Dunkeln hoffte ich, nirgends dagegen zu laufen, und fand tatsächlich unbeschadet den Weg in seinen Flur. Die Schlafzimmertür drückte ich vorsichtig zu und betete, dass ich ihn damit nicht weckte.

Der Mond schien durch die großen Fenster, sodass es nicht nötig war, das Licht anzuschalten. Im Wohnzimmer blieb ich stehen und betrachtete die Bilder, die an der Wand hingen oder auf einem der Regale standen. Mein Blick fiel auf das Hochzeitsfoto. Dafür, dass diese Ehe kompliziert sein sollte, sah er auf dem Bild sehr glücklich aus.

»Wem machst du eigentlich was vor?«, murmelte ich und sah mir die anderen ebenfalls an. Zum größten Teil waren es Bilder, die nicht älter als vier oder fünf Jahre sein konnten. Sam sah wie immer aus. Durchgestylte blonde Haare, schicker Anzug, charmantes Lächeln und sein selbstsicheres Auftreten.

Mir fiel mein Rucksack auf, der neben dem Couchtisch stand. Seufzend bewegte ich mich auf diesen zu, setzte mich und fischte nach dem Notizbuch. Mein Abschiedsbrief lag darin, den ich erstmal zerknüllte und zurück in die Tasche stopfte. An diesen Mist wollte ich nicht mehr denken!

»Irgendwann muss es doch besser werden. Noch drei Wochen, dann hast du deinen Abschluss! Du musst nur noch die letzten Klausuren überstehen«, sagte ich zu mir selbst und rieb angestrengt über meine Stirn. Ich öffnete das Notizbuch und griff zu einem Stift. Ich wollte meine Pro und Kontra-Liste zu Sam erweitern.

Yvonne sagte ja bereits, dass ich im Reflektieren meiner Gefühle miserabel war.

»Also Moe, was fühlst du?«, flüsterte ich und begann in mein Notizbuch zu schreiben.

***

Erschrocken hob ich den Kopf, als Licht anging.

»So kannst du besser sehen.« Sam lächelte mich an. Er stand freizügig, nur unten herum mit einer Boxershorts bekleidet am Türrahmen gelehnt da.

»Tschuldige. Habe ich dich geweckt?«

Hoffentlich hatte ich es nicht. Der Mann musste schließlich eine Firma leiten! Da konnte er es nicht gebrauchen, von einem Kind wachgehalten zu werden.

»Rutsch nach vorn!«, meinte er, statt mir zu antworten, und setzte sich hinter mich, sodass ich zwischen seinen Beinen saß. »Sollen wir zusammen über die Pros und Kontras meiner Person nachdenken?«

Er grinste und legte den Kopf in meinen Nacken.

»Du hast sie gesehen?« Es war mir peinlich und am liebsten hätte ich die Flucht ergriffen.

»Hör auf, dich lächerlich zu machen. Sei in dem Punkt wenigstens ehrlich zu mir!«, brummte er und zog meinen Rücken fester an seine Brust.

Die Arme schlangen sich um meine Hüfte und die Hände lagen behaglich auf meinem Bauch.

»Also ... Ich habe einen tollen Körper, ja?«, hörte ich ihn belustigt sticheln.

Ich nickte, denn es war ja kein Geheimnis, dass das Ego dieses Mannes bis in den Himmel reichte.

»Gut, was wäre denn ein Kontra?«, murmelte er und ich überlegte.

»Du bist zu versessen auf Antworten, die ich dir nicht geben will! Du bohrst ziemlich lange, weil du es nicht ertragen kannst, diese nicht zu kennen!«, schrieb ich auf und hinter mir schnaubte er verschnupft.

»Das stimmt gar nicht! Ich möchte einfach nur wissen, dass es dir gut geht. Ich habe dir versprochen, dich zu beschützen«, knurrte er und ich musste lachen.

»Nicht kritikfähig«, schrieb ich als Nächstes auf.

»Ey!« Er begann hinter mir, mich zu kitzeln. Herzhaft lachend drückte ich mich immer mehr an ihn, da ich eh nicht wegkam. Die Tränen liefen mir schon über die Wangen und ich bekam kaum Luft. Als er aufgehört hatte, hauchte er süßlich in mein Ohr:

»Ich mag es, wenn du lachst.«

Ich drehte den Kopf in Sams Richtung und entdeckte ebenfalls ein Lächeln in seinem Gesicht.

»Du solltest eigentlich schlafen, Sam. Du musst doch morgen arbeiten und ich in die Schule.« Ich sagte Letzteres eher ungern, denn der Gedanke machte mich krank.

»Willst du morgen nicht einfach mal blau machen? Wenn du wirklich so ein schlauer Kerl bist, werden die Klausuren doch ein Klacks für dich sein!«

Ich schüttelte den Kopf.

»Ich kann mich doch nicht verstecken«, gab ich kleinlaut von mir, da mir diese Möglichkeit eigentlich extrem gut gefiel.

»Willst du mir immer noch nicht sagen, wer es war?« Sam spielte mit den kurzen Haaren. Ein Kribbeln fuhr durch meinen Körper.

»Nein. Das ist eine Sache, die dich nichts angeht!«

Ich hörte ein Knurren hinter mir und bemerkte dann, dass er sich von der Couch erhob. Er hielt mir die Hand erneut hin und gab sich Mühe, ein Lächeln zustande zu bringen.

»Lass uns wieder ins Bett gehen, Moritz.«

Ich kam dieser Aufforderung zügig nach, denn eins wollte ich jetzt auf keinen Fall und das war streiten.

***

Im Bett sahen wir uns noch eine Weile an. Der Mond schien ins Schlafzimmer, da Sam die Terrassentür geöffnet hatte. Ihm war es wohl zu warm gewesen, während ich nun fror.

»Ist dir kalt?«, fragte er und kaum, dass ich nickte, zog er mich näher an sich heran.

Der Mann war ein Heizofen! Ich schmiegte mich an ihn, lauschte seinem Herzschlag und dachte darüber nach, wie es wohl wäre, ihn zu küssen. Ja, wir hatten uns in den letzten Stunden häufiger geküsst. Ich meinte jedoch, nicht durch meine Initiative, denn das hatte ich mich bisher noch nicht getraut.

Sam hatte die Augen geschlossen und ich streckte ein wenig meinen Hals, um auf seine Kopfhöhe zu kommen. Ich betrachtete seine ebenmäßigen Gesichtszüge und wurde in meinem Vorhaben nur noch weiter bestärkt. Ich wollte es. Meine Finger legten sich auf Sams Wange, dann drückte ich mich näher an ihn heran und legte die Lippen auf seine. Als ich mich von ihm löste, öffnete er die Augen und schmunzelte.

»Wofür war der denn?«, kam es neckend von ihm und ich zuckte mit den Schultern.

»Ich wollte nur schauen, ob es sich genauso schön anfühlt.« Ich schmiegte mich wieder an.

»Wir sind beide Männer. Du weißt genau, was sich gut anfühlen kann«, lachte er und ich rollte mit den Augen.

»Immer dieses Sexistische!«, zischte ich, fand mich aber sogleich auf dem Rücken wieder und Sam hatte sich auf mich gelegt. Ich schnappte nach Luft.

»Ich hätte da so eine kleine Idee, was sich für dich toll anfühlen müsste.« Er küsste meinen Hals.

»Sam, können wir es langsam angehen? Ich meine ... Ich ... Ich bin siebzehn!«, bemühte ich mich, die ›Du bist ein alter Sack‹-Karte zu spielen, auch wenn ich Angst davor hatte, dass er mich dann fallen ließ.

»Ja, deshalb weiß ich auch, was dir gut gefallen könnte. Es gefiel mir in dem Alter zumindest«, murmelte er, während seine Zunge über mein Schlüsselbein leckte.

»Warte! Mich macht das total nervös. Ich habe noch nie ... Na, du weißt schon«, stammelte ich, doch ›der Boss‹ war von dem Vorhaben nicht abzubringen.

»Keine Sorge. Ich bin genauso nervös! Es ist schließlich auch mein erstes Mal, dass ich an einem Mann herum probiere«, knurrte er und ich gab auf. Natürlich fühlten sich die Berührungen schön an, aber ich kam mir vor, wie ein Brett, das gar nichts machte.

»Leg die Hände auf meinen Rücken!«, forderte Sam und ich tat es. Er schob mir die Beine auseinander, um dazwischen einen besseren Halt zu bekommen. Mir wurde heiß, denn allein diese Nähe brachte mich durcheinander.

Sams Lippen wanderten an meinem Körper hinab und machten einen Stopp an den Brustwarzen. Er nahm eine in den Mund und liebkoste die andere mit den Fingerspitzen. Er sollte bloß nicht auf die Idee kommen, diese zu kneten. Ich war schließlich keine Frau! Allerdings hatte Sam wohl mehr Ahnung von dem, was er wollte, als ich selbst. Seine Finger wanderten weiter und kitzelten mich an der Hüfte. Ich gluckste, ehe ich es mir verkneifen konnte, wurde aber sogleich mucksmäuschenstill, als er die Hände in den Bund der Boxershorts schob.

»Ich ... Ich möchte ...«, begann er und wusste selbst nicht so Recht, wie er es ausdrücken sollte.

Stumm nickte ich und hob mein Becken etwas an. Die Boxershorts flog quasi aus dem Bett und ich offenbarte mich erneut, so wie mich Mutter Natur geschaffen hatte. Meine Männlichkeit wuchs allein bei dem Gedanken, dass Sam diese betrachtete und er strich mit den Fingerspitzen über mein Glied.

Dass ich beschnitten war, schien ihn offenbar zu faszinieren. Seine Finger kreisten um die Spitze und gingen danach am Schaft entlang. Ich konnte die Laute, die ich von mir gab, nicht aufhalten. Seine Hände waren so warm, der Körper auf mir schwer und heiß und Sams Küsse die pure Leidenschaft. Das Kribbeln in meinem Unterleib ließ mich erahnen, dass ich einem Orgasmus entgegenrollte.

»Sam, warte! Ich kann sonst nicht mehr«, flehte ich, denn ich wollte es so nicht. Nicht allein!

Ich zog grobmotorisch an seiner Shorts, da diese zu weit weg war. Sam rutschte wieder in meine Richtung und ließ das Stück Stoff nach unten gleiten. Ich streichelte über diese wohlgeformten Bauchmuskeln hin zu seiner Männlichkeit. Das Ding war durchaus größer, als ich am Anfang gedacht hatte.

Ich war überfordert. Nun hatte ich quasi seinen hoch erotischen Körper auf mir und wusste nicht mehr weiter!

146

Sam grinste allerdings nur und nahm meine Hand, um sie an sein erregtes Glied zu legen.

»Mach es mir einfach nach, okay?«, raunte er und küsste mich.

Unsere Körper lagen nun so nah aneinandergepresst, dass jede Bewegung intensiv zu spüren war. Wir streichelten uns gegenseitig. Es war erstaunlich, wie gut es sich anfühlte, als Sam mir sanft in den Hals biss, während er fordernder und schneller in der Handbewegung wurde. Mit der anderen Hand, die nicht zwischen unseren Körpern verschwunden war, hielt ich mich an seiner Schulter fest. Meine Atmung war schnell und das Stöhnen schien ihn sogar noch anzufeuern. Ich tat es ihm gleich, obwohl es schwer war, sich bei diesem Kribbeln und den aufkommenden Gefühlen zu konzentrieren. Wir besorgten es uns quasi gegenseitig, was mir schon mehr als peinlich, aber dennoch wunderschön war. Auf gar keinen Fall wollte ich aufhören.

»Ha ... Sam ... Ich ...«, bekam ich den Satz nicht beendet, denn der Höhepunkt hatte mich erbeben lassen. In meiner Hand spürte ich Sam ebenfalls zucken, der kurz aufstöhnte, den Kopf an meine Halsbeuge drückte und einmal die Hüften mitbewegt hatte. Keuchend ließ er sich auf mich hinab. Ich lauschte seinem schweren Atmen.

»Sind wir beide ...?«, fragte ich benommen.

Sam nickte und küsste mich. Seine Lippen waren süße Sünde. Ich liebte es.

»Es war ... ziemlich intensiv«, murmelte er.

Im Mondlicht war sein Gesicht so wunderschön und faszinierend, dass ich mich von Sekunde zu Sekunde mehr verliebte. Egal wie alt er war oder, dass alles zu schnell ging: Dieser Mann weckte in mir Gefühle, die ich vorher tot geglaubt hatte.

»Sam, ich denke, ich verliebe mich gerade«, gestand ich und dieser rollte sich neben mich. Er hielt meine Hand, der er einen Kuss aufdrückte.

»Wurde auch mal Zeit«, hörte ich ihn sagen.

Grinsend lag ich im Bett und genoss Moes Körper an meinem. Er schmiegte sich wie eine Katze an meine Seite, was mich noch mehr amüsierte, da er diese Viecher ja nicht mochte.

›Samuel, du kannst echt froh sein, diesen Jungen zu kennen‹, ging es mir durch den Kopf.

Der Mond beschien Moes Gesicht. Er sah so zerbrechlich aus, so unschuldig. Ich hoffte, dass er nicht Gefahr lief, in meiner Welt zu zerbrechen. Bald sollte ich ihm von meiner Herkunft erzählen ... meinem Fluch. Natürlich waren wir Wölfe keine Monster, außer man wehrte sich gegen den Trieb oder die Wandlungen. Sollte man dies tun, konnte es böse enden.

Da ich Durst bekam, löste ich mich sanft aus seiner Umklammerung und stieg aus dem Bett. Meine Sinne waren dermaßen geschärft, dass ich selbst durch die Wände des Hauses draußen zwei Mäuse im Gras rascheln hören konnte. Ich bekam Lust darauf, mich ein bisschen zu amüsieren, meiner Natur ein klein wenig nachzugeben.

›Und was, wenn Moe aufwacht und ich bin nicht da?‹ Dieser Gedanke brachte mich davon ab, mich zu verwandeln und den einen oder anderen Hasen im Feld jagen zu gehen.

Stattdessen schnappte ich mir den Laptop von der Couch und setzte mich auf die Terrasse. Die Nacht hatte mir schon immer gefallen und bei einem nahenden Vollmond wirkte sie besonders anziehend. Da ich überhaupt nicht mehr müde war, tippte ich ein paar E-Mails.

Robert verdiente es, zu erfahren, was ich bisher herausgefunden hatte. So, wie es aussah, war der Wolf auf schwarzhaarige Frauen fixiert, die sich kurz vor ihrem Tod im Park herumgetrieben hatten. Das erklärte auch, wieso Moe angegriffen worden war ... Durch seine Gestalt, schlank und ziemlich feminin, versteckt unter den viel zu groß geratenen Klamotten und dem schwarzen Haar, das zum Zeitpunkt des Angriffs noch lang gewesen war, hatte ihn der Wolf vermutlich für sein Beuteschema gehalten.

›Ich habe einen Zeugen, der den Wolf beschrieben hat. Er meinte, dieser wäre komplett schwarz mit grauen Augen. In meiner Sippe gibt es niemanden, der auf diese Beschreibung passt. Ich kenne sie alle, Robert!‹, tippte ich zum Schluss und überlegte. Ich hatte Moes Namen aus dem Bericht herausgelassen. Von ihm sollte der Chefermittler nichts erfahren, denn Moritz Landvogt gehörte mir.

›Wir suchen gemeinsam nach dem Amokläufer. Es ist nur eine Frage der Zeit, bis wir diesen finden. Hoffen wir, dass nicht noch mehr Opfer dazukommen. Hochachtungsvoll, Samuel Johnsan.‹

Ich überlegte noch, ob ich unter den Namen zusätzlich das Siegel des Rudeloberhaupts legen sollte, doch das sah für mich zu offiziell aus. Robert Allerton war trotz des Drucks, der auf uns beiden lastete, beinahe sowas wie ein Freund. Zumindest war er ein extrem guter Verbündeter.

Nachdem ich die E-Mail abgeschickt hatte, durchstöberte ich noch mein Postfach. Ava hatte einige Nachrichten geschrieben, in denen sie sich beschwerte, dass ich nicht anwesend war. Die meisten löschte ich, ohne diese zu lesen. Der Betreff war aussagekräftig genug. An einer blieb ich allerdings hängen, denn sie handelte von den Vorbereitungen zu meinem Geburtstag. Diese Verrückten bestanden tatsächlich auf eine Feier und sie sollte am Freitag stattfinden, um in meinen Geburtstag am Samstag hineinfeiern zu können. Da fiel mir ein, dass ich durch das ganze Chaos die Bestellung vergessen hatte, die ich eigentlich am Morgen abholen sollte. Meine Güte, was in der Zwischenzeit alles passiert war ... Ich erstellte mir eine Erinnerung im Handy, um es nicht nochmals zu vergessen. Zudem öffnete ich ein weiteres E-Mail-Fenster.

›Guten Abend, Vivienne. Ich würde dich darum bitten, morgen Nachmittag in mein Büro zu kommen. Ich hätte ein paar offizielle Dinge mit dir zu besprechen. Gruß, Samuel.‹

Ich hoffte, dass sie mir diese doch recht bestimmte Einladung nicht übelnahm, denn ich brauchte sie. An der Feier meines Geburtstags durfte sie nicht fehlen, da auch Mitglieder anderer Rudel anwesend sein würden. Außerdem überlegte ich, ihr von Moe zu erzählen. Soweit ich es beurteilen konnte, würde sie sich nicht sonderlich daran stören, schließlich führten wir ja keine Ehe im herkömmlichen Sinn.

Die Frage war jetzt nur, wie Moritz in diese ganze Sache passte. Ich wollte nicht ohne ihn feiern, doch würde es einen riesigen Skandal geben, wenn wir auf der Party turtelten, wie ein paar Teenager.

»Und schon hasse ich mein Leben wieder«, knurrte ich leise und schreckte zusammen, als ich ein Rascheln hinter mir hörte.

Moe stand, in eins meiner Hemden gehüllt, im Wohnzimmer. Er wirkte unsicher, ob er zu mir auf die Terrasse kommen sollte, also streckte ich meine Hand nach ihm aus.

»Hey ... Wieso schläfst du nicht? In drei Stunden musst du doch frisch und munter sein«, raunte ich und Moe schenkte mir ein Lächeln.

»Das sagt gerade der Richtige. Du bist doch aus dem Bett verschwunden, sodass ich mich nicht mehr ankuscheln konnte.«

Ich musste lachen, denn es klang so herzerfrischend anklagend. Noch nicht einmal eine richtige Beziehung und schon stand ich wohl unterm Pantoffel.

»Ich musste ein paar Vorbereitungen treffen und Mails verschicken. Man erwartet zu meinem Geburtstag eine Party ...«, eröffnete ich und Moe blickte mich fragend an. »Freitag auf Samstag. Sie wollen unbedingt reinfeiern. Das wird ein offizielles Event.«

Mir grauste es vor Moes Enttäuschung. Er würde mich hassen. Ich hasste mich zumindest dafür!

»Wird Vivienne auch dabei sein? Als deine Frau?«

Ich schluckte krampfhaft, ehe ich nickte und das Gesicht in den Händen vergrub. Gleich würde es losgehen. Genau solche Momente in Beziehungen hasste ich. Es würde Enttäuschung geben und anklagende Worte.

»Ich wünschte, ich würde dieses verflixte Leben nicht führen. Es ist alles so unheimlich verfahren«, knurrte ich und spürte plötzlich Moes Hand, die sich auf meine Schulter legte.

»Darf ich trotzdem dabei sein?«, hörte ich seine Stimme ganz nah und wandte ihm überrascht den Kopf zu. Unsere Nasenspitzen berührten sich. Es war seltsam, doch in Moes Miene entdeckte ich keine Wut. Auch seine Gefühle wirkten eher unsicher.

Statt eine Antwort zu geben, zog ich Moe auf meinen Schoß und zu einem leidenschaftlichen Kuss heran. Ich hatte den Eindruck, ohne ihn diese Nacht nicht überstehen zu können. Er gehörte an meine Seite.

»Heißt das ›ja‹?« Er lächelte und ich nickte hastig.

»Wenn es dir nichts ausmacht, dass wir das zwischen uns vorerst verheimlichen müssen ...?«, raunte ich und er zuckte mit den Schultern.

»Ich denke, ich werde es überleben, wenn du dafür jetzt mit ins Bett kommst. Das ist ohne dich nämlich viel zu groß und ich kann sonst nicht schlafen. Und wie du selbst gesagt hast, hab ich morgen Schule.« Moe gab mir einen Kuss auf die Nasenspitze und rutschte von meinem Schoss. Rasch schnappte ich mir den Laptop und folgte ihm, was er mit einem frechen Zwinkern quittierte.

Ich stand definitiv unter dem Pantoffel!

***

»Was soll das heißen, du hast die Gästeliste erweitert? Wer soll denn noch kommen?«, war Ava mal wieder wütend. Sie hasste es, wenn sie etwas plante und ich ihr einen Strich durch die Rechnung machte.

»Ich habe nur einen Namen ergänzt, Schwesterchen«, meinte ich betont ruhig und lehnte mich im Bürostuhl zurück. »Da es meine Geburtstagsparty ist, dachte ich, dass ich mir das durchaus herausnehmen kann.«

Dem war nichts hinzuzufügen, weshalb Avalarie aus dem Raum stürmte. Sie schien extrem aufgebracht zu sein, was ich erst verstand, als Anna kurz darauf hereinkam und einen Moment irritiert die Nase rümpfte.

»Interessanter neuer Duft, Sam«, sagte sie und ein Lächeln huschte ihr übers Gesicht, das sogleich wieder verschwand. Stattdessen setzte sie die übliche geschäftige Miene auf.

»So schlimm?«, fragte ich und schnupperte selbst, konnte jedoch nichts feststellen.

»Das geht mich nichts an.« Annabelle überreichte mir einen Stapel Unterlagen, die sie für mich zum Unterschreiben vorbereitet hatte.

»Anna ...« Ich setzte einen Dackelblick auf. »Was bekomme ich nicht mit.«

Meine Lieblingsbuchhalterin und Mutterersatz seufzte, doch ich ging sogar noch weiter, indem ich aufstand und um den Tisch schritt.

»Du scheinst jemanden gefunden zu haben«, wich sie mir erst aus, als ich sie allerdings kurz mit dem Zeigefinger anstieß und den Kopf schief legte, wie ein bettelnder Hund, lachte sie. »Das meiste, was ich riechen kann, ist, naja, nennen wir es ›verliebter Wolf‹. Der Rest ist ...«

»Oh«, keuchte ich, als mich ihr wissender Blick traf.

»Jemand, der nicht tagtäglich mit dir zusammen ist, wird es nicht bemerken, aber das Rudel könnte wohl etwas irritiert reagieren.« Sie tätschelte mir die Schulter. »Ich freue mich für dich, Samuel.«

Am liebsten hätte ich Anna umarmt für die letzten Worte, sie verschwand allerdings mit schnellen Schritten aus dem Büro, als würde sie meine Absicht erahnen. Grinsend schüttelte ich den Kopf.

›Also wird das zwischen Moe und mir hier wohl nicht allzu lange ein Geheimnis bleiben‹, dachte ich und überlegte, welche Konsequenzen es haben könnte.

Auf meine Geschäfte sollte es keine Auswirkungen haben und wen es störte, dass ich endlich jemanden gefunden hatte, konnte seine Sachen packen. Es war schließlich mein Leben!

Es klopfte an der Bürotür.

»Ja?«, knurrte ich und wappnete mich, erneut eine gerümpfte Nase zu sehen. Es war jedoch Jonas, der hereinkam.

»Du wolltest mich sprechen, Chef?« Er grinste, weil ich so unschlüssig mitten im Raum stand. Was hatte er nochmal gleich für mich tun sollen? Ach ja!

»Ich ... Moment!« Hastig lehnte ich mich gegen die Tischplatte und fischte nach Moes Bild, das ich im Internet gefunden hatte. »Ich wollte dich, beziehungsweise deine Freundin, um einen Gefallen bitten. An ihrer Schule gibt es einen Jungen, der in Schwierigkeiten steckt ...«

Jonas wirkte zuerst irritiert, bis er das Bild betrachtet hatte.

»Was für Probleme hat Moe denn? Wie können wir helfen?«

Natürlich hatte sich der Junge schon in der ganzen Firma beliebt gemacht! Stolz erfüllte mich, durfte es mir nur nicht anmerken lassen. Und er dachte tatsächlich, er wäre nichts Besonderes!

»Ich denke, dass man ihm in der Schule zusetzt und es Mitschüler auf ihn abgesehen haben. Ich will wissen, wer! Diese Quälereien gehen ihm an die Substanz und ich will, dass das aufhört. Wenn Isa das irgendwie rausbekommen könnte, wäre es klasse«, meinte ich und verschwand erneut hinter meinem Schreibtisch.

»Ich denke, die drei Mädels werden mehr machen als das, soweit ich sie kenne.« Jonas grinste. »Ich werde mit ihnen reden.«

Drei Mädels? Na, Jonas würde schon wissen, was er tat.

»Danke.«

Jonas nickte nochmals und zog sich dann zurück.

Ich sank gegen die Lehne und schmunzelte. Auch, wenn Moe es nicht wollte, würde man ihm helfen. Ich hoffte nur, dass er es mir nicht allzu übel nahm.

Moe

Die ersten Stunden des Unterrichts hatte ich es geschafft unentdeckt zu bleiben. Die neue Frisur und die fehlende Brille sorgten dafür, dass man mich wohl nicht erkannte, sollte man sich nicht genau auf mich konzentrieren. Erleichtert nahm ich an den Kursen teil, in denen die Raufbolde nicht mithalten konnten. Nur in den allgemeinen Fächern der Klasse würde ich auf sie treffen. Mein Glück war allerdings, das Robin fehlte und sich seine Schoßhündchen somit zurückhielten. Natürlich kam ein blöder Spruch zu meiner neuen Erscheinung, aber darüber hinaus ließen sie mich in Ruhe. Wenn ich nicht gerade im Unterricht saß und dem Inhalt lauschte, überlegte ich, was ich Sam zum Geburtstag schenken könnte. Was schenkte man einem Mann, der alles hatte?

Ächzend machte ich mir im Foyer Notizen, grübelte und nahm einen Schluck von meiner Cola. Diese Aufgabe würde schwerer werden, als gedacht, denn immer, wenn ich etwas fand, konnte ich es wieder streichen.

»Hi! Dürfen wir uns zu dir setzen?«, hörte ich es vor mir und ein Schatten warf sich auf mein Notizheft. Ich sah hoch und überlegte erst, ob man tatsächlich mit mir gesprochen hatte. Gedankenverloren blinzelte ich.

»Hallo? Erde an Moritz! Dürfen wir?« Das Mädchen, das sich in der Toilette als Elly vorgestellt hatte, grinste mich breit an. Verwirrt nickte ich und nahm den Rucksack vom Stuhl. Die drei Mädels – meine Rettung vor

Robin – setzten sich tatsächlich zu mir. Wieso taten sie das?

Ich ließ mich nicht beirren und kümmerte mich weiter um meine Notizen. Vielleicht war nirgendwo ein Platz frei, denn einige saßen in Lerngruppen um uns. Falls sie es nur deshalb taten, wollte ich nicht so dumm sein und mir falsche Hoffnungen machen. Die meisten Schüler gingen mir schließlich wegen der Schikanen der Vollidioten aus dem Weg.

»Geht es dir besser?«, fragte das Mädchen mit den blonden Haaren, das für mich wie ein Engel aussah, und packte eine Tafel Schokolade aus.

»Ähm ... ja. Danke für eure Hilfe«, gab ich nun doch von mir, da sie sich wohl mit mir unterhalten wollten. Das machte mich recht nervös.

»Falls du es beim letzten Mal nicht mitbekommen haben solltest: Das sind Elly und Kristin, ich heiße Isabel.« Sie zwinkerte mir aufmunternd zu und reichte mir die Hand.

»Sorry. Bei unserem ersten Treffen hatte ich zu viel Toilettenwasser in den Ohren«, schnaubt ich, was die Mädchen kichern ließ.

Sie waren cool, wirkten wie eine eingeschworene Gemeinschaft, was mir gefiel. Ich hätte gern solche Freunde gehabt.

»Hast du denn etwas Ruhe im Moment?«, erkundigte sich die dunkelhaarige Kristin und wirkte, als würde sie sich schon einen Schlachtplan ausmalen, was sie den Jungs alles antun könnte.

»Alles okay derzeit.« Ich grinste schüchtern und vertiefte mich danach wieder in mein Notizbuch. Damit schien für Kristin klar zu sein, dass ich nicht darüber reden wollte.

Ich hörte mir das Geschnatter und die lustigen Sprüche der drei eine ganze Weile an und stellte mit Verwunderung fest, dass sie mich brennend interessierten. So sehr, dass ich an diesen Gesprächen irgendwann automatisch teilnahm.

»Darf ich euch etwas fragen? Wenn ihr ein Geburtstagsgeschenk organisieren müsstet für jemanden, den ihr noch nicht so gut kennt, dieser aber so viel Kohle hat, dass er sich alles selbst kaufen könnte ... Was würdet ihr dieser Person schenken?«, warf ich in die Runde und es wurde kurz still.

Die Mädels überlegten konzentriert und schienen, sich echt Mühe zu geben. Elly machte den Anfang:

»Nun, es kommt darauf an, wie man zu ihm oder ihr steht. Bist du in diese Person verliebt? Seid ihr nur Freunde? Bekannte oder ist es ein Verwandter?«, wollte sie wissen und ich lief rot an.

»Okay, die Farbe ist eindeutig: Liebe!« Kristin feixte in die Runde und deutete auf Isa. »Frag sie. Sie ist die Einzige von uns, die in einem Liebes-Dilemma steckt! Das ist sogar geheim.«

Bis auf Isa grinsten sie.

»Oh«, gab ich nur von mir, denn diese Beschreibung passte ebenfalls zu meiner Situation.

»Ihr wisst genau wieso und weshalb! Das hätte ernste Konsequenzen!«, zischte die hübsche Blondine und ich nickte verständnisvoll.

»Ja, da kann ich auch ein Lied von singen«, murmelte ich und die drei sahen mich neugierig an.

»Stimmen eigentlich die Gerüchte, dass du schwul bist?« Elly war echt direkt. Beinahe wäre ich vor Überraschung vom Stuhl gekippt.

»Wieso haut ihr mir nicht direkt aufs Maul?«, brummte ich und rieb mir die Stirn.

Elly kicherte und gab mir einen leichten Klaps.

»Und?«, hakte nun auch Isabel nach und ich seufzte, ehe ich ein Nicken zustande brachte.

»Ja, hat zumindest den Anschein. Eigentlich hatte ich mehr was mit Mädels, diesmal ist es aber anders.«

Kristin meinte etwas von ›bisexuell‹ zu Elly, die allerdings nur mit den Schultern zuckte.

»Was auch immer, solange es sich richtig anfühlt!«, befürwortete Elly dies und es machte mir ein bisschen Mut.

»Ich würde irgendwas mit ihm unternehmen. Etwas, was er nicht jeden Tag macht«, schlug Isa vor und ich schrieb mir als Stichpunkt ›Ausgehen‹ auf.

»Einen Kuchen backen! Das ist so schön persönlich«, schwärmte Elly und begann direkt am Handy nach irgendwelchen Rezepten zu suchen.

»Nackt in den Türrahmen stellen und sagen ›Hier bin ich‹.« Kristin grinste und uns allen fiel in dem Moment die Kinnlade herunter. »Ja, was denn?! Er ist ein Kerl, oder? Männer stehen darauf, verführt zu werden.«

Sie belächelte unsere Reaktion und ihre Freundinnen fragten gezielt, woher sie das denn wüsste. Ich grinste breit, denn die drei waren wirklich lustig, während sie sich erneut mit Sprüchen bombardierten.

»Darf ich dich etwas anderes fragen? Wieso hat Robin eigentlich etwas gegen dich?«

Von meinem Notizheft aufsehend zuckte ich auf Kristins Nachhaken mit den Schultern.

»Eigentlich waren wir mal beste Freunde. Das hat sich schlagartig geändert. Ich weiß nicht wieso.« Es war nicht so, als hätte ich mir darüber noch nie Gedanken gemacht, aber ich konnte nichts erzwingen, was nicht mehr war.

Der Gong ließ uns wissen, dass die Pause vorbei war. Träge erhob ich mich und suchte meine Sachen zusammen.

»Hey, Moritz, hast du nicht Lust mit uns die Nummern zu tauschen? Wann hat denn dein Freund Geburtstag? Vielleicht können wir vier ein bisschen was für ihn shoppen ... so als Kleinigkeit? Oder dir helfen beim Backen«, bot Elly an und ich hätte gar nicht in Worte fassen können, wie sehr ich mich darüber freute.

»Das würde ich sehr gern!« Ich strahlte und gab ihr meine Nummer, die diese direkt an die anderen beiden weiterschickte.

»Am Freitag feiert er in seinen Geburtstag hinein. Also muss ich die Sachen für Samstag haben«, meinte ich und sie nickten.

Alles Weitere würden wir per Handy beschließen und die drei eilten durch den Flur zu ihren Klassen. Ich hingegen setzte mich wieder, da ich noch eine Freistunde hatte, bevor ich endlich gehen konnte. Wobei, wen würde es schon interessieren, wenn ich früher abhaute? Ich blickte mich um, aber es war kein Lehrer oder eine andere Aufsichtsperson zu sehen. So schnappte ich meinen Rucksack, warf diesen über die Schulter und spazierte geradewegs auf den Ausgang zu.

»Herr Landvogt, haben Sie einen Moment?«, hörte ich es hinter mir und mein Blick fiel auf den Direktor der Schule. War das sein ernst? Ich wollte einmal blau machen und wurde direkt erwischt?

Mein Puls raste.

»Ja bitte, Herr Maarschalk?« Ich war unsicher und hoffte, dass er den Fluchtversuch nicht gedeutet hatte.

»Ich wollte Ihnen etwas geben. Ihr Vater hat mich vor ein paar Tagen telefonisch darum gebeten. Hier ist eine Aufstellung von guten Universitäten, die nach dem vierten Semester ein Auslandsjahr ermöglichen. Vielleicht schauen Sie einfach mal hinein. So ein junger Mann mit Ihrem Können muss gefördert werden. Ich schreibe gern eine Empfehlung. Zudem wollte ich noch erfragen, ob Sie vielleicht die Abschlussrede halten würden zur Feierlichkeit?« Er lächelte und mir blieb jetzt fast das Herz stehen.

»Ich? Wieso ich?«

Das kam absolut nicht infrage! Ich würde an dieser Feierlichkeit gar nicht teilnehmen. Sie konnten mir das Zeugnis per Post zuschicken. Ich würde nach meinen letzten Klausuren definitiv keinen Fuß mehr hier hinein setzen!

»Nun ... Das Kollegium und ich kennen einen Teil Ihrer bereits feststehenden Noten. Wir sind guter Dinge, dass Sie die Prüfungen mit Bravour bestehen werden. Somit gehen Sie als bester Schüler Ihres Jahrgangs ab. Sogar einer der Besten seit Jahrzehnten! Es wäre schön, wenn Sie ein paar Worte sagen würden. Überlegen Sie es sich.« Er grinste breit, klopfte mir auf die Schulter und marschierte davon.

Kopfschüttelnd blickte ich ihm nach, ehe ich den Weg fortsetzte. Ich wollte nach Hause, mich umziehen und dann zur Arbeit. Was für ein verrückter Tag! So viel hatte ich in der Schule schon lange nicht mehr gesprochen.

***

Zuhause schmiss ich meinen Rucksack ins Zimmer, zog mir die Arbeitskleidung über und sprintete die Treppen hinunter. Die Tür ging in dem Moment auf und ich rechnete schon mit Liane, als mich mein Vater begrüßte.

»Hallo Moritz!« Er lächelte und auch ich rang mir ein kurzes Grinsen ab.

»Hi Papa. Wie war die Reise?«, wollte ich wissen und zog nebenbei die Turnschuhe an.

»Wie immer, mein Junge. Wo ist deine Mutter? Ist sie auch hier?« Er schob seinen Reisekoffer in eine Ecke.

»Um ehrlich zu sein, habe ich sie heute noch gar nicht gesehen. Ich war die letzten Tage nicht hier«, sagte ich und stellte fest, dass ich tatsächlich die meiste Zeit durch das Fiasko bei Sam verbracht hatte.

»Dann ist sie bestimmt mit Margit shoppen. Was ist das für ein T-Shirt?« Er betrachtete das Logo.

»Ich arbeite nicht mehr für ›Albertos Pizza‹, sondern seit neuestem für ›Parfum Johnsan‹. Ich bin dort eher der Laufbursche und das Mädchen für alles, aber sie bezahlen sehr gut. Sam ist außerdem ein sehr netter Chef«, erzählte ich euphorisch in der Hoffnung, er würde stolz sein. Es war schließlich ein Schritt in Richtung Erwachsenenleben.

»Sam? Samuel Johnsan? Unser Nachbar?«, brummte mein Vater und ich nickte.

»Genau der«, bejahte ich, doch mein Vater rieb sich nur über die Stirn. »Nun ja. Ich muss los. Sonst komme ich zu spät!«

Ich tätschelte meinem Vater kurz die Schulter und machte mich danach zu Fuß auf den Weg.

***

Mühselig war der Weg, den ich in der Hitze hinter mich bringen musste. Ich erreichte doch irgendwann endlich die Firma und fluchte darüber, dass ich mir noch kein neues Skateboard zugelegt hatte. Wenn ich mit den Mädels shoppen ging, sollte ich mir unbedingt eins besorgen. Das ganze Gelaufe nervte!

»Hey, Moe!«, rief Benny und kam auf mich zugeeilt. »Ich hab gesehen, du wurdest in den E-Mailverlauf gepackt. Voll cool! Sollen wir dich abholen, bevor wir hierher kommen?«

Ich nickte lächelnd, da ich begriff, dass er die Party meinte. Simon gesellte sich dazu und blieb vor mir stehen. Er sah mich eigenartig an, wirkte skeptisch.

»Warst du heute schon beim Chef?«, fragte er und ich schüttelte verdutzt den Kopf.

»Nein, wieso?«, log ich, denn wir durften nicht auffliegen.

»Wirklich nicht? Ich meine dich bei ihm ... bemerkt zu haben«, begann er und auch Benny starrte mich auf einmal nachdenklich an.

»Nein, wie kommt ihr darauf?« Ich lachte und zeigte auf die Uhr, da ich ja gerade erst hier angekommen war.

Die beiden schienen sich etwas zuzuflüstern, während ich mich in die Zeiterfassung einschrieb. Irgendwie verhielten sie sich seltsam.

»Wie auch immer. Kannst du diese Aufgaben hier erledigen? Sam schafft es selbst nicht, die Einkäufe für die Party zu organisieren. Wir wollten uns um das Essen kümmern und es wäre super, wenn du mit Jonas losfährst und die Getränke holst. Hier ist die Kreditkarte der Firma und da hast du die Einkaufsliste! Du würdest uns damit wirklich helfen!« Simon seufzte und sah extrem müde aus, weshalb ich mich nicht lange bitten ließ.

»Na klar! Ist Jonas denn schon da?«

Die Zwillinge nickten.

»Er war gerade noch oben beim Chef. Wird wohl gleich wieder runterkommen!«, meinten sie und ich stellte mich an die Treppe, um dort auf ihn zu warten.

Gerade von ihm gesprochen, kam er auch schon die Treppen hinunter.

»Hi Jonas!« Ich winkte ihm und er grinste breit. Wieso wohl?

»Wie läuft's, Moe?«, fragte er und ich zuckte mit den Schultern.

»Wie immer! Können wir zusammen diese Sachen besorgen?«

Jonas besah sich den Zettel und nickte. Er griff in die Hosentasche und begann den Autoschlüssel um seinen Finger drehen zu lassen. Es sah so aus, als würde er das ständig machen.

»Lass uns direkt losfahren. Je eher wir weg sind, desto schneller sind wir zurück und können in der Kantine essen«, sagte er und marschierte los. Ich hatte Mühe mit seinen großen Schritten mitzuhalten. Laufen war wirklich nichts für mich.

Jonas öffnete den Wagen und ich nahm auf der Beifahrerseite Platz. Als er eingestiegen war, zog er erst einmal die Abblende herunter und ein Foto tauchte auf. Ich starrte darauf und schluckte. War das Isabel?

»Deine Freundin?«, erkundigte ich mich und Jonas nickte stolz.

»Ja, diese Lady gehört zu mir. Ich kann es selbst kaum glauben, aber es ist so!« Er grinste. »Wieso fragst du?«

»Ich kenne sie. Wir sind zusammen in derselben Jahrgangsstufe«, antwortete ich und Jonas sah zu mir herüber.

»Dann hab ein Auge auf sie, dass keine fremden Kerle sie anbaggern!«, knurrte er und ich begann zu lachen.

»Glaub mir: Sie kann gut auf sich selbst aufpassen. Sie hat ja auch noch Elly und Kristin bei sich. Die beiden Mädels würden jeden anspringen und vermöbeln, der Isa zu nahe kommt.« Das konnte ich mir sogar bildlich vorstellen.

Jonas nickte erneut.

»Dann bist du also der Junge, der es dort nicht so einfach hat?«

Ich seufzte.

»Ja, da ist was dran. Aber es ist ja bald vorbei! Nur noch die Prüfungen und es heißt ›bye bye altes Leben‹!«, winkte ich während dieser Worte ab und mein Fahrer feixte.

»Wo willst du dann hin?«

»Ganz egal ... Hauptsache weg!«, brummte ich und malte mir aus, wie ich in der Antarktis versuchte, Fische zu fangen.

»Was ist mit deiner Familie? Freunden?«, hakte er nach und ich schüttelte den Kopf.

»Meiner Familie wird es egal sein, sollte ich verschwinden. Und Freunde habe ich nicht.« Das stimmte jedoch nicht mehr ganz. Ich hatte jetzt Sam. Irgendwie nicht wirklich ... aber trotzdem auf gewisse Weise doch.

»Sag mal was anderes: Hattest du nicht lange Haare?«, riss Jonas mich aus den Gedanken und beäugte mich grübelnd.

»Ja, musste mal was Neues her«, log ich.

Jonas rollte mit den Augen.

»Man züchtet seine Haare nicht so lange, um sie dann einfach abzuschneiden.«

»Die Jungs in der Schule haben sie mir abgeschnitten«, meinte ich, ohne ihn anzusehen. Er pfiff durch die Zähne und hakte nach.

Ich erzählte Jonas so gut wie alles. Der Vorfall in der Schule, dass ich mich betrank und dem Ganzen ein Ende setzen wollte. Keine Ahnung, wieso, aber es wollte einfach raus.

»Gut, dass dich der Chef in der Bar gefunden hat. Nicht auszudenken, was nun wäre, wenn du nicht mehr unter uns weilen würdest!«, sagte Jonas und bedachte mich mit einem ernsten Blick. Er hielt vor dem Getränkeladen.

»Dann wäre ich auch nur einer von vielen, der an diesem Tag die Welt verlassen hätte. Menschen sind ersetzbar. Es ist leider so«, murmelte ich.

»Ja, aber du bist für manche sehr wichtig geworden. In der Firma zum Beispiel mag man dich. Dabei bist du noch gar nicht so lange dort. Deine Art ist echt cool. Schade, wenn jemand wie du zeitig von uns geht. Das Karma könnte ruhig ganz andere Leute treffen und ins Jenseits befördern! Gib also etwas mehr auf dich Acht!« Jonas lächelte und schlug mir mit der Faust gegen den Oberarm.

Ich rieb mir diesen und seufzte.

»So! Wir sind da. Ran an den Alkohol! Wobei ... du solltest keinen mehr bekommen«, scherzte er und ich zog spielerisch eine Schnute, während ich ihm folgte.

Der größte Teil der Gästeliste war in Ordnung, doch der eine oder andere hätte auch wegbleiben können. Ich seufzte, als ich mehrere Vertreter der anderen Rudel unter den Gästen entdeckte. Glücklicherweise würden diese nur kurz anwesend sein und sich dann verziehen. Noch mehr Wölfe konnte diese Stadt eh nicht brauchen!

Um mich abzulenken, surfte ich eine Runde im Internet. Ohne einen für mich selbst erkennbaren Grund tippte ich irgendwann Wörter, wie ›Männerliebe‹ oder ›erotische Geschenke‹ in die Suchleiste ein. Ich stolperte über einige Seiten, die mich eher verstörten, denn das Internet schien in Sachen Homosexualität mehr die harte Gangart zu bevorzugen, etwas, das mir in Bezug auf Moe überhaupt nicht vorschwebte. Das Letzte, das ich bei ihm wollte, war ihm weh zu tun!

Ich hatte jedoch das Bedürfnis, ihm etwas zu schenken, also durchforstete ich weitere Seiten im Netz. Er hatte ein paar neue Klamotten dringend nötig. Das war allerdings weniger etwas, das man von einem Liebhaber geschenkt bekommen wollte, es sei denn, man konnte es am Ende aufessen. Ich grinste bei dem Gedanken. Freundschaftsringe? Zu früh! Wir kannten uns doch noch nicht allzu lang ... obwohl meine Gefühle ihm gegenüber bereits so intensiv waren, als würden wir uns eine Ewigkeit kennen.

»Das ist perfekt!«, stellte ich fest, als mein Blick an einem Armband aus Leder hängen blieb. Es bestand aus mehreren Bändern, die durch Metallteile zusammengehalten wurden. Dessen Mittelpunkt zierte ein Unendlichkeitssymbol. Und es gab die Möglichkeit, eine Gravur an der Innenseite anzubringen. Rasch tippte ich die Worte ein und drückte auf ›Bestellung abschicken‹. Ich freute mich jetzt schon auf Moes Gesichtsausdruck, wenn er das Lederarmband in Händen hielt und die Gravur las. Vermutlich wäre es der übliche ungläubige Blick, er würde daraufhin erröten und sich hoffentlich danach mit einem Kuss dafür bedanken.

Ich dachte an unsere Küsse und die gemeinsame Nacht und der Trieb beschaffte mir einen mächtigen Ständer. Ich knurrte, als sich dieser gegen meine Anzughose drückte. Solche Gedanken an Moe sollte ich mir in Zukunft im Büro verkneifen. Das könnte peinliche Situationen mit sich bringen. Allerdings kamen mir sogleich einige Bilder in den Sinn, was man hier an diesem Ort so alles anstellen könnte: Moe, der auf meinem Schreibtisch saß, die Beine um mich geschlungen und sich von mir lieben ließ.

»Scheiße!«, knurrte ich und stand auf.

Mein Büro hatte einen direkten Zugang zu einem Badezimmer, in dem ich mich zwischen den Meetings frischmachen konnte. Ich zog mich dorthin zurück und drehte das kalte Wasser auf, um es mir erst über die Hände laufen zu lassen und danach den Nacken zu benetzen. Am liebsten hätte ich noch etwas anderes kalt abgeschreckt, doch diese Handlung fand ich dann am Ende zu drastisch.

›Krieg dich wieder ein!‹ Ich atmete tief durch.

Meine Triebe nervten mich. Normalerweise wäre ich nun los, um mir eine Frau aufzugabeln und mich an ihr auszutoben, doch dazu hatte ich keine Lust mehr. Ich wollte Moe. Er war indes noch zu unerfahren und zu ängstlich, um von Null auf Hundert durchzustarten. Wobei unsere Nacht schon extrem geil gewesen war. Das sollten wir bei nächster Gelegenheit wiederholen.

Ich war froh, als ich mich endlich einigermaßen abgeregt hatte. Ständig wanderten meine Gedanken zurück zu unserem Erlebnis und brachten mich erneut durcheinander. Irgendwann hatte ich dennoch den Dreh raus, nicht sofort losstürmen zu wollen, um nach Moe zu suchen. In einer Stunde würde ich ihn wiedersehen. Gerade war er noch mit der Arbeit beschäftigt und soweit ich von den Zwillingen erfahren hatte, brachte er sich voll ein.

»Moe ist cool!«, hatte Benny zwischendurch gemeint und dann breit gegrinst. »Aber Vorsicht, Sam, er ist auch ziemlich clever. Ich fürchte, er wird irgendwann rausbekommen, was wir sind.«

Ja, davon ging ich gleichfalls aus. Ich sollte mich ihm demnächst offenbaren, denn es käme nicht gut, würde Moe es auf seine Weise herausfinden. Mir graute es allerdings davor, denn dank seines Erlebnisses mit dem schwarzen Werwolf dürfte er nicht ganz unvoreingenommen sein. Dieser Drecksköter hatte mir schon einiges versaut und schien nicht damit aufhören zu wollen. Ich fragte mich, wo er steckte, denn die letzten beiden Nächte hatte es keine neuen Leichen gegeben, zumindest hatte man niemanden gefunden.

Zurück am Schreibtisch suchte ich noch eine Runde im Internet nach vermissten Personen, die ins Beuteschema des Wolfs passten. Es gab keine Treffer.

»Hoffen wir einfach, dass es dabei bleibt«, murrte ich leise und schloss das Suchfenster. Ich musste mich noch um einige E-Mails kümmern, die die letzten Tage liegengeblieben waren. Seitdem Moe in mein Leben gestolpert war, ließ ich meinen Job ganz schön schleifen. Wenigstens wussten meine Mitarbeiter, was sie taten, sodass alles normal weiterlaufen konnte.

***

Ein Klopfen an der Tür ließ mich zusammenzucken. Ich war derart in meine Arbeit vertieft, dass ich gar nichts mehr um mich herum wahrgenommen hatte.

»Ja, herein«, brachte ich heraus und warf einen Blick auf die Uhr.

Die Person, die den Raum betrat, brachte mein Herz zum Rasen. Moe grinste, ehe er mir die Post auf den Schreibtisch legte.

»Die Post«, meinte er überflüssigerweise, aber seine Stimme zu hören, tat mir gut.

»Bist also auf deinem Rundgang«, stellte ich fest. Das war genauso dämlich, doch was sollte ich sonst sagen?

Moe nickte lächelnd. Ihm wurde wohl ebenfalls bewusst, wie merkwürdig die Situation war. Er wollte sich von mir abwenden, um zu gehen, aber ich sprang förmlich auf und marschierte zu ihm. Ohne einen kleinen Kuss würde ich ihn nicht aus dem Raum lassen!

»Aber Boss«, flüsterte er, als ich mich ihm näherte. Moe war nicht auf den Kopf gefallen. Er wusste natürlich, was ich wollte. »In der Firma ist das eine schlechte Idee. Denk daran, dass ich nur ›die heimliche Geliebte‹ bin.«

War das ein Scherz? Echt jetzt?

Ich starrte ihn an und Moe feixte. Hätte er nur eine Spur Traurigkeit gezeigt, wäre bei mir wohl wieder das schlechte Gewissen durchgekommen, doch so zog ich ihn nur fest an mich.

»Dann solltest du mich schnell küssen, bevor wir erwischt werden«, knurrte ich und hielt mit einer Hand die Tür zu, um meine Worte zu unterstreichen.

Moe schüttelte grinsend den Kopf.

»Unersättlich. Das muss noch auf meine Liste.« Er ließ sich jedoch zu mir heranziehen. Mein Mund liebkoste den seinen, danach knabberte ich vorsichtig an seiner Unterlippe.

»Unersättlich ...? Das kommt aber auf die Pro-Seite, will ich hoffen«, raunte ich nach einem weiteren kleinen Zungengerangel und Moe nickte. Seine Wangen waren gerötet und er atmete schwer.

»Ich muss weitermachen. Will ja nicht, dass ich am Ende gefeuert werde«, brachte er heraus und löste sich sanft von mir.

»Mach das. Der Boss soll ein echt anstrengender Kerl sein. Und in der Nacht wird er sogar noch zudringlicher.« Ich lachte, als Moes Kopf nun knallrot anlief.

Er räusperte sich und drückte sich an mir vorbei, geradewegs durch den Spalt in der Tür. Mir kam bei dieser Aktion erneut das Bild einer Katze in den Sinn. Ich musste aufpassen, dass mir dieser Vergleich nicht einmal über die Lippen rutschte.

»Bis später!«, rief ich Moe hinterher, der nur im Weglaufen die Hand hob.

Ich lachte. Der Kerl wirkte, als wäre der Teufel hinter ihm her. So schlimm hatte ich ihm doch überhaupt nicht zugesetzt.

Moe stieß beinahe mit einer Person zusammen, die aus dem Fahrstuhl trat. Hektisch entschuldigte er sich und lief um die Ecke. Leider verschwand er so aus meinem Blickfeld. Stattdessen erfasste ich ein fließendes Gewand, das sich auf mich zubewegte. Vivienne kam für unser Treffen vorbei. Sie sah kurz über die Schulter und schwebte dann auf mich zu. Ihre Bewegungen waren wie immer sehr geschmeidig, wenn auch nicht so selbstsicher wie früher. Diese Umgebung schien ihr Angst zu machen. Ich hätte sie besser woanders treffen sollen!

»Samuel«, hauchte sie und lächelte mich an.

»Hallo Vivienne. Danke, dass du Zeit für mich hast.« Ich machte einen Schritt zur Seite, um sie in mein Büro zu lassen, und sie ging an mir vorbei, ehe ich die Tür hinter ihr schloss. »Bitte, nimm Platz.«

Ich rückte ihr einen Stuhl zurecht und sie setzte sich. Viv zitterte leicht und mich überkam erneut ein schlechtes Gewissen.

»Es geht um meinen Geburtstag«, sagte ich hastig, um nicht noch mehr Öl ins Feuer zu gießen. Ihr Blick heftete sich auf mich, während ich um den Schreibtisch herumlief.

»Wann soll ich anwesend sein?« Ihre Stimme wurde tonlos, der Blick plötzlich leer.

»Viv, es tut mir wirklich leid«, knurrte ich und hielt in der Bewegung inne. »Ich weiß, dass wir in dieser beschissenen Situation feststecken. Könnte ich etwas dagegen tun, hätte ich es längst ...«

Wie unter Zwang marschierte ich zurück zu ihr und ging auf die Knie, denn sie hatte spontan zu Boden gesehen. Auf gewisse Weise erinnerte sie mich auf einmal an Moe, wenn er sich einer Situation fügte, die er eigentlich nicht wollte.

»Liebst du ihn?«, hauchte sie plötzlich und ich schluckte. Um ihre Lippen spielte ein sanftes Lächeln, obwohl ihre Augen den traurigen Ausdruck behielten. Sie tippte sich an die Nase. »Ich konnte dich an ihm riechen, Samuel. Er ist ein hübscher Junge.«

Ich rappelte mich auf, um ein wenig auf Abstand zu gehen. Obwohl sie so zerbrechlich wirkte, war ihr Verstand schärfer als erwartet. Sie erhob sich, als sie merkte, dass ich wie vor den Kopf gestoßen war.

»Wie dem auch sei. Ich werde zu dem Zeitpunkt erscheinen, an dem du mich zu dir bittest. Und wegen dem Jungen musst du dir keine Sorgen machen. Mit mir redet eh niemand. Ich wünsche dir dennoch, dass du dein Glück findest, Sam.«

Vivienne wirkte unglaublich stolz, als sie auf die Tür zuschritt und diese öffnete. Im Rahmen wandte sie nochmals den Kopf und lächelte mich an.

»Sei gut zu ihm, das ist alles, worum ich dich bitte. Er scheint recht unschuldig zu sein und du bist nun einmal das komplette Gegenteil davon.«

Ich brummte eine Abschiedsfloskel. Dieser Tiefschlag von Viv hatte gesessen. Wieso dachten die meisten, dass ich nur mit Moe spielte?!

23

Gerade biss ich in meine Erdbeere, als Benny und Simon sich zu mir gesellten.

»Isst du noch was anderes, als dieses Zeug?«, lachte Benny amüsiert und klaute mir eine aus der Schüssel.

»Hey! Beim nächsten Mal sind die Finger ab!«

Benny grunzte was davon, dass gestohlene Erdbeeren die besten wären, und zwinkerte mir zu. Er leckte sich über die Lippen und biss dann in sein triefendes Fleisch-Sandwich.

»Habt ihr alles besorgen können?«, fragte nun Simon, der ebenfalls kaute.

Ich hob den Daumen zum Zeichen, dass alles erledigt war.

»Sehr gut. Dann können wir ja Freitagmorgen den Saal fertigmachen. Hilfst du uns dabei?«

Ich schüttelte den Kopf.

»Leider kann ich erst nachmittags. Ich schreibe Freitag die letzte Klausur und danach wollte ich ehrlich gesagt noch eine Stunde oder zwei Pause machen«, sagte ich unsicher.

Die Zwillinge schienen dies zu verstehen und winkten ab.

»Wir können dir ja schreiben, wenn wir noch Hilfe brauchen. Wenn du vorher so stark unter Stress stehst ...«

Stress war hier vielleicht das falsche Wort, denn ich freute mich, die letzte Arbeit abzugeben und mit viel Glück den Laden nie wieder betreten zu müssen.

»Hallo Jungs. Darf ich mich kurz dazusetzen?«, hörte man eine liebliche Stimme und die Zwillinge saßen auf einmal mit offenem Mund da. Ich drehte mich herum mit der Erdbeere zwischen den Lippen und hätte mich beinahe verschluckt.

»Natürlich, Frau Landon. Wir wollten uns allerdings gerade an die Arbeit machen! Schönen Tag!«, stammelte Simon und schlug seinem Bruder gegen die Schulter. Sie ließen mich einfach allein und ich wusste nicht so Recht weshalb.

»Darf ich?«, erkundigte sie sich nun und ich deutete auf einen der Stühle. Ich schob meine Schüssel Erdbeeren hinüber und bot ihr welche an, was dafür sorgte, dass sie lächelnd hineingriff.

»Wie heißt du?«

Mein Puls ging schneller. Ich kannte sie! Vivienne Landon war Sams Frau ... Wie sollte ich nur mit ihr reden?

»Moe«, meinte ich ziemlich knapp, denn ich hatte keine Ahnung, was sie von mir wollte.

»Bist du neu hier?«

Ich nickte und begann zu erzählen, dass ich neben der Schule etwas in dieser Firma dazu verdiente. Wir hatten die ein oder anderen Themen, auch wenn ich weiterhin im Hinterkopf behielt, dass sie Sams Ehefrau war. Mein Grübeln erkannte sie wohl, denn sie erklärte direkt:

»Es ist in Ordnung.«

Bitte was? Was war in Ordnung? Dass ich mit ihrem Mann herummachte?

»Zwischen Sam und mir, das ist wirklich nur politisch gesehen, damit wir unseren Stand in den Familien behalten und es friedlich bleibt. Er ist nicht in mich verliebt«, hauchte sie mit einem kleinen Funken Traurigkeit.

»Das tut mir leid«, murmelte ich und zuckte zusammen, als mich ihre Hand berührte.

»Muss es nicht. Wenn er glücklich ist, bin ich es auch. Ich hoffe nur, du kommst damit klar, dieses Theater mitspielen zu müssen.« Sie verzog den Mund und ich zuckte mit den Schultern.

»Bleibt mir denn was anderes übrig?«, brummte ich und sie schüttelte den Kopf.

»Wann war denn deine erste Wandlung?«, wollte sie irgendwann wissen und ich sah sie irritiert an.

»Erste Wandlung?« Ich griff nach einer neuen Erdbeere, hielt aber dann in der Bewegung inne.

»Du weißt schon ... In welcher Mondphase spürst du es am meisten?« Ihr durchdringender Blick ließ sie verrückt wirken. War Sam etwa mit einer Irren verheiratet?

»Sorry, Frau ... ähm ... Landon. Ich weiß nicht, was Sie meinen!«, sagte ich verlegen lächelnd und sie reichte mir die Hand.

»Ich bin Vivienne. Einfach Viv sonst. Aber, wenn du nicht weißt, was ich meine, dann würde das ja bedeuten, dass ...« Sie stockte und schien ziemlich blass um die Nase zu werden. »Es tut mir leid! Das war nicht meine Absicht ... Vergiss, was ich gesagt habe!«, gab sie plötzlich hektisch von sich und ich sah zu, wie sie aufstand und eilig verschwand. Irgendwie war das gerade ziemlich merkwürdig.

›Wandlung?‹ Ich grübelte noch eine Weile darüber nach und startete dann meinen letzten Rundgang. Niemand brauchte etwas und so hieß es für mich, dass ich früher Feierabend machen durfte. Gerade, als ich auf dem Weg nach draußen war, hörte ich hinter mir eine wutentbrannte Frauenstimme.

»Stehen geblieben, junger Mann!«, fauchte sie und als ich mich umdrehte, stand vor mir Avalarie Johnsan. Mir stellten sich die Nackenhaare auf und ich blieb stehen.

»Ja bitte?«, gab ich kleinlaut von mir und sie knurrte.

»Du hast mir eben die Post auf den Tisch gelegt oder?«, zischte sie und kam in den extrem hohen Stöckelschuhen näher. Sie packte mich am Kragen. »Wie kommt es, dass der Brief der Steuerberaterin weg ist, der vorher noch offen auf dem Tisch lag?«

Angst machte sich in mir breit. Dieses Weibsbild hatte eine Kraft, die mich fast vom Boden hob.

»Ich weiß es nicht. Die Briefe habe ich nur dazugelegt, nichts weggenommen!«, protestierte ich und versuchte, mich aus dem Griff zu lösen.

»Wieso habe ich das Gefühl, dass du lügst?«, fuhr sie mich an und der Griff wurde fester.

»Ich lüge nicht!« Meine Stimme wurde lauter, da ich langsam Panik bekam. Im Hintergrund tauchte plötzlich Simon auf, gefolgt von Sam, der sogleich knurrte, Ava solle mich loslassen.

Sie ließ mich so abrupt runter, dass ich taumelte und auf den Hintern flog. Dieses Miststück!

»Wie erklärst du dir, dass meine Unterlagen weggekommen sind? Er ist der Einzige mit einem Schlüssel zu meinem Büro, um die Post hinzulegen, wenn ich nicht da bin!« Sie war felsenfest von meinem Diebstahl überzeugt.

»Krieg dich ein! Nicht nur er hat einen, sondern auch ich. Und ich habe die Unterlagen eben herausgeholt, weil ich die Identifikationsnummer der Firma brauchte«, schnauzte Samuel sie an und Simon reichte mir die Hand, um mir beim Aufstehen behilflich zu sein.

»Er betritt nicht mehr mein Büro! Da hole ich mir lieber selbst die Post«, meinte sie und warf mir einen bösen Blick zu. Mir gefror dabei das Blut in den Adern. Das war nicht einfach nur Wut ... Das sah nach Hass aus.

Waren hier heute etwa alle am Durchdrehen? Schlecht geschlafen, wegen des anstehenden Vollmonds oder was? Kopfschüttelnd bedankte ich mich bei Simon, da ich mir denken konnte, dass er Sam geholt hatte. Dieser machte nun ein paar Schritte in meine Richtung und musterte mich.

»Alles in Ordnung?«, fragte Samuel und fixierte mich mit den Augen. Wut schien in den seinen zu funkeln und ich nickte schnell.

»Keine Ahnung was sie gegen mich hat«, murmelte ich und Simon neben mir zuckte mit den Schultern.

»Ava kann aus meiner Erfahrung heraus niemanden leiden«, meinte dieser nur und sah dann zu Sam, der nachdenklich wirkte.

»Ich würde dann für heute Feierabend machen«, beendete ich das Gespräch. Ehe ich verschwand, rief mir der Chef noch nach:

»Sehen wir uns später?«

Ich zuckte mit den Schultern und antwortete:

»Du bist mein Nachbar! Wieso also nicht?«

Er grinste, drehte sich um und stapfte zurück in Richtung seines Büros. Simon sah von ihm zu mir und winkte daraufhin zum Abschied. Was ihm durch den Kopf ging, wollte ich gar nicht wissen.

Zuhause ging ich erst einmal duschen und zog mir frische Klamotten an. Als ich mich im Spiegel betrachtete, fühlte ich mich unwohl. So konnte ich doch am Freitag nicht auf die Party gehen! Ich schnaubte, denn ich hasste es, Klamotten zu shoppen und bestellte normalerweise das meiste online. Allerdings fehlte die Zeit, mehrere Dinge anzuprobieren und wieder zurückzuschicken.

Da ich mit den Mädels am Freitag eh einkaufen gehen wollte, fragte ich in der Chatgruppe, ob sie mich in dieser Sache beraten würden. Es stieß auf extreme Begeisterung und das Handy vibrierte wie wild mit einigen Vorschlägen. Kopfschüttelnd legte ich es weg und schlurfte in die Küche, um etwas zu essen. Mein Vater war wohl gerade nach Hause gekommen, denn auch er stand in der Küche und bereitete sich einen Kaffee zu.

»Alles in Ordnung, Junge? Wie laufen die Prüfungen? Und seit wann hast du eigentlich diesen Haarschnitt? Das wollte ich schon längst fragen, aber es ist nicht so einfach, dich zu Gesicht zu bekommen.«

Er lächelte. Ich ging mir mit den Fingerspitzen durch die Haare und log, dass mal etwas neues her musste.

»Die Prüfungen laufen ganz gut. Die Letzte ist am Freitag«, meinte ich weiter und schnappte mir eine Schüssel, um sie mit Cornflakes zu füllen.

»Hat der Direktor mit dir gesprochen?«

Dies sollte wohl tatsächlich eine Unterhaltung werden, denn er setzte sich an die Kochinsel.

»Ja und das mit dem Auslandsstudium ebenfalls. Ich möchte allerdings immer noch nicht studieren«, gab ich ruhig von mir und füllte Milch zu den Cornflakes.

Mein Vater seufzte. Es würde wohl wieder eine dieser Unterhaltungen werden, die etwas lauter wurde.

»Wann wirst du denn endlich vernünftig? Es wäre eine ausgesprochen gute Chance für dich mal jemand Bedeutendes zu werden. Viel Geld verdienen und dann die Welt sehen. Wieso muss es ausgerechnet sofort sein?«, wollte er wissen und ich zuckte mit den Schultern.

»Papa, mir wurde viel angetan in den letzten Tagen. Man hat mich vermöbelt, in eine Toilette getaucht und immer wieder muss ich aufstehen und von vorn beginnen. Ich möchte einfach hier weg! An einen Ort, an dem ich mal schöne Erinnerungen sammeln kann, um diese hier zu vergessen!«, erklärte ich mich in der Hoffnung, dass er es verstehen würde. Er hörte mir ganz offensichtlich nicht einmal zu.

»Es kann nicht immer nur nach deinem Kopf gehen!«

»Schon lange geht es nicht mehr darum, was ich möchte. Ich bin fast volljährig und ihr könnt es bald nicht mehr entscheiden! Ich habe einen Job und werde das tun, was ich möchte. Vielleicht ziehe ich auch aus und jobbe als Kellner oder arbeite auf Vollzeit in Sams Firma. Ich werde nicht verhungern und ebenfalls nicht faul herumsitzen, um Stütze zu erhalten. Ich mache schon was aus meinem Leben, das kann ich dir versprechen!«

Ich ließ einen Löffel Flakes in den Mund wandern.

»Da ist das letzte Wort noch nicht gesprochen! Was machst du eigentlich bei diesem Gigolo in der Firma? Der kann doch nichts Richtiges auf die Beine stellen, außer Mädels dazu zu bewegen, deren Schenkel zu öffnen!« Mein Vater zog nun tatsächlich über Sam her, was ich nicht verstand.

»Ich mache Botengänge und bin gern dort. Ich verdiene sogar gutes Geld. Und so einer ist er nicht mehr«, wurde ich leiser, als mein Vater schnaubte.

»Was für einer ist er nicht mehr? Einer, der die Frauen flachlegt? Woher willst du das denn wissen?« Er machte eine abschätzige Handbewegung.

»Ich weiß es einfach! Wir verstehen uns gut«, murmelte ich mit vollem Mund und mein Vater lachte.

»Willst du mir erzählen, dass ihr Freunde seid? Solche Männer haben keine Freunde! Spielzeug, Mittel zum Zweck, das vielleicht. Aber keine Freunde!«

Ich wollte mir das Ganze nicht mehr anhören. Es verletzte mich unheimlich, dass mein Vater so schlecht von Sam dachte. Dabei sollte er sich mehr Gedanken um Liane machen!

Wenn man vom Teufel sprach ... Die Haustür wurde aufgeschlossen und Mutter kam mit mehreren Tüten herein. Es schien sich ausschließlich um Kleidung zu handeln. Sie lächelte mich an und ließ ähnlich wie mein Vater verlauten, dass sie mich ja ewig nicht mehr gesehen hätte. Ich nickte, nahm die Schüssel und ging an ihr vorbei. Eine Diskussion mit beiden im Doppelpack wollte ich nicht riskieren.

***

Obwohl Sam und ich uns sehen wollten, klappte es die restliche Woche nicht. Ich war vollständig mit meinen Prüfungen beschäftigt, während Sam im Betrieb beinahe Amok lief. Es war eine Großbestellung eingetroffen, die dafür sorgte, dass der Bestand nicht ausgereicht hatte und nachproduziert werden musste. Danach war zu allem Überfluss noch eine Maschine im Labor defekt gewesen, auf halbem Wege ein Teil der Lieferung abhandengekommen, sodass es auch noch Stress mit dieser an sich gab.

Wir telefonierten abends kurz, aber obwohl es ganz angenehm gewesen war, spielte ich erst einmal die zweite Geige. Selbst im Betrieb, wenn wir uns über den Weg liefen, hatten wir keine Sekunde für ein kurzes ›Hallo‹ oder einen kleinen Kuss. Es war frustrierend und man merkte mir dies wohl auch an.

»Deine Laune ist genauso mies, wie die vom Boss«, meinte Benny irgendwann, als ich nur vor mich hin schnaufte.

Immerhin gab es einen Lichtblick. Nach der Schule traf ich mich mit den Mädels – Kristin, Isa und Elly – zum Einkaufen. Es war ein Hühnerhaufen, wie er im Buche stand, dennoch wurden sie mir eine enorme Hilfe! Wir hatten die Zutaten für einen Kuchen besorgt und eine kleine Form, um diesen zu backen. Wir suchten nach Locations für das Date, das ich ihm als Geschenk vorschlagen wollte und hingen dann selbst eine Stunde in der Spielhalle fest. Lange hatte ich nicht mehr so gelacht ... zumindest bis der Horror begann: Klamotten kaufen mit drei Mädels, deren Geschmack nicht unterschiedlicher sein konnte! Das war eine ziemliche Herausforderung. Irgendwann zog ich die Reißleine und sagte ziemlich deutlich, dass ich nicht vorhatte, auf eine Karnevalsparty oder auf eine Christopher-Street-Day-Parade zu gehen. Einfach, schick und schlicht sollte es sein. Kristin und Elly gaben es anscheinend auf und ließen sich in die gepolsterten Sessel fallen.

Isa kam mit einer Kombi zurück, die mir gut gefiel. Und das, obwohl es noch am Bügel hing! In der Umkleide zog ich sie an und erkannte mich kaum wieder. Es waren Klamotten in meiner Größe, die zeigten wie dünn und untrainiert ich war. Ich schlüpfte durch den Vorhang und die Drei quietschten voller Begeisterung.

»Du siehst toll aus, Moe! So erwachsen«, schwärmte Elly und Kristin lachte.

»Hör auf, ihm Honig ums Maul zu schmieren. Er steht auf Männer!«

Verlegen sah ich in den Spiegel. Ob es Sam auch gefallen würde? Das weiße Hemd saß wie angegossen, zeigte meine Figur mehr, als dass es sie umspielte. Die Hose war eine Röhrenjeans in Dunkelblau und ließ mich noch größer wirken. Die schwarzen Turnschuhe dazu machten es wieder sportlich. Ich musste zugeben, es gefiel mir und machte mich neugierig, wie es ankommen würde.

24

Sam

Noch einmal so eine Woche und ich würde jemanden zerfleischen! Genervt legte ich das Handy weg und ließ meine Stirn auf die Tischplatte sinken. Gott sei Dank war jetzt alles geklärt! Niemand mehr, der meckerte, alle glücklich und zufrieden ... Perfekter Abschluss der Woche. Und ich würde nach der Geburtstagsfeier am Abend ins Bett gehen und erst am Montag wieder zum Vorschein kommen. Wenn es gut lief, mit Moe an meiner Seite.

»Boss, das sieht nicht sonderlich gut aus«, hörte ich Simon und konnte mir sein Grinsen förmlich vorstellen. Diese Zwillinge waren eine Plage! Hoffentlich brachten sie Moe nicht allzu viele ihrer Marotten bei. Aber wenn es darum ging, jemanden vor Ava zu beschützen, waren die beiden das absolute Dream-Team.

»Ich will nur noch nach Hause«, knurrte ich und hob den Kopf, um ihn anzusehen. »Was kann ich gegen dich tun?«

»Ich bringe die letzten Briefe und wollte Bericht erstatten: Für die Party ist alles vorbereitet. Wir starten hier und es geht weiter nach drüben ins Hotel mit Pool, Catering und allem drum und dran. Es wird ein richtiges Spektakel, Sam. In Sachen Planung hat sich Avalarie dieses Mal selbst übertroffen. Es fehlt nur noch eine Krönung«, scherzte er zum Schluss und ich runzelte die Stirn.

»Ich bin kein König. Sonst wären hier diese Woche ein paar Köpfe gerollt!« Mein Brummen brachte ihn erneut zum Lachen.

»Als würdest du jemandem was antun.« Der Zwilling schüttelte den Kopf. Vielleicht sollte ich mit diesem Frechdachs anfangen ...

»Alles klar, danke für die Aufmunterung. Und jetzt raus mit dir, du Promenadenmischung!«

Simon verschwand feixend und ließ mich allein zurück. Seufzend erhob ich mich vom Stuhl und schnappte mir meine Anzugjacke. Für die Party hatte ich mich bereits frisch gemacht, ehe das letzte Telefonat geführt worden war. Im Grunde konnte ich jetzt alles in Ruhe auf mich zukommen lassen. Dumm nur, dass es eine offizielle Party war, das hieß, demnächst würde Viv auftauchen, um mit mir zusammen den Raum zu betreten.

Ein Klopfen am Türrahmen ließ mich erneut den Kopf heben. Ich staunte nicht schlecht, denn da stand sie. Vivienne hatte sich dieses Mal in ein dunkelgrünes Kleid gehüllt, das für mich wirkte, wie Wind, der mit tausenden Blättern spielte. Sie sah atemberaubend schön aus.

»Danke«, sagte sie, ehe ich den Mund aufbekam. Sie strahlte, wirkte irgendwie gelöst. »Willst du mir nicht deinen Arm anbieten, dass wir loskönnen?«

Automatisch bewegte ich mich auf sie zu und tat, worum mich Viv aufgefordert hatte. Sie legte ihre Hand auf meinen Arm und atmete einmal tief ein.

»Dann mal auf ins Spektakel.«

Ihre Worte brachten mich zum Lächeln. Sie hasste es, zu viele Menschen um sich zu haben, und mittlerweile ging es mir genauso. Eigentlich wäre mir eine kleine

186

Feier mit Freunden am liebsten gewesen ... oder allein mit Moe.

»Ich mag ihn übrigens. Er ist ein sehr aufgeweckter und reizender Junge. Du hättest mir allerdings ruhig sagen können, dass er kein Wolf ist«, flüsterte Viv, während wir in Richtung Aufzug marschierten.

»Ich hatte nicht angenommen, dass es dich interessiert. Wieso? Hast du mit ihm gesprochen?« Ich blickte sie an und ihre Miene zeigte deutlich, dass sie etwas beschäftigte. »Was?!«

Ich knurrte sie geradezu an und sie wurde nervös.

»Ja, das habe ich. Es war dumm, das weiß ich nun«, murmelte sie und blickte zu Boden. »Aber ich wollte wissen ... Nun ja.«

Es traf mich wie eine Ohrfeige. Sie wollte wissen, was Moe an sich hatte, womit sie nicht dienen konnte. Das hatte mir gerade noch gefehlt!

»Vivienne, du bist eine wundervolle Frau. Du bist nur nicht die Richtige für mich. Ich lasse mir etwas einfallen, versprochen. Irgendwie finden wir einen Ausweg, dass du dir jemanden suchen kannst, der dich nicht nur wie ein Klotz am Bein behandelt.«

Ihre Augen füllten sich allmählich mit Tränen und sie blinzelte, um diese zu vertreiben. Mein Herz brach, denn erst jetzt wurde mir bewusst, was für ein Scheißkerl ich gewesen war. Ich hatte diese wundervolle Frau zur Einsamkeit verdammt. Wieso hatte ich das nie gesehen?

»Moe tut dir wahrlich gut. So gefühlvoll habe ich dich noch nie erlebt. Es kommt mir ein bisschen so vor, als würdest du zum ersten Mal lieben, Samuel.« Sie tätschelte mir den Arm und bemühte sich um ein Lächeln.

»Das mag schon sein. Es ist irgendwie anders ...« Ich suchte nach Worten, denn auf einmal wollte ich mich vor ihr erklären. Am liebsten hätte ich jedem gesagt, was ich für Moe empfand, doch dann hätte ich mich wohl gleich erschießen können. »Es klingt irgendwie dämlich, wenn ich das sage, aber für mich ist er der Grund, nächtelang wach zu liegen, um ihn beobachten zu können. Ich kann mich daran nicht sattsehen.«

Viv kicherte leise, schniefte ein letztes Mal.

»Es klingt danach, als wärst du an diesen Jungen gebunden. Wenn du mir jetzt noch erzählst, dass du seine Gefühle spürst«, flüsterte sie auf einmal aufgeregt und ich nickte nach kurzem Zögern. Sie keuchte. »Samuel ... Das ist ...«

»Ein ziemlicher Schlamassel in unserer Lage«, beendete ich ihren Satz, aber sie schüttelte den Kopf. Ihre roten Haare flossen bei dieser Bewegung nun auf ihre Schultern.

»Es ist deine Chance. Bitte lass sie dir nicht nehmen.«

***

»Hey Boss! Klasse Party ...«

Zum gefühlt hundertsten Mal klopfte mir jemand auf den Rücken oder gegen die Schulter und ich nickte. Der offizielle Teil der Feierlichkeit hatten wir glücklicherweise schnell hinter uns gebracht und nun konnte ich mich entspannen.

Eine der Bedienungen marschierte an mir vorbei und ich ergriff eins der Gläser, die sie auf dem Tablett umhertrug. Ava hatte Champagner besorgen lassen und eine extrem teure Marke dazu. Für meinen Geburtstag nur das Beste. Sie unterhielt sich mit Mika, der während unseres kurzen Blickkontakts leicht mit den Augen rollte.

Arme Schwester ... Bei ihm versprühte sie ihren Charme wohl umsonst. Sie würden vom Charakter her eh nicht zusammenpassen, selbst wenn mein Freund nicht bereits verheiratet wäre. Avalarie brauchte einen Mann, der ihr zeigte, wo ihr Platz war. Einen Gentleman wie Mika vernaschte sie zum Frühstück.

Suchend ließ ich den Blick umherschweifen. Wo war Moe? Er hatte doch versprochen zu erscheinen. War ihm vielleicht etwas dazwischen gekommen?

Vivienne hatte sich bis zum Rand der Veranstaltung vorgearbeitet und lächelte mir noch einmal zu. Sie nickte zum Abschied und ich tat es ihr gleich. Ihre Aufgabe war erfüllt und sie würde nun nach Hause fahren. Auf gewisse Weise war ich neidisch, denn ich hätte auch einiges dafür gegeben, jetzt abhauen zu können.

»Du hättest mich ruhig vorwarnen können, dass Ava auf Männerfang ist«, brummte Mika auf einmal neben mir und ich grinste meinen Freund an.

»Das dürfte jedem aufgefallen sein, der ihr Outfit gesehen hat. Dieser tiefe Ausschnitt sagt doch alles«, gab ich zurück und Mika lachte. »Sag mal, hast du Moe irgendwo gesehen?«

Herr Viehdoktor schüttelte den Kopf.

»Nein, habe ich nicht. Sag ihm einen Gruß, wenn du ihn siehst. Ich sollte mich jetzt verziehen, ehe ich doch noch eingefangen werde. Außerdem wartet eine Patientin auf mich.« Mika zwinkerte mir zu.

»Hund, Katze oder Maus?« Ich lachte.

»Weder noch. Eine Kuh«, meinte Mika ebenfalls grinsend und gab mir die Hand. »Feier schön in deinen Geburtstag hinein, mein Freund. Und alles Gute!«

Ich beobachtete auch ihn, wie er sich Stück für Stück Richtung Ausgang kämpfte. Er stellte sich nicht ganz so geschickt an, wie Viv, die an der Wand entlang gegangen war. Mika schritt quer durch den Raum und wurde mehrmals angerempelt. Ich schmunzelte.

Moes Duft drang mir plötzlich in die Nase und ich wandte sogleich den Kopf danach um. Er war noch schwach, also hatte er noch nicht viel Zeit hier verbracht. Die perfekte Voraussetzung, um ihn aufzuspüren. Langsam setzte ich mich in Bewegung, schlenderte durch die Menge.

»Das schwarze Hemd zum hellgrauen Anzug steht dir sehr gut, Sam«, verkündete eine Kleine, die bereits angetrunken zu sein schien.

Ich lächelte sie nur kurz an und marschierte weiter, Moes Spur folgend.

›Wo bist du?‹

Jemand lachte in meiner Nähe. Einer der Zwillinge schien mal wieder Witze zu reißen. Dieser Laut lenkte meine Aufmerksamkeit zu dem Grüppchen, das am Eingang stand. Simon, Benny und noch jemand … Dunkelblaue Jeans, weißes Hemd und leicht gestyltes schwarzes Haar. Mein Herz schlug automatisch schneller, als sich Moe umdrehte und mich entdeckte. Ich schluckte, denn er sah atemberaubend aus. Die Jeans saß eng und betonte seine schlanke Gestalt und die langen Beine. Am weißen Hemd hatte er den obersten Knopf offengelassen und mein Blick fiel auf seinen Hals. Mich überkam der Wunsch, daran zu knabbern … Das und noch mehr!

Er deutete meinen Blick genau richtig und errötete, was ich erst recht zum Anbeißen fand. Ich machte eine dezente Kopfbewegung, um ihm zu bedeuten, mir zu folgen. Er löste sich von den neuen Freunden. Seine

Bewegung war unsicher, während er mir folgte und ich spürte deutlich seine Nervosität.

Selbstbewusst steuerte ich den Aufzug an und drückte den Knopf fürs Obergeschoss. Moe kam gerade in dem Moment neben mir an, als sich die Türen des Fahrstuhls öffneten.

»Oh, Herr Johnsan, wollen Sie weg?«, stand eine Mitarbeiterin vor uns und wirkte irritiert. Sie war vom Catering und ich hatte keine Ahnung, wie ihr Name lautete. Ich setzte also ein einnehmendes Lächeln auf.

»Ich habe etwas Geschäftliches mit Herrn Landvogt zu klären. Wir sind in etwa einer Stunde wieder da.« Ich grinste sie an. »Würden Sie mich bitte nicht verraten? Ich muss mich noch um eine kleine Überraschung für Mitternacht kümmern.«

»Natürlich«, hauchte sie.

Ich schob Moe in den Aufzug. Er zeigte keinen Widerstand, nickte der Frau nur schüchtern zu. Das Rot in seinem Gesicht war verschwunden, aber sein Körper schien förmlich zu brennen. Ich spürte die Hitze an meiner Hand.

»Heb dir noch etwas Energie für gleich auf. Du wirst sie brauchen«, knurrte ich und Moe schnappte nach Luft.

Kaum im Fahrstuhl drückte ich den Knopf des richtigen Stockwerks. Eine Welle von Panik wurde von Moe ausgesandt, was mich zum Schmunzeln brachte. Er hatte keine Ahnung, was ich mit ihm anstellen wollte und er war kurz davor Reißaus zu nehmen. Es reizte mich ein wenig, mit dieser Emotion zu spielen. Das kam davon, wenn man mich dermaßen heiß machte ...

Ich lehnte mich mit einem Arm gegen die Wand, verlagerte das Gewicht, sodass ich mich Moe näherte. Er sah mich unsicher an.

»Bekomme ich schon hier einen kleinen Vorgeschmack oder sollen wir darauf warten, bis wir in meinem Büro ankommen?«, raunte ich und Moe biss nervös auf der Innenseite seiner Wange herum.

»Warten ...«, brachte er stöhnend heraus und ich lehnte mich noch ein bisschen enger an ihn, um mit der Nasenspitze seine Halsbeuge zu berühren. Er roch so unglaublich gut!

»Wie du willst. Aber du kannst nicht verhindern, dass ich dich berühre, denn sonst wird es mich umbringen.« Ich stupste ihn leicht an, leckte dann über ein Stückchen seines Halses und biss kurz hinein. Moe bekam eine Gänsehaut und stöhnte erneut.

»Warten!«, ermahnte er mich, was mich nur noch mehr anspornte. Ich war nun einmal ein Jäger, was sollte ich also machen?

Der Weg in mein Büro erschien mir wie eine Weltreise. Moe widerstand meinen Annäherungen, wenn auch mit wankendem Gebaren. Kaum in meinem Arbeitszimmer angekommen, hielt ich mich jedoch nicht mehr zurück. Ich schloss die Tür hinter mir ab, stellte sicherheitshalber noch einen Stuhl vor den Griff und wandte mich dann meiner Beute zu.

»Ich will meinen Kuss«, knurrte ich und sprang ihn förmlich an. Moe lachte, als ich ihn stürmisch in die Arme schloss. Alle Anspannung löste sich augenblicklich. Das Gefühl war berauschend.

»Verdammt, Sam! Wegen dir hätte ich beinahe einen Herzinfarkt bekommen ...«, brachte er heraus, ehe ich meinen Kuss bekam. Er war zärtlich, voller Liebe und hob meine Welt aus den Angeln.

Ich rieb mich leicht an ihm, während meine Zunge in seinen Mund eindrang, um seine zu berühren. Moe gab ein ersticktes Stöhnen von sich. Ich löste mich kurz.

»Still, sonst verrätst du uns noch!«, raunte ich und brachte ihn erneut zum Schweigen.

Seine Finger krallten sich in den Stoff meines Anzugs, zogen mich noch fester an sich heran. Ich nahm die Lust von Moritz wahr und den Wunsch, noch ein kleines Bisschen weiter zu gehen.

»Ich weiß, es ist mein Geburtstag, aber jetzt ...«, raunte ich und knabberte an Moes Hals, während die Finger am Knopf seiner Jeans zu nesteln begannen. Ich drückte ihn gegen die Wand.

»Bist du verrückt? Wir sind hier in deinem Büro«, ächzte er, aber das war mir herzlich egal. Ich würde nicht eher ruhen, als dass ich das Gefühl der Lust, das Moe ausstrahlte, ausgekostet hatte.

Endlich löste sich der Knopf und ich zog den Reißverschluss ebenfalls nach unten. Mein Kleiner erzitterte, warf den Kopf in den Nacken und biss sich nun auf die Unterlippe, um keinen Ton von sich zu geben.

»Sehr brav«, flüsterte ich ihm ins Ohr.

»Na, du bist der Boss.«

Oh ja, das war ich, doch jetzt würde ich diese Macht nutzen, um ... Moe schnappte nach Luft, als ich langsam nach unten rutschte. Ich zog die Jeans mit mir hinab, zupfte an der Boxershorts und Moe wimmerte leise.

»Sch ...«, brachte ich heraus und fand mich nun auf Augenhöhe zu seinem besten Stück, das sich sogleich aufrichtete.

Ich berührte ihn sanft, strich zärtlich über Moes Oberschenkel, die sich bei der Berührung anspannten. Zentimeter für Zentimeter näherte ich mich dem Ziel und hörte sein immer schneller werdendes Atmen. Vorsichtig umschloss ich sein Glied erst mit der Hand, ehe ich meine Lippen auf die Eichel drückte. Ich küsste diese und Moe begann zu Zucken. Er war kurz vorm Explodieren, was mich zu einem Experiment anspornte. Ich nahm sein bestes Stück tief in meinen Mund auf und saugte leicht daran.

»Oh Gott, Sam! Ich ...«, stöhnte Moe und erbebte. Sein Becken schob sich nach vorn und ich schmeckte das salzige Sperma, das sich in meinen Mund ergoss. Ich schluckte, bewegte mich weiter und genoss das Gefühl von Lust, das meinen Liebsten fast wahnsinnig machte.

25

Sam hatte sich gerade wieder zu mir nach oben bequemt, als ich an uns hinabsah. Der Einzige, der von dieser Sache etwas gehabt hatte, war ich. In seiner Hose beulte es sich nun ziemlich und er grinste.

»Lässt mich halt nicht kalt«, entschuldigte er sich und seufzte dabei.

Ich zog ihn an mich und begann ihn zu küssen.

»Sam ... ich will mehr«, hörte ich mich heiser sagen und mein Gegenüber bekam große Augen, die funkelten.

»Bist du dir sicher? Ich meine ... wir ... Es gibt schönere Orte dafür«, murmelte er und ließ den Blick durch das Büro wandern.

»Ja«, war meine Antwort knapp, denn ich wollte diesen Mann. Es sollte ihm genauso gefallen, wie es mir gefallen hatte. Ich wollte das Komplettpaket.

Seine Hände legten sich an meine Wangen und er küsste mich sehr innig. Sams Zunge bahnte sich zielstrebig einen Weg in meinen Mund. Erneut streichelte er mich, was mich unterhalb der Gürtellinie von Neuem motivierte.

»Moe ... Ich ... ich will dir nicht wehtun. Wenn etwas sein sollte, dann sag es bitte«, raunte er und verunsicherte mich. Ich sah ihn skeptisch an.

»Ich möchte das mit dir! Wieso zögerst du auf einmal?« Vorsichtig öffnete ich den Knopf seiner Stoffhose. »Entweder du willst mich, oder nicht!«, sagte ich beinahe vorwurfsvoll und biss mir auf die Lippe.

»Du glaubst gar nicht, wie sehr ich dich will!«, knurrte er nun, packte meine Hüften und setzte mich auf den Schreibtisch, von dem er einige Unterlagen dabei herunter warf.

»Man hört uns noch«, flüsterte ich entsetzt, doch ihm schien es in diesem Moment egal zu sein. Das Funkeln in seinen Augen war wieder da, es wirkte fast schon bedrohlich auf mich.

Er öffnete das Hemd und liebkoste meine Brustwarzen. Da meine Hose immer noch an den Knien hing, zog er mir die Schuhe von den Füßen und schälte mich aus den Hosenbeinen. Seine Hände krallten sich in die Haut an meinem Becken und er drückte sich zwischen meine Beine. Die Stoffhose war mittlerweile bis zu seinen Füßen gerutscht, samt Shorts und auch er präsentierte, was er hatte.

»Ich werde vorsichtig sein, versprochen!«, schien er sich mehr selbst zu ermahnen, als mich zu beruhigen.

Mein Oberkörper wurde nach hinten auf den Schreibtisch gelegt, sodass ich aus dem großen Fenster in den Himmel schauen konnte. Es war eine sternenklare Nacht mit einem riesigen Vollmond, in der ich mein erstes Mal haben würde. Mit ihm ... Mein Herz raste, so nervös war ich. Die Angst, es könnte schmerzen und, dass ich es nicht aushielt, ließ mich stocken. Dabei wollte ich ihn doch so sehr!

Sam schien dies mitzubekommen und suchte meine Lippen.

»Alles wird gut. Ich werde es mit dir nicht versauen! Ich will, dass du mir gehörst ... Sag es!«, forderte er und ich lächelte.

»Ich gehöre dir«, hauchte ich ihm ins Ohr.

Ich spürte die Gänsehaut, die Sam bekam. Seine Küsse gingen an meinem Hals entlang und verweilten dort einen Augenblick. Er nahm zwei Finger zwischen seine vollen Lippen und leckte diese an, ehe er die Hand zwischen meine Beine wandern ließ. Als Sam mein Becken näher an sich heranzog, hatte ich die Befürchtung mit dem Hintern vom Schreibtisch zu rutschen.

»Keine Panik, ich hab dich!«, lachte er und biss in meine linke Brustwarze.

Der Schmerz lenkte mich für einen Moment ab, sodass seine Finger schon in mich eingedrungen waren, ehe ich es als unangenehm empfinden konnte. Mit viel Gefühl entzog er mir diese kurz darauf wieder, nur um sie erneut hinein zu schieben. Ich streckte die Arme über den Kopf und bäumte mich ihm entgegen. Er wiederholte es so oft, dass ich die Befürchtung hatte, allein davon zum Orgasmus zu kommen.

»Darf ich?« Seine Stimme klang rau und der Blick, den er mir schenkte, war voller Begierde. Ich nickte, denn ich wollte ihn in mir spüren. Ich war bereit dazu. Sam kam näher an mich heran und ich spürte, wie sich seine Spitze an mich drückte. Gleich ...

***

Ein Knall riss uns aus der Situation und der darauffolgende Feueralarm dröhnte durch die Gänge.

»Scheiße!«, fluchte Sam und zog mich vom Schreibtisch. »Anziehen!«

Das war gar nicht so einfach, nachdem er meine Klamotten so verdreht hatte. Mein Hemd blieb offen, Hauptsache die Hose war oben und wir liefen aus dem

Büro. Sam lehnte sich über das Geländer, um einen Eindruck zu bekommen was los war.

»Rauch!«, verkündete er, dabei hatte ich überhaupt keinen gesehen. »Wir müssen hier raus!«, rief er mir zu, packte mich an der Hand und lief in einem Tempo, in dem ich kaum mit ihm mithalten konnte.

Draußen stürmten bereits einige aus dem Hotelgebäude gegenüber, wo der zweite Teil der Party stattfinden sollte. Vor der Firma hatte man mehrere Strohpuppen aufgebaut, die nun brannten und das Feuer war auf einen Teil der Fassade des Gebäudes übergegangen. Einer der Kollegen rief Sam zu, er hätte schon die Feuerwehr verständigt.

»Was ist das?«, fragte Simon neben mir plötzlich, während Benny mich auf mein offenes Hemd hinwies.

»Muss nicht jeder so offensichtlich mitbekommen«, flüsterte dieser mir zu und in dem Moment war mir klar, dass sie von Sam und mir wussten. Dankbar knöpfte ich es zu und musste dabei zusehen, wie Sam einem Tiger im Käfig gleich, hin und her stob. Ich sah in die Richtung, in die Simon zeigte. Die Fassade war mit Farbe beschmiert worden.

»Du gehörst nicht zu uns und wirst noch mehr verlieren als dein Fell, Landvogt!«, las ich.

Taumelnd ging ich ein paar Schritte zurück. War das tatsächlich meinetwegen? Wem hatte ich denn was getan, dass er sich nun so an mir rächen wollte?

»Ich wusste, der Bengel bringt nichts als Ärger! Das hast du zu verantworten! Samuel?!«, fauchte Ava und kam auf mich zu. Schützend stellten sich ihr Simon und Benny in den Weg. Meine Beine begannen zu zittern.

»Moe kann es nicht gewesen sein, denn er war bei mir!«, knurrte ihr Bruder, während er mit offenem Hemd und ohne Anzugjacke vor ihr stand.

»Ist dem so?«, murmelte sie und schien ihn nun ziemlich genau zu betrachten. Danach drehte sie sich wütend um und marschierte davon, die Absätze laut auf dem Stein klappernd. Sie rief, sie würde sofort bei der Polizei anrufen und bei der Versicherung.

Sam nickte nur, obwohl sie es gar nicht mehr sehen konnte. Die Firma würde übers Wochenende definitiv geschlossen bleiben. In der Ferne hörten wir glücklicherweise bereits die Feuerwehr anrücken.

»Jungs, zur Seite«, verlangte Sam, doch Benny und Simon rührten sich nicht. »Ich tu ihm schon nichts! Und nun weg, bevor ihr es abbekommt«, maulte der Mann, der eben noch so leidenschaftlich mit mir beschäftigt gewesen war. Die Zwillinge rückten etwas von mir ab, sodass sich Sam mir nähern konnte, doch sie verdeckten uns vor manch neugierigem Blick.

»Du gehst nach Hause! Die Jungs bringen dich. Ich kann hier gerade nicht weg … Du verlässt das Haus auch nicht, bis ich mich telefonisch bei dir melde! Verstanden?«, wies er mich herrisch an, wartete allerdings keine Antwort ab, sondern drehte sich zu den Zwillingen um.

»Ihr habt es gehört. Los!«, wurde er lauter, weshalb Simon und Benny mich jeweils an einer Seite packten und von diesem Ort wegbrachten.

Sie murmelten etwas von »Heiliger Kuhfladen, hast du Ärger?«. Ich schüttelte verängstigt den Kopf.

»Normalerweise bekam ich ein paar aufs Maul, es wurden aber keine Firmen wegen mir abgefackelt!« Der Schock hing mir noch immer in den Knochen.

»Irgendwem passt es vielleicht nicht, dass du an Sam so nah dran bist«, raunte Simon. Benny sah ihn böse an.

»Halt den Mund, Simon!«, blaffte er seinen Bruder an und dieser ließ meinen Arm los.

»Ja, aber sei doch mal ehrlich. Er riecht nach Sam, als würde er in ihm baden! Und plötzlich kommt wer und fackelt dessen Firma ab? Mit der Drohung, ihm das Fell über die Ohren zu ziehen?«, begann Simon, sich in Rage zu reden.

»Was für ein Fell? Und wieso rieche ich nach Sam? Was läuft hier!«, schrie ich, als Simons wütender Blick sich veränderte. Er hatte ebenfalls dieses Funkeln in den Augen, wie es Sam gehabt hatte und sein Knurren wurde tiefer. Das machte mir allmählich Angst.

Benny holte aus und verpasste seinem Bruder eine, der einen Moment den Kopf schüttelte und sich dann die Wange hielt.

»Hör auf, Bruder! Moritz wird damit nichts zu tun haben. Gerade wegen der Gründe, die du eben genannt hast! Schau ihn dir doch mal an!«, meinte er und Simon durchbohrte mich förmlich mit dem Blick.

»Verdammt ... Ich hab zu viel«, begann er und Benny nickte nur. »Sam hat dir noch nichts erzählt oder?«

»Was denn?«, wollte ich aufgebracht wissen, da ich das Gefühl hatte, im falschen Film zu sein.

»Das sollte er dir selbst sagen. Tut mir leid«, entschuldigte sich Benny und ich war kurz davor, wahnsinnig zu werden.

Die Jungs lieferten mich zu Hause ab und kamen sogar noch mit hinein. Niemand schien da zu sein, sodass ich es für in Ordnung hielt. In meinem Zimmer ging das große Schweigen weiter. Die beiden wollten von sich aus nichts erzählen und ebenfalls keine Fragen beantworten.

Simon unterbrach jedoch irgendwann die unangenehme Stille.

»Wie lange geht das eigentlich schon, das zwischen dir und Sam?«, fragte er.

Ich wurde rot und versteckte mein Gesicht hinter den angezogenen Knien.

»Wir sind kein Paar oder so ... aber noch nicht lang. Ein paar Tage«, murmelte ich. Die Zwillinge sahen mich beide irritiert an und schienen äußerst interessiert zu sein.

»Dafür wirkt es aber anders!«

Ich zuckte mit den Schultern. Wie sollte ich es erklären?

»Es ist einfach passiert. Diese Spannung ist seit Anfang an zwischen uns. Ich kann es nicht erklären. Wenn er mich berührt, schaltet mein Gehirn auf Sparflamme und scheint nichts mehr anderes zu wollen als ihn«, gestand ich und Simon grinste.

»Ja, so scheint es dem Boss auch zu gehen. Einige haben schon die Veränderungen bemerkt. Wie zum Beispiel, dass es nun Obst und gezielt Erdbeeren in der Kantine gibt. Er lächelt auch häufiger, kommt mehr aus seinem Büro, um dich zu suchen, und wirkt einfach entspannter. Vielleicht bist du ja mit ihm verbunden«, grinste er noch bereiter und bekam einen Seitenhieb von seinem Bruder.

»Du wirst der Grund sein, dass wir auffliegen!«, brummte Benny und ich war aufs Neue abgeschrieben.

»Auffliegen? Womit?«, wollte ich wissen, doch mein Handy begann zu vibrieren und das Display zeigte Sams Nummer.

Ich ging dran, doch er hielt sich nicht lange mit Geplänkel auf.

»Sind die Zwillinge noch da? Gib sie mir!«

Mit den Augen rollend, hielt ich ihnen das Telefon hin, die im weiteren Verlauf damit mein Zimmer verließen. Was war hier nur los?

Wenn Sam jetzt so viel Ärger hatte, würde unser Date, was ich ihm zum Geburtstag schenken wollte, sicherlich ausfallen. Der erste Versuch in Sachen Sex, endete ja mal wirklich in einer Katastrophe. Ich schnaubte frustriert. Mein Leben war ein Arschloch! Sollte Sam es sich jetzt noch einmal überlegen, würde das ganz gut zu meinem Scheißleben passen.

Diese Party würde man zumindest nicht mehr vergessen. Kopfschüttelnd beobachtete ich die Feuerwehrleute dabei, wie sie ihrer Arbeit nachgingen und dem Brand rasch zu Leibe rückten. Bis auf den Eingangsbereich hatte es glücklicherweise nur einen Teil der Fassade erwischt.

»Sieht so aus, als wäre da mehr, was du mir erzählen solltest ...«, meinte jemand neben mir und ich zuckte erschrocken zusammen.

Robert Allertons Aufmerksamkeit galt ebenfalls den Feuerwehrleuten, doch ich wusste genau, dass diese Ruhe nur Schein war. Innerlich kochte er sicherlich vor Wut.

»Eigentlich nicht. Das hier hat mir auch erst die Augen geöffnet. Leider ist mein Laptop im Gebäude«, murrte ich und spürte dann eine Faust, die meinen Oberarm traf. »Au!«

»Sei froh, dass es nur das war. Aber ich hoffe, der blaue Fleck wird dich daran erinnern, wie tief du in der Scheiße steckst, sollte das noch öffentlicher werden. Und wer um Himmels willen ist dieser Landvogt?!« Robert schaute mich nun extrem stinkig von der Seite her an und ich seufzte.

»Mein ... Nun ja ... Das ist kompliziert. Aber er hat keine Ahnung von Wölfen oder Vampiren und ich will, dass das so bleibt! Zumindest vorerst.« Meine Worte schienen den Chefermittler weniger zu überzeugen.

»Willst du noch ein paar blaue Flecken?«, drohte er und knackste mit den Knöcheln. Das Geräusch machte mir eine Gänsehaut, wobei ich nach diesem Frust gut Lust hätte, ihm zu zeigen, dass Wölfe gleichfalls nicht ganz ohne Kraft waren.

»Moe geht dich nichts an«, blieb ich dabei.

»Ist dir mal in den Sinn gekommen, dass er dadurch noch mehr in Gefahr geraten könnte? Er weiß nicht, wovor er sich in Acht nehmen muss, Samuel.«

Natürlich, immer wenn Robert seine Vater-Ansprache hielt, nannte er mich nicht mehr ›Sam‹. Ich war allerdings weder sein Sohn, noch an seinen Belehrungen interessiert.

»Ich werde auf ihn aufpassen. Gerade jetzt ist er nicht allein. Ich sag es dir nochmal: Moe gehört mir und wird von euch nicht belästigt, sonst bedeutet das Krieg ...«

Robert hob überrascht eine Augenbraue.

»Daher weht also der Wind. Ich verstehe«, sagte er plötzlich grinsend und ich fluchte innerlich. Wieso konnte ich nicht einmal meine Klappe halten?

»Ich melde mich spätestens am Montag bei dir, denn bis dahin hab ich es geschafft, den Spuren in der Schule und denen in unseren Unterlagen nachzugehen.«

»Kannst du noch etwas deutlicher werden?«, hakte Robert nach und ich nickte.

»Moe hatte Ärger mit ein paar Halbstarken. Sie haben ihm die Haare abgeschnitten.« Ich hielt mein Handy hoch, auf dem ich die Schmierereien dokumentiert hatte. Mittlerweile war das Geschreibsel durch den Ruß nicht mehr zu erkennen.

Der Chefermittler las die Zeilen und wirkte plötzlich, als hätte er ebenfalls das Bedürfnis, auf etwas einzuschlagen.

»Okay, ich verstehe. ›Du gehörst nicht zu uns‹, klingt allerdings nach Wolf, wenn du mich fragst. Aber ›und wirst noch mehr verlieren, als dein Fell‹, würde ich ebenfalls auf die Haare beziehen. Das ist echt hart. Wie hat der Junge es aufgenommen?«

»Geschockt. Deshalb werde ich gleich zu ihm fahren. Ich hoffe, du siehst mir das nach. Heute hätte ich eigentlich nur feiern wollen ...«, brummte ich und Robert seufzte.

»Dann ab mit dir. Ich bleibe hier und halte die Augen offen. Happy birthday!« Er schüttelte mir noch einmal kurz die Hand und wandte sich danach den Schaulustigen zu, die teils fasziniert, teils verängstigt den Arbeiten zusahen.

***

Moes Zuhause wirkte im ersten Moment verlassen, als ich dort ankam. Ich hörte allerdings Stimmen, die durch ein gekipptes Fenster zur Straße heraus drangen. Benny und Simon waren brav bei ihm geblieben, um auf meinen Moe aufzupassen.

»Ich denke schon, dass er demnächst hier auftaucht. Es wäre eine Schande, wenn nicht. Du hättest doch sonst keine Chance, ihm sein Geburtstagsgeschenk zu überreichen«, lachte Benny und ich blieb stehen.

Moe hatte mir tatsächlich ein Geschenk besorgt? Das hätte er gar nicht tun müssen ... Ich war doch schon mit ihm beschenkt genug.

»Die Frage ist eher, ob er nach dem ganzen Spektakel überhaupt noch etwas mit mir zu tun haben will. Das ist aber auch eine Scheiße, in die er dank mir ständig gerät.« Moes Worte beschleunigten meine Schritte. Er durfte auf keinen Fall an uns zweifeln!

»Ach Quark! Aber was meinst du mit ›ständig‹?«, beteiligte sich nun auch Simon und ich drückte auf den Klingelknopf, um der Unterhaltung ein Ende zu machen. Die beiden würden dadurch nur noch mehr in die Geschichte hineingezogen werden. Das wollte ich allerdings nicht. Ich war durchaus in der Lage, meine Sippe ohne Hilfe zu beschützen.

Schritte näherten sich hastig, stoppten jedoch vor der Tür.

»Ich bin's!«, knurrte ich und hörte sogleich den Schlüssel im Schloss.

Moe wirkte blass und noch immer ziemlich fahrig. Ich wollte auf ihn zustürmen und ihn in den Arm nehmen, doch ein Räuspern hielt mich davon ab.

»Wir sind dann mal weg.« Benny und Simon standen ebenfalls im Flur, drückten sich hastig an mir vorbei und ich rief ihnen noch ein Dankeschön hinterher. Benny quittierte dies mit emporgestrecktem Daumen. »Dann bis Montag, Moe!«

»Bis denn«, antwortete er, ohne den Blick von mir zu nehmen.

»Hey«, raunte ich.

»Hi.« Er machte einen Schritt zurück. »Komm rein.«

Ich war noch nie in diesem Haus gewesen und für mich wirkte es eher deprimierend. Nichts darin versprach eine persönliche Note. Ich folgte Moe, der wohl auf sein Zimmer zusteuerte, noch immer extrem nervös. Als er die Tür zu seinem kleinen Reich öffnete, musste ich grinsen. Es erinnerte mich an mein Jungenzimmer damals, obwohl es hier definitiv ordentlicher war.

»Dieser Stil wird wohl niemals out«, stellte ich fest und betrachtete den Schreibtisch, der direkt neben dem Einzelbett stand. Man hatte zwar Platz, um sich zu bewegen, aber dennoch zu wenig, um sich richtig wohlzufühlen.

»Setz dich.« Moe bot mir den Stuhl am Schreibtisch an, doch ich hockte mich stattdessen aufs Bett, da es bequemer aussah. Ich irrte mich.

»Autsch!«, brummte ich und zog das, was sich in meinen Rücken gebohrt hatte, unter seiner Bettdecke hervor. »Was ist das denn?«

Moe hastete auf mich zu und nahm mir die kleine Kiste ab. Er stellte sie auf den Schreibtisch und lächelte.

»Das ist meine Schatzkiste.«

»Schatzkiste?«, wunderte ich mich und Moe nickte. Er überlegte einen Moment, griff erneut danach und nahm vor mir auf dem Bett Platz. Ich streifte die Schuhe ab und legte mich auf die Seite, um ihm etwas mehr Bewegungsfreiheit auf diesem Mini-Bett zu geben.

»Hier drin bewahre ich alles auf, was für mich wichtig ist.« Er klappte das Kästchen auf und ich erblickte einen Flyer, mehrere Geldscheine, einen alten Ring und ... Ich schluckte.

»Ist das ein Bild von mir?«

Moe wurde rot.

»Ja, das habe ich zwischendurch mit dem Handy geschossen und es ausgedruckt. Ist nicht sonderlich gut, aber mir gefällt es irgendwie«, druckste er herum und ich beugte mich zu ihm, um meine Lippen kurz auf die seinen zu drücken.

Er hatte mich also fotografiert, als ich auf der Terrasse gesessen und gearbeitet hatte. Ich blickte auf dem Bild zwar auf das Display des Laptops, aber ich wirkte recht entspannt. Allerdings hatte ich eine Idee, die ich sogleich umsetzen wollte. Ich zog mein Handy aus der Hosentasche, beugte mich zu Moe und machte ein Selfie, während ich ihn dabei anstrahlte.

»Hey!«, protestierte er, doch er lachte. »Das musst du löschen. Ich sehe auf Bildern generell echt beschissen aus.«

Das empfand ich anders, als ich den Schnappschuss betrachtete. Er wirkte amüsiert und seine Lippen formten ein dezentes Lächeln. Ich schickte es ihm und sein Handy vibrierte.

»Jetzt haben wir es beide.«

***

Eine Stunde später saßen wir noch immer in Moes Zimmer, kuschelten, lachten gemeinsam über irgendwelchen Blödsinn und genossen einfach die Zweisamkeit.

»Ich muss dir noch dein Geschenk geben«, sagte er auf einmal und strahlte mich an. In mir stieg erneut ein komisches Gefühl auf.

»Du musst mir doch nichts schenken. Spar lieber für deine Träume«, wollte ich protestieren, aber er schüttelte den Kopf.

»Zu spät. Und jetzt sei ruhig und lies.« Moe kam mir plötzlich ganz angespannt vor.

Ich betrachtete die Karte, die er mir überreicht hatte und lächelte. Es war eine Glückwunschkarte zum Dreißigsten, die er etwas modifiziert hatte, sodass ›ein bisschen über 30‹ zu lesen war.

»Soso ... Das mit dem Alter ist dir echt wichtig«, stichelte ich und Moe deutete ungeduldig auf die Karte, dass ich weiterlas. »Ist ja gut!«

Ich zog die Karte auseinander und es fiel mir ein zerschnittener Stadtplan entgegen, der darin festgeklebt worden war. Fragend sah ich Moe an, der lächelte.

»Ich wollte mit dir einen Date-Day machen.«

»Einen Date-Day?«, erkundigte ich mich, weil ich nicht ganz verstand. Von einem Date hatte ich ja schon gehört, obwohl ich bisher noch nicht sonderlich viel davon hielt. Aber einen ganzen Tag?

Moe nickte begeistert.

»Jap. Wir treffen uns morgen um zehn Uhr und dann ziehen wir los. Ich zeig dir meine Stadt!«

Freudestrahlend lud ich ihn ein, auf meinem Schoß Platz zu nehmen. Er setzte sich rittlings darauf und umarmte mich.

»Das ist das schönste Geburtstagsgeschenk, das man mir jemals gemacht hat«, raunte ich ihm ins Ohr und liebkoste danach seinen Hals.

Leise seufzte Moe. Ich spürte seine Erregung, doch er hielt sich zurück. Das hier wäre der falsche Ort und die unpassendste Zeit. Vielleicht nach unserem Date ...

»Du solltest jetzt etwas schlafen. Der Tag war ziemlich lang.« Widerwillig löste ich mich von ihm. »Ich freue mich auf später.«

Sanft küsste ich ihn, spielte noch mit dem Gedanken, ihm das Lederarmband zu geben. Ich trug es seit Tagen mit mir herum, doch jetzt würde es eventuell ein falsches Zeichen setzen. Er sollte nicht enttäuscht sein, dass er weniger Geld hatte oder sich unter Druck gesetzt fühlen. Ich würde noch genügend Zeit haben, ihm das Armband zu überreichen.

»Sam«, meinte er, als ich mich erhob und auf seine Zimmertür zu schritt.

»Ja?« Ich wandte den Kopf in seine Richtung.

»Ich bin extrem in dich verknallt ...« Moe grinste, lief rot an und ich lachte.

»Und ich in dich, du Lausebengel. Ab mit dir in die Federn. Morgen wird ebenfalls ein langer Tag. Wir haben einiges nachzuholen«, sagte ich verheißungsvoll und ging, ehe er etwas erwidern konnte.

27

Es war toll, dass er noch vorbei geschaut hatte. Benny und Simon ließen sich eh nicht dazu überreden vorher wegzugehen. Was aber ziemlich lustig war, in Anbetracht der Dinge, die passiert waren. Dass Ava mich nicht leiden konnte, stand außer Frage, aber wieso wollte mir jemand das Fell über die Ohren ziehen? Und was hatten die Zwillinge ständig mit ihren Aussagen gemeint? Vielleicht schaffte ich es, bei Sam nachzufragen.

Das Einschlafen wollte mir leider so gar nicht gelingen. Die Gedanken liefen kreuz und quer. Dazu wurde ich permanent rot, wenn ich an unseren intimen Moment zurückdachte. Wie sich seine Hände auf der Haut angefühlt hatten, meine Emotionen, als sein Mund mich verwöhnte und wie wir fast ... Mein Kopfkino machte mich wahnsinnig! Beinahe hätte ich ihn ganz gespürt und gewusst, wie es war. Seufzend drehte ich mich auf die Seite und ignorierte den Ständer zwischen meinen Beinen, der sich unentwegt bemerkbar machte.

»Ich gehöre dir«, hatte ich ihm gesagt und es auch aus ganzem Herzen so gemeint. Ich war über beide Ohren verknallt. Das Gefühl war einfach nur schön und ich döste mit dem Gedanken ein, endlich jemanden gefunden zu haben, bei dem ich sein konnte, wie ich war.

***

»Okay ... Auf mittlerer Schiene eine halbe Stunde goldbraun backen«, las ich noch einmal das Rezept, welches ich von Elly geschickt bekam. Ihrer Aussage nach war es ein idiotensicherer Kuchen, den selbst ich hinbekommen müsste. Ich lachte, als sie danach verkündete, sie hätte ebenfalls einen gebacken und sollte meiner nichts werden, könnte ich ihren haben, damit unserem Date nichts im Wege stand. Ihre Zuversicht in meine Fähigkeiten fand ich wundervoll. Das würde ich aber durchaus hinbekommen, dachte ich.

Liane kam in die Küche und lächelte mich an.

»Für wen backst du?« Sie setzte sich an die Kochinsel und beobachtete mich.

»Für Sam. Als Dankeschön, dass ich in seiner Firma arbeiten darf«, log ich und stellte den Timer am Herd ein.

»Du bist verliebt. Das ist schön, Moritz«, sagte sie allerdings und in ihrer Stimme schwang Stolz mit, der mich irritierte.

Ich sah sie an und wusste nicht, was ich darauf erwidern sollte, so nickte ich verlegen.

»Hast dir einen süßen Kerl geschnappt. Hatte ich selbst ein Auge drauf geworfen«, schmunzelte sie, was mich sie böse anfunkeln ließ. »Keine Sorge. Dein Vater und ich hatten die Tage ernste Gespräche. Wir werden es als Paar nochmal versuchen und eine Therapie in Angriff nehmen. Ich weiß, ich habe Fehler gemacht, aber ich liebe meine Familie!«

Sie wirkte unsicher, kämpfte bei ihren Worten sogar mit den Tränen. So ehrlich hatte ich meine Mutter noch nie erlebt. Ich ging auf sie zu und nahm sie fest in die Arme.

»Ich wünsche mir, dass es für euch in Ordnung ist, wenn ich mich oute, dass ich auf ihn stehe«, meinte ich leise und sie küsste mich auf die Stirn.

»Ehe für Alle«, hauchte sie grinsend und wir begannen zu lachen.

»Er hat Geburtstag und ich wollte mit ihm etwas unternehmen«, erklärte ich und deutete auf den Kuchen. »Den bekommt er heute Abend, wenn wir zurück sind.«

Sie lächelte und erzählte, dass sie das für meinen Vater auch immer gemacht hatte, bis er ihr irgendwann gestand, dass er Schokoladenkuchen nicht mochte. Diese Erzählung verunsicherte mich.

Woher sollte ich wissen, ob Sam etwas für Zitronenkuchen übrig hatte? Was, wenn er ihn schrecklich fand?

»Keine Sorge! Selbst wenn er ihn nicht mag, wird er ihn essen. Die rosarote Brille lässt alles toll sein!«, verkündete Liane und strich mir durchs Haar. »Ich vermisse deine langen Haare. Aber du bist nicht mehr ›mein kleiner Junge‹«, flüsterte sie.

Liane stand auf, wünschte mir viel Spaß und ging auf meinen Vater zu, der gerade die Treppen herunter kam.

»Können wir?«, fragte er und schien sie tatsächlich auszuführen. Vielleicht waren die beiden ja doch noch zu retten.

Ein Blick auf die Uhr ließ mich nervös werden. Sobald der Kuchen fertig war, musste ich mich duschen, umziehen und Sam abholen. Es sollte einfach perfekt werden, denn das hatte er verdient!

Kaum war der Kuchen zu Ende gebacken und sah akzeptabel aus, sprintete ich in mein Zimmer. Ich schlüpfte in die Jeans vom Vorabend und in ein T-Shirt, auf dem eine Gitarre abgebildet war. Isa hatte gemeint, ich könnte mich ruhig meiner Größe entsprechend kleiden. Gut, dass ich auf sie gehört hatte!

Da es ein warmer Tag werden würde, packte ich noch
eine Kleinigkeit zu trinken in einen Rucksack und ging
die Straße hinunter zu meinem geliebten Nachbarn.
Dieser wartete schon ungeduldig vor seiner Haustür und
grinste breit, als ich näher kam.

»Da bist du ja endlich! Es ist schon zwei Minuten nach
zehn«, gab er theatralisch von sich und ich lachte.

»Tja, auf gute Dinge wartet man auch mal!«, meinte
ich, als ich vor ihm stand und er zog mich zu einem Kuss
an sich heran.

»Guten Morgen«, raunte er und es steckte mich total
an.

»Happy Birthday.«

Sam war es irgendwie doch ein bisschen peinlich, denn
seine Wangen verfärbten sich rot.

»Gibt es etwas Neues zur Firma?«, fragte ich, als wir
uns in Bewegung setzten. Mein Boss schüttelte jedoch
den Kopf. Seufzend starrte ich ihn an und überlegte, ob
ich mich entschuldigen sollte, als er mir den Zeigefinger
ins Gesicht hielt.

»Denk nicht einmal daran! Du hast damit nichts zu
tun, verstanden?!«, blaffte er und schien schlechte Laune
zu bekommen. Das war das Letzte, was wir nun gebrauchen konnten, also wechselten wir beide sofort das
Thema. »Und? Was hast du heute alles mit mir vor?«

»Verrate ich noch nicht ... Das siehst du, wenn es so
weit ist.« Ich zwinkerte ihm zu und Sam rollte gespielt
mit den Augen.

»Aber ich bin doch so neugierig!«

»Tja, Pech«, sagte ich grinsend.

Wir starteten in einer kleinen Bäckerei, in der es ein dickes Roastbeef Brötchen für ihn mit Kaffee gab und ich bestellte mir eins mit Käse und dazu Tee. Er strahlte jetzt schon wie ein Honigkuchenpferd, obwohl ich noch gar nicht richtig angefangen hatte.

Gestärkt machten wir uns danach auf den Weg in Richtung Zoo. Sam erzählte, dass er zuletzt als kleines Kind in einem gewesen war und Flamingos ihn immer total faszinierten.

»Wieso denn Flamingos?«, fragte ich amüsiert. Er meinte, dass sie sogar auf einem Bein schliefen.

»Als Kind habe ich es nachts versucht, bin am nächsten Morgen aber liegend wach geworden. Meist neben dem Bett«, lachte er selbst und strich mir mit dem Daumen über die Wange.

Der Tag blieb weiterhin entspannt und wir genossen die Zeit im Zoo. Egal wann ich auf die Karte schaute, um etwas zu suchen, Sam fand es meistens ohne auf diese zu schauen. Er meinte irgendwann nebenbei, dass er den Geruch ziemlich penetrant fand. Ich hingegen konnte nicht einmal behaupten, überhaupt etwas gerochen zu haben.

»Was ist denn dein Lieblingstier?«, wollte er wissen, als ich erneut auf der Karte suchte.

»Ich mag das Schmetterlingshaus!« Ich grinste breit und Sam gluckste, ich wäre wie ein Mädchen.

Beleidigt verschränkte ich die Arme vor der Brust und meinte, er sollte es sich erst einmal anschauen, bevor er seine Meinung äußerte. Ich zog ihn hinter mir her, zu einem kleinen, nicht sehr auffälligen Häuschen. In diesem gab es sehr viele Pflanzen, die nur teilweise blühten. Um diese flogen die unterschiedlichsten Schmetterlinge in den herrlichsten Farben und Größen.

Neben mir pfiff es vor Begeisterung.

»Wow! Damit habe ich nicht gerechnet«, raunte er, als sich auch schon die ersten Schmetterlinge auf seine Schulter, die Haare und Schuhe setzten. Sam wurde unruhig. »Was mache ich jetzt? Ich will sie nicht töten!«

Er wimmerte und ich versicherte ihm lachend, dass sie wegfliegen würden, sobald er sich bewegte.

»Na, auf deine Verantwortung. Sonst geht das große Schmetterlingssterben auf deine Kappe!«

Ich grinste und reichte ihm die Hand, welche er ergriff und drückte. Es war schön, seine Hand zu halten, und ich schob ihn in den nächsten Raum. Dieser war stockfinster.

»Was passiert hier nun?«, hörte ich es hinter mir und antwortete mit einem »Pssst!«.

Sanft zog ich ihn bis zur Mitte. Da das Schmetterlingshaus so gut wie leer war, würde dieser Moment allein uns gehören. Tausende Male hatte ich dies bereits gesehen und es verblüffte mich dennoch immer wieder aufs Neue. Das wollte ich unbedingt mit ihm teilen.

Die Tür fiel zu und es wurde ein Mechanismus betätigt, der mehrere Schwarzlichtlampen angehen ließ. Wir sahen beide nach oben, denn die Schmetterlinge wurden so schön angeleuchtet, dass man das Gefühl hatte, nach den Sternen greifen zu können.

»Wahnsinn!«, hörte ich Sam begeistert raunen und lächelte.

Er konnte seine Augen gar nicht abwenden. Ich drückte mich an ihn und sah ebenfalls nach oben. Seine Hände wanderten um meinen Körper herum und zogen mich in eine innige Umarmung. Den Blick senkte er dabei nicht, denn das Spektakel war zu schön, um es auch nur eine Sekunde aus den Augen zu lassen.

»Danke für dieses Erlebnis, Moe«, flüsterte er.

***

Die Zeit im Zoo war wirklich lustig und es ging weiter in das kleine, aber unheimlich gemütliche Kino der Stadt. Dort lief tatsächlich als Spezialvorstellung einer der ›alten Kamellen‹, die Sam bei sich im Schrank stehen hatte. Ich fand diesen Film übelst langweilig, aber er bekam sich vor lauter Lachen und Popcorn nicht mehr ein.

»Hach, ich liebe diesen Film! Ich wusste gar nicht, dass wir hier so ein altes kleines Kino haben«, brummte er und griff nach meiner Hand, als wir gingen.

»Tja, du siehst ja auch nicht viel mehr, außer deinem Schreibtisch oder?«, wollte ich wissen und er zuckte mit den Schultern.

»Es ist manchmal nicht verkehrt, sein eigener Chef zu sein. Ich verdiene ordentlich und gebe einigen Menschen eine Chance, bei mir ebenfalls gut zu verdienen. Win-Win. Sie arbeiten gut und ich bezahle gut!« Ja, er war ein sehr großzügiger Mann.

»Schaut euch die mal an!«, lachte jemand und deutete mit den Finger auf uns.

»Ist ja ekelhaft«, meinte dessen Begleitung und ich fühlte mich auf einmal unwohl.

Ich wollte die Hand zurückziehen, doch Sam knurrte mich an und verstärkte seinen Griff. Es tat beinahe weh.

»Das wagst du nicht! Lass dich nicht immer beirren. Steh dazu!«

Ich nickte schuldbewusst und überhörte dann einfach das dumme Gerede. Das konnte ich jedoch nur, weil Sam mir die nötige Kraft und das Selbstbewusstsein dafür gab. Ich fragte mich, ob es möglich wäre, ein bisschen was von diesem Ego abzuschneiden, denn er tat so, als wären wir ganz normal und die Leute, die uns anstarrten, irgendwie irre. Er riss sogar Witze darüber, was mich zum Schmunzeln brachte.

An der Imbissbude wurde es wieder unbeschwerter, zumindest für mich, denn Sam stand mit offenem Mund davor und schien einen Schock bekommen zu haben.

»Sagtest du nicht, wir gehen essen?«, verspottete er mich, als ich mit zweimal Pommes und Currywurst zurückkkam.

»Ja und das ist Essen!« Ich grinste breit und stellte es vor ihm ab.

»Nicht dein Ernst oder? Ich meine, du bezahlst eh schon den ganzen Tag ... Lass mich wenigstens ein dickes Essen für uns organisieren«, murmelte er, doch ich schüttelte den Kopf.

»Nein! Das ist ein Date und ich habe dich dazu eingeladen. Also bezahle ich! Und nun sei nicht so undankbar und iss die Wurst«, stichelte ich und hielt ihm mit dem Pikser ein Stück unter die Nase.

Er lachte und nahm tatsächlich einen Bissen davon.

»Heiß!«, fächerte er sich danach Luft zu und ich brach in schallendes Gelächter aus.

Wir plauderten während des Essens, redeten über Gott und die Welt. Trotz unserer Unterschiede fanden wir ständig Neues, das bequatscht werden konnte. Allmählich beschlich mich das Gefühl, dass wir besser harmonierten, als man anfangs annahm. Wir liebten beide das Reisen und lachten gern. Sam meinte zwischendurch sogar, er würde mich einmal irgendwohin entführen. Einfach für ein Wochenende abhauen und den ganzen Trubel vergessen.

»Bringst du mich eigentlich gleich nach Hause und gibst mir einen Abschiedskuss?«, fragte er irgendwann und ich verschluckte mich an meiner zweiten Portion Pommes.

Sofort eilte er um den Tisch herum und klopfte mir auf den Rücken.

»Mach doch nicht sowas mit mir«, hustete ich und wischte mir die Tränen weg, die mir über die Wange liefen. »Das wäre beinahe mein Tod gewesen!«, lachte ich nun und mir wurde wieder bewusst, wie schnell das gehen konnte.

»Nein, nein! Hörst du mir nicht zu? Ich sagte doch, ich beschütze dich«, hauchte er mir nun ins Ohr, sodass ich erzitterte.

Wie konnte man nur so viel Erotik in seine Stimme legen? Das war doch nicht normal!

Der Tag war echt schön und wie es sich für einen Gentleman gehörte, brachte ich mein Date am Abend bis vor die Tür und lächelte.

»Ein Abschiedskuss wäre echt schade, oder?«, murmelte ich und Sam lachte.

»Willst du noch auf einen Kaffee und vielleicht etwas mehr hineinkommen?«, begann er nun mit meiner Unsicherheit zu spielen, doch ich nickte zu seiner Überraschung sofort.

»Ich habe da nur noch etwas vorbereitet, was ich gern von drüben holen würde. Kannst du so lange auf mich warten?«, scherzte ich, als er einen Schmollmund zog.

»Wenn du mich vorher noch einmal küsst, schaffe ich es! Also gerade so ...«

Ich ging auf die Zehenspitzen und legte meine Lippen auf die seinen. Sams Mund war warm und schmeckte nach mehr. Er lächelte, während wir uns küssten, schien meine Gefühle zu erraten.

»Gib mir fünf Minuten!«

Ehe ich es mir anders überlegen konnte, drehte ich mich um und eilte nach Hause. Der Kuchen sollte das letzte Geschenk des Tages für ihn sein.

28

Ich blickte Moe hinterher und lächelte. Er hatte sich den ganzen Tag solche Mühe gegeben und diesen Geburtstag damit einmalig gemacht. Seine Ideen, in den Zoo zu gehen, mir das Schmetterlingshaus zu zeigen, und sogar das Currywurstessen hatten mich begeistert. Ich liebte ihn dafür!

›Und heute Nacht werde ich ihm zeigen, wie sehr ...‹, dachte ich noch und steckte den Schlüssel in die Haustür.

Die Vorfreude auf unseren gemeinsamen Abend machte mich ganz beschwingt. Moe und ich, vielleicht eine gute Flasche Wein, das Bett ... Mir wurde heiß bei dem Gedanken.

›Ruhig Blut. Du vernaschst ihn sonst noch, ehe er überhaupt bereit dafür ist. Er sollte sich allerdings geborgen fühlen‹, ging es mir durch den Kopf.

Ich betrat das Haus, ließ die Tür jedoch einen Spalt offen, sodass Moe nicht davor würde warten müssen. Mein Kopf war voller Gedanken, Überlegungen und das Herz dermaßen mit Emotionen beschäftigt, dass ich auf nichts mehr um mich herum achtete. Ich marschierte ins Schlafzimmer und strich noch schnell die Decken glatt, entfernte die morgendliche Unordnung, da ich nicht gewusst hatte, welche Klamotten für Moes Date-Day angebracht waren. Ich hatte mich sogar dreimal vorher umgezogen. Allein die Erinnerung daran brachte mich erneut zum Grinsen. Ich verhielt mich wie ein verliebter Teenager.

»Hey, Sam«, hauchte plötzlich eine mir bekannte Stimme und ich erstarrte. Ich drehte mich zum Eindringling um, noch immer vor dem Bett stehend und knurrte:

»Ava! Was machst du denn hier?«

Meine Schwester stand, in einem Hauch von Nichts bekleidet, vor mir und lächelte herausfordernd.

»Ich wollte dir zum Geburtstag gratulieren ...«, schnurrte sie. »Und mich für meinen Auftritt gestern entschuldigen. Ich dachte mir, diese hier würde dir gefallen.«

Ich war dermaßen perplex, dass ich nicht damit rechnete, von ihr angesprungen zu werden. Die Wucht des Ansturms brachte mich zu Fall und ich knurrte wütend. Ich lag auf dem Bett, Ava saß beinahe nackt auf meinem Körper und drückte mir ihren Mund auf die Lippen. Ihre Kraft überraschte mich, denn der Griff erinnerte an einen Schraubstock.

Ein Keuchen war zu hören und erst dachte ich, es käme von Ava, bis sich diese zur Tür drehte und frech grinste.

»Oh, hallo Moritz. Na? Gefällt dir, was du siehst?«

Moe! Ich nahm all meine Kraft zusammen und machte mich von meiner Schwester los. Sein entsetzter Blick brach mir das Herz.

»Moe«, brachte ich stöhnend heraus, aber Ava schmiegte sich erneut an meine Seite und hielt mich fest.

»Ich ... Ich wollte nicht stören ... Wusste nicht, dass du Besuch hast.« Seine Worte ließen mir das Blut in den Adern gefrieren. Eine Welle an Wut, Trauer und Panik überrollte mich.

»Moritz!«, schrie ich ihm hinterher, aber er war bereits losgerannt. »Ava, scheiße, lass mich los!«

»Ach, komm schon. Lass doch dieses Kind!« Sie funkelte mich wütend an, doch ich schaffte es endlich, sie von meinem Körper zu befördern.

»Es reicht mir endgültig mit deinen Spielchen, Ava! Zieh dich an und geh, aber deinen Schlüssel lässt du hier. Ich hab keinen Bock mehr auf diese Scheiße«, knurrte ich und hastete Moe hinterher.

Er war bereits an seiner Haustür, als ich ihn endlich einholte.

»Moe, bitte lass mich erklären«, begann ich, aber er sah mich nicht an. »Moritz!«

Ich packte ihn am Arm und drehte ihn zu mir um. Sein enttäuschter Blick traf mich bis ins Mark. Bevor ich etwas sagen konnte, holte er plötzlich aus und seine Handfläche klatschte hart in mein Gesicht.

»Moe ...«

»Ich hätte wissen müssen, dass ich niemals der Einzige sein könnte. Aber deine Schwester ...? Echt, Sam, du ekelst mich an!« Purer Hass strömte mir entgegen und ich taumelte ein paar Schritte zurück.

Die Tür öffnete sich und Moes Vater sah uns ernst an.

»Was ist hier los?«, erkundigte er sich streng, Moe drückte sich jedoch nur an ihm vorbei.

»Moe, jetzt warte doch mal!« Ich wollte ihm folgen, aber Wilhelm hielt mich auf. In seinem Blick erschien ein ähnlicher Ausdruck, wie Moe ihn mir gezeigt hatte.

»Es sieht so aus, als wollte mein Sohn nicht mit dir reden, also hast du das gefälligst zu akzeptieren, John-san«, brummte er.

Am liebsten hätte ich ihn mit einem Schlag niedergestreckt, allerdings wäre das unklug gewesen, denn so würde ich Moe nicht zurückgewinnen.

»Ich will nur dieses Missverständnis zwischen uns klären«, sagte ich stattdessen und Wilhelm betrachtete meine Wange, auf der sich sicherlich Moes Finger abzeichneten.

»Klärt das morgen. Jetzt ist nicht der richtige Zeitpunkt dafür.«

***

Fast eine halbe Stunde später gab ich entnervt auf. An seinem Vater war kein Vorbeikommen und allmählich überlegte ich tatsächlich, ob es besser wäre, Moe eine Nacht drüber schlafen zu lassen und mich am nächsten Tag zu erklären. Mittlerweile hatte sich Ava mit quietschenden Reifen verabschiedet. Dieses Drama hatte Wilhelm in seiner Entscheidung, mich nicht zu seinem Sohn zu lassen, ebenfalls bestärkt. Entschlossen hatte er mir die Tür vor der Nase zugeschlagen.

»Er ist nicht mehr da«, hörte ich auf einmal eine leise Stimme hinter mir.

Ich wandte den Kopf und erkannte Liane, die im Garten stand. Sie wirkte besorgt.

»Was?«, knurrte ich und sie nickte.

»Moe ist direkt durch die Hintertür wieder raus gestürmt. Vermutlich braucht er etwas Zeit für sich, um nachzudenken.« Sie wirkte traurig, schüttelte nun den Kopf. »Er hat zum ersten Mal sein Herz verschenkt. Bitte sorg dafür, dass es nicht das letzte Mal war, Samuel.«

Panik erfasste mich. Moe war allein unterwegs? Das war doch Wahnsinn! Was, wenn ihm etwas passierte? Bei seinem Gefühlschaos würde er es entweder schaffen, ins Wasser zu gehen oder vor das nächstbeste Auto zu laufen. Ich musste ihn finden.

»Ich muss los! Ich verspreche, ich bring deinen Sohn wohlbehalten nach Hause«, beteuerte ich und rannte los.

Ich hatte so eine Vorahnung, in welche Richtung ich musste, denn Moe schien es ständig zum Stadtpark zu ziehen. Eine Dummheit, wenn man bedachte, dass es jemand auf ihn abgesehen hatte!

›Aber du hast ihm nicht den Ernst der Lage erklärt. Er denkt sicherlich noch immer, dass es dabei um diese Schul-Geschichte geht‹, kam es mir in den Sinn und ich fluchte. Wieso musste Robert nur ständig recht behalten?

Ich preschte los, als hinge mein Leben davon ab, doch in dieser Form war ich nicht schnell genug. Eine halbe Stunde Vorsprung … Was alles innerhalb von diesen Minuten passieren konnte! Die Sonne ging gerade unter und ich nutzte die Chance, um mich zu verwandeln. Mit vier Pfoten kam ich wesentlich rascher voran.

»Ich stelle gerade fest: Du hast dich überhaupt nicht verändert.«

Ich zuckte erschrocken zusammen.

Eine Gestalt löste sich aus dem Schatten der Bäume. Ein Knurren drang aus meiner Kehle.

»Adrian«, gab ich von mir und nahm meine menschliche Gestalt an. Natürlich steckte er hinter dieser Geschichte. Mein ewiger Rivale um die Führung des Rudels ließ wohl keine Möglichkeit aus, mich zu vernichten.

Der Alpha grinste, während er sich entspannt gegen den Baum lehnte. Sein Blick ging zu den Sternen und er wirkte etwas verloren.

»Weißt du, Samuel, alles wäre wunderbar gewesen, wenn du gewusst hättest, wo dein Platz ist und wem du vertrauen solltest. Dein Leben würde jetzt nicht so schmerzvoll werden.« Er zuckte mit den Schultern.

Mein Herz begann zu rasen.

»Was meinst du damit?«, knurrte ich ihn an und er zeigte mir erneut sein süffisantes Lächeln.

»Dein junges Kerlchen. Sie sind recht amüsant ab und an, doch bringen sie auch jede Menge Ärger und manchmal wird es traurig, sollte man sie verlieren. Ich musste meinem Zögling versprechen, dass es ihm erlaubt ist, sich auszutoben. Er wollte es so unbedingt ...« Adrian bewegte sich auf mich zu. Der Schritt war selbstsicher, jedoch nicht angriffslustig, weshalb ich einfach nur stur stehenblieb und seinem Blick standhielt. »Ich ziehe mich nun zurück. Denk bitte an die Konsequenzen, solltest du gleich zu weit gehen. Es ist eine Sache, sein Rudel zu beschützen, die andere, einen Normalsterblichen vorzuziehen. Das könnte einen neuen Konflikt heraufbeschwören«, warnte er mich und ich bemerkte ein Funkeln in Adrians Augen.

Ich biss die Zähne zusammen und ließ ihn ziehen. Er hatte mir eine Falle gestellt und ich würde sehenden Auges hineintappen. Moe zu opfern stand außer Frage! Eher kämpfte ich gegen die restlichen Rudel.

»Wir sehen uns, Samuel.«

29

Ich war froh, dass Sam durch meinen Vater so abgelenkt war, dass ich die Flucht ergreifen konnte. Dieser Idiot! Wie konnte er nur! So dermaßen verzweifelt, dachte ich gar nicht darüber nach, wohin ich wollte.

Hauptsache weg!

Irgendwann blieb ich stehen und fand mich im Stadtpark wieder. Am Teich schien es ziemlich ruhig zu sein, denn die Sonne ging bereits unter und die meisten Leute waren verschwunden. Ich setzte mich an einen Baum am Ufer und ließ meinen Gedanken freien Lauf. Der Tag spielte sich noch einmal vor meinem inneren Auge ab. Wie wir Hand in Hand durch den Zoo schlenderten, der Moment, in dem Sam mich im Schmetterlingshaus geküsst hatte, sein Gesicht, als ich ihm die Currywurst präsentierte. Ich schluckte, als sich die Bilder veränderten ... Als ich ihn im Haus nicht direkt fand, ihn suchte und Sam mit seiner Schwester knutschend im Bett erwischte!

Mehrfach schlug ich mit der rechten Faust auf den Baum neben mir ein bis diese blutete.

»Hör auf, hör auf, hör auf!«, schrie ich und begann daraufhin, mir gegen den Kopf zu schlagen. Diese Bilder mussten raus aus meiner Birne!

Nach dem vierten Schlag drehte sich die Umgebung und ich ließ mich nach hinten ins Gras fallen.

»Wieso, tust du mir sowas nur an?«, sagte ich vorwurfsvoll an Sam gerichtet, obwohl er nicht da war.

Meine Brust schmerzte, die Tränen ließen ebenfalls nicht auf sich warten und ich wollte ihm nie wieder begegnen. Allein sein Anblick würde mich sicherlich zerstören.

»Hätte er mich damals doch nur in der Bar auf dem Boden liegen lassen!«, wimmerte ich und schluchzte.

Es fühlte sich wie ein Krampf an. Wenn das ein gebrochenes Herz war, wollte ich mich nie wieder verlieben! Das würde ich kein zweites Mal überleben. Selbst die Sterne schienen mich auszulachen, denn sie strahlten heute heller denn je. Erneut begann ich zu weinen. Was war ich doch für ein Mädchen! Ich sollte mich endlich zusammenreißen und diesen Dreckskerl aus meinen Gedanken streichen ... Ich rappelte mich auf, griff nach einem Stein, der neben mir lag und schmiss ihn wutentbrannt in den Teich, was selbst die Enten verjagte.

»Einer von vielen, wie sollte es auch anders sein?!«, knurrte ich, zog meine Beine an und legte den Kopf auf die Knie.

Ich wollte nicht nach Hause. Noch nicht. Auch wenn ich bisher nie ein schönes Erlebnis hier gehabt hatte, so war ich am See doch allein und es wirkte ruhig. Ich konnte so viel heulen, wie ich wollte, und musste mir keine klugen Worte oder seltsame Ausflüchte anhören.

Das Brummen in meiner Hosentasche nervte und ich blickte aufs Display meines Handys. Sollte es Sam sein, der was sagen wollte, würde das Telefon dem Stein in Richtung Teich folgen.

›Liane‹, erschien auf dem Display und ich drückte den Anruf weg. Das, wonach ich mich gerade am meisten sehnte, war Stille.

»Wer läuft denn hier so spät abends noch herum?«, lachte eine mir bekannte Stimme und ich drehte mich genervt um.

»Sehr schlechter Zeitpunkt, Robin!«, fuhr ich ihn sogleich an und wischte mir die restlichen Tränen von den Wangen.

»Wieso? Hat dich dein Hündchen sitzen lassen?«, meinte er erneut lachend und mir sträubten sich die Nackenhaare.

»Weißt du was: Verpiss dich einfach! Mir ist gerade nicht danach im Teich ertränkt zu werden. Das bekomme ich auch ganz gut allein hin!«, schnaubte ich und stand auf.

Wenn er mir zu nahe käme, würde ich es diesmal nicht kampflos hinnehmen.

»Eigentlich dachte ich ja, du würdest das Weite suchen nach meiner Aktion bei *Johnsan Parfum*. Aber nein ... Du bist wie eine Kakerlake, die einen Atomkrieg überlebt. Konntest du nicht schon nach der Sache in der Schule aufgeben?«, zischte er mich an und machte einen Schritt nach vorn.

»Scheiße, Robin! Was willst du eigentlich von mir? Du bist mit meiner Ex zusammen, hast einen Haufen Kohle durch deine Eltern, Freunde und alles andere hast du auch. Was zur Hölle willst du von mir?«, schrie ich ihn nun an und ging gleichfalls einen Schritt auf ihn zu.

Ich war es leid! Wenn er unbedingt streiten wollte, war ich heute genau in der geeigneten Stimmung, ihm entgegenzutreten.

»Ich will, dass du dich verpisst! Deine Ex ist eine Bitch, die ständig nur davon redet, welch tolle Komplimente du ihr gemacht hast und wie einfühlsam du warst. Dann gehst du auch noch hin und nimmst Menschen meiner

Art den Job weg und brüstest dich damit! Du Schwuchtel hast es nicht verdient, in ein Rudel aufgenommen zu werden ... Du bist keiner von uns!«

Robin kam nun auf mich zu. Die Wucht, mit der er mich durch seinen Sprung traf, ließ uns beide zu Boden stürzen und uns auf diesem wälzen. Er holte aus und verpasste mir eine, sodass ich direkt einen stechenden Schmerz an meiner Lippe spürte. Wenn er es so wollte, konnte er es haben! Ich versuchte, Robin mit aller Kraft von mir herunter zu schubsen, doch er bewegte sich keinen Millimeter. Er schlug weiter auf mich ein. So langsam schmerzte nicht nur die Lippe, sondern auch das Auge und meine Wange. Es reichte! Meine ganze Wut auf Sam, Robin und diese anderen Penner aus der Schule, mein Leben, ließ mich rot sehen und ich rollte mich auf die Seite, sodass er von mir rutschte. Robin fluchte.

»Jetzt bin ich dran, du Sack!«, brüllte ich, holte aus und verpasste ihm eine mit all meiner Kraft.

Ich hörte es knacken, als meine Faust auf das Auge traf. Hoffentlich hatte ich ihm das Jochbein gebrochen! Außer Atem stand ich auf und ließ Robin in der Wiese liegen.

»Wir waren mal Freunde, du Idiot!«

»Ja, das waren wir ... bis zu meinem Unfall. Jetzt habe ich nicht nur angemessenere Freunde, sondern auch eine passendere Familie!«, knurrte er und ich sah ihn verwirrt an.

»Was erzählst du für einen Stuss? Du hast eine wundervolle Mutter und eine niedliche Schwester, die zu dir aufschaut!«, meinte ich, denn es war mir ein Rätsel, wie er das nicht sehen konnte.

»Die? Die sind tot! Und rate mal, wer ihnen das angetan hat ...« Robin grinste nun breit und seine Augen begannen zu funkeln.

Ich bekam Panik! Wenn er schon seine eigene Familie umgebracht hatte, was würde er dann mit mir machen? Er war auf jeden Fall nicht mehr der Kerl, der er früher einmal gewesen war. Robin erinnerte an eine wilde Bestie und irgendwie getrieben. Was war hier nur los?

»Hat dir dein Lover nichts von uns erzählt? Wir sind gefährlich und können besonders bei Vollmond blutrünstig sein. Ich liebe das Gefühl, wenn mir warmes Blut in den Mund läuft und meine Zähne das weiche Fleisch vom Knochen lösen ... Oh und weißt du, was auch toll ist? Das Brechen von Rippen, wenn ich sie anspringe«, knurrte er nun tief und bäumte sich demonstrativ auf. »Du wirst gleich sehen, was ich meine, Moritz. Dann wirst du büßen, dass du mir das weggenommen hast, was ich haben wollte.«

Der Mond wurde durch eine vorbeiziehende Wolke verdunkelt. Ich konnte ihn nicht mehr sehen, denn für einen Moment war es stockfinster. Ich erkannte nur diese unheimlichen grauen Augen, die mich panisch werden ließen. Als die Wolke am Mond vorbeigezogen war, stand an Robins Stelle der große Wolf, der mich schon einmal fast umgebracht hätte.

Mein Kopf fuhr Achterbahn. War das etwa Robin? Wie konnte das sein? Wie hatte er das angestellt? Ich lief los, denn diesem Wesen hatte ich nichts entgegenzusetzen. Das schien ihm allerdings zu gefallen. Er spielte mit mir Katz und Maus. Egal, in welche Richtung ich rannte, er stand Sekunden später vor mir und knurrte.

Ich sah zum Teich und startete den Versuch, dorthin zu gelangen und hineinzuspringen. Vielleicht würde er nicht nachkommen und ich konnte wenigstens um Hilfe rufen!

Ich schaffte es nicht einmal in dessen Nähe, da Robin mein Vorhaben bemerkte. Er tauchte neben mir auf und holte mit seiner Pranke aus, schmiss mich damit zu Boden. Er stand grollend neben mir und bleckte die Zähne.

»Mann oh Mann! Die werden weh tun«, wimmerte ich, als er zum Sprung ansetzte.

Ängstlich schloss ich die Augen und hatte mich bereits mit meinem Ende abgefunden.

›Ich liebe dich, Samuel‹, waren meine letzten Gedanken, als ich es plötzlich laut Fiepen hörte.

Ich traute mich, die Augen wieder zu öffnen, da der erwartete Schmerz ausblieb. Der Wolf, der wohl Robin war, lag auf dem Boden. Vor ihm stand ein anderer sehr imposanter weißer Wolf. Sein Fell glänzte im Mondlicht, die Augen waren hellblau wie die Saphire, die Liane von meinem Paps zur Hochzeit geschenkt bekam. Mir stockte der Atem. Er sah kurz zu mir und sein Blick ließ mich erschaudern. Es fühlte sich nicht so an, wie bei dem schwarzen Wolf. Ich hatte keine Angst, war eher erleichtert und mein Herz begann wie wild zu schlagen.

Diese Präsenz ...

»Sam?«, flüsterte ich und keuchte, als sich Robin hinter ihm knurrend aufrappelte.

30

Sam

Moe war viel zu nah, um mich diesem Scheißkerl entgegenzustellen. Ich nickte Moe zu, dann in Richtung des Sees, um ihm zu bedeuten, dass er rennen sollte, was er glücklicherweise verstand und sich in Bewegung setzte.

Ein Grollen war zu hören und der schwarze Wolf begann, ihm nachzusetzen. Wieso hatte er es nur so auf Moritz abgesehen? Hatte Adrian ihn dermaßen angestachelt oder gab es da noch mehr?

Ich erwischte den tollwütigen Hund gerade noch in letzter Sekunde, ehe er eine Pranke in Moes Rücken jagen konnte und wir kamen alle drei zu Fall. Hoffentlich überstanden wir das lebend, denn ich wollte nicht, dass unsere schreckliche Unterhaltung das Letzte war, was wir gemeinsam hatten.

›Verdammt, gib einfach auf und hau endlich ab‹, dachte ich fieberhaft, als ich den schwarzen Wolf fixierte.

Er schien meine Gedanken zu erkennen, blickte kurz in Richtung der Bäume, dann wieder zu Moe. Demonstrativ stellte ich mich vor ihn. Sollte er meinen Jungen erneut angreifen, bekäme er es jedes Mal mit mir zu tun.

»Robin, jetzt sei endlich vernünftig! Ich wollte dir nie irgendwas wegnehmen«, keuchte Moe plötzlich neben mir und rappelte sich auf.

War er jetzt wahnsinnig geworden? Der schwarze Wolf und ich knurrten gleichzeitig und Moritz blieb wie angewurzelt stehen. Zu meiner Überraschung funkelte er mich böse an.

»Du hast mich nicht anzuknurren ... Solltest du mich tatsächlich lieben, will ich sowas nie wieder hören!«, schnauzte Moe mich an, ging jedoch nun auf etwas mehr Abstand.

Ich schnaubte. Dieser Junge war manchmal so ein Sturkopf!

»Scheiße, pass auf!«, schrie er auf einmal und ich spürte, wie meine Seite gerammt wurde.

Dieser Robin schien seine Taktik zu ändern. Er hatte meine Unachtsamkeit ausgenutzt und mich umgeworfen. Ich segelte mit Schwung auf Moe zu, der erschrocken die Hände über dem Kopf zusammenschlug und sich duckte. Nur knapp schaffte ich es, ihm auszuweichen, als der schwarze Wolf auch schon zum nächsten Sprung ansetzte, dieses Mal wieder in Moes Richtung.

›Ich kann nicht kämpfen und ihn gleichzeitig beschützen!‹

Mit der Tatze gab ich Moritz einen Stoß und steckte statt seiner den Prankenhieb ein. Die Krallen zerschlitzten mir die Schulter. Ich heulte auf vor Schmerz.

»Sam!«, klang Moe panisch.

Hastig rappelte ich mich so lautlos auf, wie nur möglich. Jetzt hatte ich nur noch eine Chance. Ich musste diese nutzen und handeln.

Durch Moe abgelenkt, wandte der schwarze Wolf den Kopf von mir ab. Ich warf mich auf ihn, verbiss mich in seinem Fell auf der Suche nach dem Schultermuskel. Er hatte wohl einiges von dessen Rudelführer gelernt, denn Robin wehrte sich. Mit gefletschten Zähnen tat er es mir gleich, versenkte seine Fangzähne in der Wunde und riss daran. Der Schmerz brachte mich ins Straucheln und ich ließ von ihm ab, was er ausnutzte und sich sogleich wieder in Richtung Moe in Bewegung setzte.

»Ich hab so dermaßen die Schnauze voll, dass man ständig was vor mir verheimlicht und mich wie einen kleinen Jungen behandelt!«, schrie dieser zu meinem Entsetzen und blieb einfach so stehen.

War er lebensmüde? Er musste sich in Sicherheit bringen!

Der schwarze Wolf setzte abermals zum Sprung an. Dieses Mal erwischte ich ihn nicht und er stürzte sich auf Moe. Der nahm allerdings nur einen festeren Stand ein und ich befürchtete Schlimmes. Wollte er etwa kämpfen?! Wie verrückt war das denn?

Als Robin ihn attackieren wollte, machte Moe plötzlich einen Hechtsprung und rollte aus dem Weg. Der schwarze Wolf strauchelte, rutschte auf dem feuchten Gras ein Stück weiter und setzte Moritz dann nach. Mein Herz zog sich schmerzend zusammen. Ich musste ihm helfen!

»Erinnerst du dich noch an unsere erste Sportstunde?« Moe wich erneut aus und hielt plötzlich etwas in Händen. Er hatte sich einen dicken Ast geschnappt.

Das Knurren seines Angreifers wurde lauter und blind vor Wut legte er nach. Dieses Mal flüchtete Moe nicht, sondern holte aus und verpasste dem schwarzen Wolf einen mächtigen Schlag mit dem Ast, der daraufhin taumelte.

»Ich habe ein bisschen den Abschlag geübt ...«, brummte Moritz.

In dem Augenblick hätte ich diesen mutigen Kerl küssen können! Für mich stand zwar fest, dass sein Schlag nicht allzu lange Wirkung zeigen würde, doch sich einem Werwolf entgegenzustellen bewies, was in ihm steckte.

Nachdem Robin auf der Wiese lag, spurtete Moe auf mich zu und kniete neben mir nieder.

»Scheiße, du bist echt schwer verletzt«, brachte er nun an mich gewandt heraus und wollte die Wunde untersuchen.

Der schwarze Wolf erhob sich jedoch erneut. Dieses Mistvieh wollte einfach nicht aufgeben! Ein letztes Mal stieß ich Moe zur Seite, ging in Position, fing die Wucht des Aufpralls ab und schaffte es, mich nun im Hals unseres Angreifers zu verbeißen. Ich schmeckte Blut, wusste, dass ich die Ader genau getroffen hatte. Ich überlegte noch, Gnade zu zeigen und loszulassen, als sich Robin auf einmal von mir fortriss. Die Wunde platzte förmlich auf, Blut spritzte und die Wolfsgestalt ging zu Boden.

»Ach du Scheiße!«, keuchte Moe neben mir und bekam große Augen, als sich der Wolf langsam in einen Menschen zurückverwandelte. »Oh Gott, Robin ...«

Sein ehemaliger Freund lag nackt im Gras, eine Hand auf die Wunde an seinem Hals gepresst und zuckte. Ich brummte, als sich Moe nähern wollte, aber er warf mir nur einen strafenden Blick zu, der mich zum Schweigen brachte. Aufmerksam blieb ich an seiner Seite.

»Adrian meinte schon, dass ich verliere, wenn sich dein Lover einmischt«, murmelte der Junge nun und starrte zum Himmel. »Mein Tod wird ihm dennoch nützen.«

»Was? Nein! Du wirst verdammt nochmal am Leben bleiben, dass ich dich grün und blau prügeln kann, du mieser Köter!«, schrie Moe und stürzte sich auf Robin, um dessen Wunde abzudrücken. Dies war durch die

Schwere der Verletzung jedoch nicht möglich. Binnen Sekunden wurde sein ehemaliger Freund immer blasser.

Ich konnte ebenfalls nichts tun, starrte nur auf den Jungen und meinen Moe, der verzweifelt um ihn kämpfte, bis er endlich die Wahrheit erkannte. Tränen liefen ihm über das Gesicht und er schluchzte. Ich legte mich an seine Seite und stieß ihn vorsichtig mit der Schnauze an.

»Du willst dich nicht zurückverwandeln?«, schniefte Moe und ich fiepte als Antwort, bewegte mich, um ihm meine Schulter zu zeigen. Als Wolf würde diese Verletzung wesentlich besser heilen, so weh es mir auch tat, ihn nicht trösten zu können. »Ich verstehe.«

Er wollte sich die Tränen aus den Augen wischen, doch ich brummte, da seine Hände voller Blut waren. Mühsam rappelte ich mich auf, stolperte auf den See zu und streckte eine Pfote ins Wasser.

»Ja, da hast du wohl recht. Ich komme, sobald meine Beine aufhören zu zittern«, murmelte er und schniefte erneut.

Ich lief zu ihm zurück, platzierte mich an seiner Seite, dass er sich an meinem Fell festhalten konnte. Vorsichtig strich mir Moe darüber und erschauderte.

»Ich kann es echt nicht fassen ...«, flüsterte er.

Langsam stand er auf, stützte sich auf mich und gemeinsam tapsten wir in Richtung See. Moe sank erneut auf die Knie, um sich die Hände zu waschen, während ich einmal komplett darin eintauchte. Dieses ganze Blut des Kampfes musste aus meinem Fell! Ich sah sicherlich furchteinflößend aus.

***

»Und was machen wir jetzt? Wir können ihn schließlich nicht einfach so liegen lassen ... Und was hat er
gemeint mit ›Mein Tod wird ihm dennoch nützen‹?«

Moes grüne Augen betrachteten mich, doch ich legte
nur den Kopf schief, um ihm zu zeigen, dass ich noch
immer kein sprechender Wolf war. Er würde sich etwas
gedulden müssen.

»Okay ... Also dann eben anders. Ich habe keinen Bock,
die ganze Zeit keine Antworten zu bekommen. Ich stelle
eine Frage und du nickst oder schüttelst den Kopf«,
schlug Moe nun vor und legte ebenfalls den Kopf schief,
als würde er mich nachäffen.

Ich war mir nicht sicher, ob mir gefiel, dass er keinen
Respekt mehr vor mir zu haben schien. Ich schnaubte.

»Bist du jetzt etwa stinkig?«

Ich nickte, was ihn dazu veranlasste, mit den Augen zu
rollen.

»Kannst du vergessen! Du hast mir einiges verheimlicht. Wenn jemand einen Grund hat, wütend zu sein und
durchzudrehen, dann bin ich das!«, verkündete er und
ich schnaubte erneut. »Aus jetzt!«

Ich knurrte. Das war eine Frechheit! Ich war doch kein
Hund ...

»Bist du gekommen, um mich zu retten, weil du mich
liebst?« Diese Frage kam gepresst heraus und ich blickte
Moe an, der sogleich zu Boden starrte.

Ich stieß ihn mit der Schnauze an und nickte. An Moes
Hand entdeckte ich einen Kratzer. War ich das etwa
gewesen? Er schien meinen Blick zu bemerken.

»Ist nicht schlimm. Hättest du mich nicht weggescho-
ben, wäre die Verletzung wohl schlimmer ausgefallen.
Danke ...« Zögernd streckte er nun die Hand aus und
kraulte mich hinter den Ohren.

Daran könnte ich mich vermutlich gewöhnen.

Ich brummte und drückte mich näher an ihn, sodass er leise zu lachen begann.

»Ein verschmuster Wolf. Ich fass es nicht«, brachte er heraus, wurde allerdings recht schnell wieder ernst und sah zu Robin. »Was machen wir jetzt?«

Ich wusste, dass Moe in der linken Hosentasche normalerweise sein Handy aufbewahrte und stupste ihn aus diesem Grund dort an. Er verstand und zog es heraus.

»Es wäre alles viel einfacher, wenn du sprechen könntest«, seufzte er.

›Wem sagst du das …‹, ging es mir durch den Kopf und schmiegte mich erneut an ihn. ›Dann könnte ich dir endlich erzählen, dass ich fast vor Sorge um dich gestorben wäre, mir diese ganze Scheiße leidtut und ich dich dafür mein ganzes Leben lang um Vergebung anflehen werde, weil ich dich liebe!‹

Moe kraulte mir erneut die Ohren.

»Ich liebe dich auch«, hauchte er und lächelte.

Verwundert sah ich zu ihm auf. Er hielt die Hand mit dem Handy an sein Herz und seufzte.

»Du hast dir Sorgen um mich gemacht, das habe ich gespürt … und jetzt könnte ich gerade hüpfen vor Freude, weil du das ebenfalls empfindest.« Moes Beine zitterten und ich schob mich direkt unter ihn, um ihm Halt zu geben.

»Danke«, raunte er. »Diese Gefühle und das Chaos in meinem Kopf sind ziemlich anstrengend.«

Das reichte jetzt! Moe war total erschöpft. Robins Bergung musste warten, bis ich Moritz nach Hause gebracht hatte.

Die Wunde an meiner Schulter war mittlerweile einigermaßen geheilt und schmerzte nur noch mäßig. Das sollte also gehen. Ich machte mich etwas kleiner und bedeutete Moe damit, auf meinen Rücken zu klettern, der mich entgeistert anstarrte.

»Bist du irre? Ich reite doch nicht auf einem riesigen Wolf ...«

Ein paar Kniffe in seine Hosenbeine und Knurrlaute später saß er dann doch auf meinem Rücken und es ging in Richtung Zuhause.

Moe fielen auf dem Weg mehrmals die Augen zu und ich beschloss, dass er einer Diskussion mit seinen Eltern auf keinen Fall ausgesetzt werden sollte. Ich würde Liane gleich eine Nachricht schicken, ihr mitteilen, Moe wäre in Sicherheit und bei mir auf der Couch eingeschlafen. Das sollte die Gemüter hoffentlich etwas beruhigen.

›Und ich muss Robert mitteilen, dass wir wohl noch mehr in der Scheiße stecken, als gedacht. Wenn ich mich nicht irre, dürfte demnächst eine ausgewachsene Fehde auf uns zukommen. Wolf gegen Wolf‹, dachte ich und hörte schon sein Fluchen.

Das würde dem Chefermittler ganz und gar nicht gefallen.

31

Moe

Robin starb in meinen Träumen immer und immer wieder. Ich konnte ihn einfach nicht retten!

Entsetzt öffnete ich die Augen und sah mich um. Es war definitiv Sams Schlafzimmer und dessen großes Bett. Mein Herz blieb für einen Moment stehen, als ich auf die rechte Seite blickte und sich dort der riesige weiße Wolf befand. Dieser lag auf dem Bauch, hatte die Pfoten gekreuzt und den Kopf auf diese abgelegt. Er sah mich mit einem halb geöffneten Auge an. Ich setzte mich aufrecht hin und betrachtete seine Schulter, die von Robin erwischt worden war. Sie blutete schon nicht mehr und hatte sich leicht geschlossen. Ich betrachtete die Stelle nachdenklich.

Ein Brummen lenkte meine Aufmerksamkeit wieder zu Sams Kopf. Sein Blick fixierte mich noch immer.

»Das war also kein Traum«, schluchzte ich und ließ mich wieder in die Kissen fallen. Ich hatte mich von Sam weggedreht. Er dachte bestimmt eh schon, dass ich eine Heulsuse war.

Eine feuchte Nase drückte sich an meinen Hals und schmiegte sich an mich. Ich drehte mich herum und sah in seine wunderschönen Augen. Langsam schob ich mich dennoch ein wenig von ihm weg. Ich konnte und wollte diese Nähe gerade nicht. Der weiße Wolf brummte abermals.

»Wundert dich das denn wirklich?«, fragte ich ihn und er senkte den riesigen Kopf wieder auf die Pfoten ohne mich anzublicken.

Ich seufzte und rieb mir die Tränen aus dem Gesicht. Tief einatmend setzte ich mich auf. Sam hatte mich irgendwie aufs Bett geschafft und sich dann dazugelegt. Die Bettdecke war mit kleinen Blutflecken versehen, was dafür sorgte, dass ich erneut an seine Verletzung und den Kampf denken musste.

Er schnaubte neben mir und rieb sich mit der Pfote über den Kopf. Meine Zweifel ließen ihn unruhig werden. Die Wunde war allerdings noch nicht ganz verheilt, weshalb er die Gestalt beibehielt. Dies war die Gelegenheit, meine Gedanken auszusprechen, ohne unterbrochen zu werden.

»Weißt du, Sam, wir müssen reden. Da aber nur ich gerade dazu im Stande bin, wirst du einfach zuhören. Kein Knurren, ohne zu zwicken, oder zu Brummen! Verstanden?«, meinte ich und sah, wie der Wolf ein genervtes Gesicht machte. Es schien ihm nicht zu passen, mir ausgeliefert zu sein.

»Ich bin dir dankbar, dass du mich gerettet hast!« Ich lächelte ihn an und ließ mich wieder hinunter aufs Kissen rutschen. Mein Blick wanderte zur Decke, um den blauen Augen neben mir auszuweichen. »Du hast mir einen tollen Job gegeben, mir Hoffnungen gemacht, dass meine Träume nicht dumm sind. Durch dich habe ich mehr Selbstbewusstsein bekommen und tolle Leute kennengelernt. Ich hab mich endlich wie ein normaler Junge gefühlt«, kämpfte ich mit meiner Stimme, die zu versagen drohte. »Mir war endlich wieder etwas wichtig. Ich wollte dieses Leben aushalten, mit dir an meiner Seite. Egoistisch von mir, wenn ich bedenke, wie viel zwischen uns steht«, murmelte ich unsicher und meine Lippen zitterten.

»Ich habe mich Hals über Kopf in dich verliebt. Dir gesagt, dass ich dir gehöre! Mein Herz hing an diesen Worten, weil ich im Leben noch nie etwas so ernst gemeint habe. Aber nach unserem Date sehe ich dich mit deiner Schwester! Als hätte dir mein Schwur gar nichts bedeutet! Es hat mir gezeigt, ich bin wirklich nur einer von vielen.« Meine Stimme zitterte und ich begann erneut zu weinen.

»Und jetzt, in diesem Moment, in dem ich neben dir liege, möchte ich einfach nur so weit wie möglich weg von dir«, schluchzte ich nun und spürte erneut den Schmerz in meiner Brust. Ich würde wohl mit siebzehn Jahren am ›Broken Heart‹-Syndrom sterben.

»Nein! Sag das bitte nicht!«, hörte ich es neben mir und sah Sam nackt neben mir liegen. Sogleich blickte ich auf seine Schulter, die noch sehr gerötet war und stark zu schmerzen schien. Er verzog das Gesicht, schob sich dennoch näher an mich heran und berührte meine Wange.

»Aber das ist doch keine Liebe, wenn du mich innerhalb von Sekunden austauschst! Und dann auch noch gegen deine Schwester? Was läuft in deinem Kopf nur verkehrt«, flüsterte ich unter Tränen und der Mann, den ich trotz allem aus vollem Herzen liebte, schloss mich in die Arme.

»Das wollte ich nicht. Für unsere Rasse gibt es solche Grenzen nicht, wie das Thema ›keine Liebe unter Geschwistern‹. Wir sind oft triebgesteuert und ich habe mich auf Avas Spielchen eingelassen. Das war schon vor Jahren, als ich anfing, mich selbst zu entdecken. Das hätte niemals geschehen dürfen ... Ich habe einen Schlussstrich gezogen, bevor es richtig ernst mit uns wurde, weil ich nur noch dich wollte. Bitte, glaub mir das!«, versicherte er mir und drückte die Stirn gegen meine. »Moritz, ich liebe dich ... Nur dich! Du bist mir so nah, wie es noch nie jemand geschafft hat. Ich fühle, was du fühlst und das macht dich so besonders für mich. Niemand kann dir das Wasser reichen und keiner wird je wieder das in mir auslösen, was du schaffst! Bitte sag nicht, dass du von mir weg willst.«

Er bettelte mich regelrecht an, wiegte mich dabei ein. wenig. Sein Körper zitterte und ich nahm nun ebenfalls seine Verzweiflung wahr.

»Ich habe das Gefühl, verrückt zu werden«, stammelte ich und legte meine Hände auf seinen Rücken, vergrub die Finger dort. »Menschen, die sich in Wölfe verwandeln! Der Tod meines ehemals besten Freundes ... Deine Schwester und du! Ich bin mit meiner Kraft am Ende.«

Mein Kopf schmerzte und mir war schlecht von dieser ganzen Aufregung. Ich konnte nicht mehr klar denken.

»Wieso habe ich ihm den Job angeblich weggenommen? Was weiß ich noch nicht?«, forderte ich nun und Sam zog mich noch näher zu sich heran.

»In meinem Unternehmen arbeiten nur Wesen wie ich. Du bist die absolute Ausnahme als normaler Mensch«, sagte er leise und schüttelte den Kopf. »Ich habe dir nichts davon erzählt, um meine Familie, das Rudel zu schützen. Was glaubst du, was passiert, wenn ich es einem Menschen verrate und dieser es weiterträgt? Entweder er wird für verrückt gehalten oder wir fliegen auf und sind in Lebensgefahr. Es war ein großes Risiko dich einzustellen, aber das war es auch wert. Ich wollte dir nahe sein, dich im Blick haben und dafür sorgen, dass es dir gut geht!«

Er suchte meine Lippen und legte die seinen darauf. Dieser Kuss war anders. Es war eine Bitte um Vergebung. Ich löste mich vorsichtig von ihm.

»Soll ich Mika für dich anrufen, dass er sich die Wunde ansieht?«, wollte ich wissen und mein Blick wanderte zu seiner Schulter.

Langsam schüttelte Sam den Kopf, um den Muskel nicht zu sehr in Anspruch zu nehmen.

»Nein. Ich möchte nur, dass du bleibst! Gib uns nicht auf. Ich erzähle dir alles, was du wissen willst. Du musst wissen wie sehr ich dich liebe. So sehr, wie ich es noch nie getan habe! Wenn du jedoch gehen willst, werde ich dich nicht aufhalten können.«

Zum ersten Mal sah ich Verzweiflung in seinen Augen und spürte tatsächlich Angst. Die Angst, dass sich unsere Wege hier trennen könnten.

»Du liebst mich wirklich? Das ist nicht so dahin gesagt, damit ich euch nicht verrate?«, fragte ich skeptisch und er lachte.

»Würdest du das denn?«

Ich schüttelte den Kopf. Natürlich würde ich das nicht. Erneut küsste er mich, was nun mit einem Funken Leidenschaft versehen war. Diese Emotion gefiel mir.

»Ja, ich liebe dich. Ich konnte es nur nicht früh genug sagen.« Er lächelte und mein Herz schlug schneller.

»Dann habe ich jetzt wohl ein Haustier?«, lächelte ich ihn an und er brummte missbilligend. Tja, diese Sprüche würde er sich die nächste Zeit wohl gefallen lassen müssen.

***

Sam schlief noch eine ganze Weile, bis er bemerkte, dass ich aufgestanden war. Ich hatte mich zu meinen Eltern herüber begeben, die mich fragend anschauten.

»Du bist schon zurück? Ich dachte, du verbringst den Tag mit Samuel«, meinte Liane irritiert.

»Woher weißt du das?«, fragte ich und sie zeigte mir eine Textnachricht, die er ihr wohl geschrieben haben musste, als ich geschlafen hatte. »Habt ihr euch denn ausgesprochen?«

Ich sah verlegen weg.

»Wir sind noch dabei«, antwortete ich knapp und vernahm das Zischen meines Vaters hinter der Zeitung.

»Mir passt das irgendwie gar nicht. Gestern rennst du noch wütend ins Haus, nur um dich dann nachts wieder raus zu schleichen und bei ihm im Bett zu landen? Wofür bezahlen wir die Therapie, wenn es dich doch nicht wieder ›normal‹ gemacht hat?« Er sah nun von der Zeitung hoch.

Meine Mutter fauchte ihn jedoch sofort an:

»Du hältst da jetzt schön den Mund! Wir haben dem Jungen mehr als genug zugemutet. Wir sollten einfach akzeptieren, dass er mit einem Mann zusammen sein will, denn das macht ihn nicht weniger zu deinem Sohn, Wilhelm!«

Irgendwie war ich es nicht gewohnt, dass meine Mutter Partei für mich ergriff und meinem Vater so deutlich die Stirn bot.

»Geh schon. Meld dich aber zwischendurch. Auch wenn er nebenan wohnt, möchten wir gern wissen, wie es so läuft. Außerdem hast du demnächst deine Abschlussfeier. Der Direktor meinte, du wärst für die Rede vorgesehen«, sagte sie so voller Stolz, dass ich sie einfach umarmen musste.

»Danke, Mama«, brachte ich über die Lippen und sie strich mir zärtlich über den Kopf.

»Nicht dafür«, flüsterte sie und schob mich weg, um mich noch einmal genauer anzuschauen. »Du bist in den letzten Tagen so erwachsen geworden.«

Sie lächelte und ließ mich dann los, um weiter zu frühstücken. Mein Vater hingegen murmelte nur leise vor sich hin.

***

Als ich wieder bei Sam ankam, stand dieser in Boxershorts in der Küche und kühlte seine Schulter mit einem Eisbeutel.

»Meinst du nicht, dass Eis es noch schlimmer macht?«, erkundigte ich mich und deutete auf die aufweichende Wunde.

»Was soll ich denn machen? Die Prellung ist halt auch nicht ohne!«, zischte er durch die zusammen gepressten Zähne.

»Na ja, du hast da so eine Nummer von einem Heiler im Handy. Den würde ich ja anrufen, wenn ich du wäre.« Ich lächelte und nahm ihm den Beutel aus der Hand.

»Ich bin ein Mann und Rudelführer. Für so eine Kleinigkeit rufe ich ihn doch nicht an!«, knurrte er und ich rollte mit den Augen.

Wenn er es nicht tun wollte, tat ich es halt. Ich schnappte mir das Handy, suchte im Internet nach Mikas Tierpraxis und wurde tatsächlich auf einer Seite fündig. Er hatte eine Notfallnummer angegeben, die ich sofort speicherte und vom Handy wählen ließ.

»Forsman?«, hörte ich es und begann sofort darauf los zu plappern.

»Ich habe nicht viel Zeit. Kommst du bitte vorbei, denn Sam ist verletzt und er wird mir gleich das Handy wegne ...«, kam ich nicht weiter, denn Sam ergriff das Telefon und grollte in den Hörer:

»Wag es ja nicht, Mika!« Er beendete das Gespräch und murrte mich wütend an. »Was sollte das jetzt?«

Ich zuckte mit den Schultern.

»Manchmal muss man dich zu deinem Glück zwingen und wir haben noch einiges zu klären! Ich würde dich da lieber gesund wissen, als so zerbrechlich. Ich mache mir nun einmal Sorgen um dich, auch wenn ich es immer noch komisch zwischen uns finde«, gab ich zu und sah ihn an.

Er legte seufzend das Handy auf die Kücheninsel.

»Wir reden. Später. Versprochen!« Dann drehte er sich um und schien, in sein Arbeitszimmer zu gehen. Er musste bestimmt einiges klären, so als Rudelführer.

32

Sam

Total genervt wartete ich auf das Ende der Ansage von Avas Mailbox. Sie hatte mich mehrmals weggedrückt und weigerte sich, mit mir zu sprechen. Meine Schwester schmollte.

»Verdammt, Ava, ich muss mit dir reden! Adrian ist wieder da«, blaffte ich also aufs Band und wartete eine Minute.

Sie rief mich nicht zurück, weshalb ich einen weiteren Versuch unternahm. Ungeduldig lief ich dabei im Büro auf und ab.

»Was ist los?« Moes Stimme hinter mir ließ mich stoppen und ich drehte mich in dessen Richtung.

Sein Blick zeigte, dass er misstrauisch war. Ava bedeutete ein rotes Tuch für ihn, doch dieses Mal musste er es verstehen.

»Robin wurde von einem Wolf gebissen und gewandelt. Dieser Wolf war Adrian. Er ist ... nennen wir es einen Rivalen auf meinen Rang im Rudel«, knurrte ich und fuhr fort, eine Schneise in mein Büro zu laufen. »Er heckt etwas aus und ich muss Ava warnen. Wenn es eine Person gibt, die Adrian mehr hasst, als mich, dann ist es Avalarie.«

Das glaubte mir Moritz lustigerweise sofort, fragte allerdings nach den Hintergründen. Diese Geschichte lag jedoch bereits etliche Jahre zurück.

***

»Auf keinen Fall werde ich Adrian heiraten!«, protestierte Ava und schlug auf die Wand neben dem Bett ein.

»Ich schätze, du wirst keine Wahl haben, solltest du deiner Rolle gerecht werden wollen.« Ich lag wie meist nackt auf der anderen Seite und hatte die Hände hinter dem Kopf verschränkt. Der Wutanfall meiner Schwester interessierte mich wenig, denn die letzten Wochen hatte Avalarie einige dieser Phasen gehabt.

»Dieser räudige Köter«, schnaubte sie nun und kuschelte sich demonstrativ an mich. »Könntest du nicht mit Vater reden? Auf dich würde er hören. Ehe ich Adrian heiraten und unsere Rudel sich vereinen, würde ich es vorziehen, dass wir *unsere* Verbindung öffentlich machen.«

Ich brummte. Die Stunden mit ihr hier in Avas Zimmer waren zwar stets nett gewesen, aber tief in mir drin wusste ich, dass es mein ›bis ans Lebensende‹ nicht erfüllte. Das war ihr ebenfalls klar, doch hinderte es sie nicht daran, mich weiterhin zu benutzen, wenn ihr der Sinn danach stand.

»Ich finde Adrian gar nicht so übel«, meinte ich irgendwann, aber Ava verzog die Lippen zu einem Schmollmund.

»Dann heirate du ihn doch und lass dich täglich ficken«, schnauzte sie mich an und ich grinste.

Was sollte ich dazu noch sagen? So seufzte ich also.

»Ich rede mit Vater«, beteuerte ich und Avalarie fiel mir um den Hals. »Aber versprechen kann ich nichts.«

Langsam rappelte ich mich auf und zog meine Klamotten an, die ich vor Ava in Sicherheit gebracht hatte. Ihr Temperament ging oft mit ihr durch und dann musste ich neue Sachen kaufen lassen. Um dies zu verhindern war es praktischer, ihr nackt entgegenzutreten.

Avas Zimmer wurde streng bewacht, seit sie mehrere Fluchtversuche unternommen hatte. Ihre Abneigung Adrian gegenüber nahm das ganze Rudel mit.

»Samuel«, begrüßte mich mein Vater, und meine Mutter streckte die Hände nach mir aus, um mich zu sich zu ziehen. »Du scheinst dich immer mehr zu mausern, wie ich höre. Lukas berichtet nur Gutes.«

»Er übertreibt. Egal was ich gegen ihn anbringe, am Ende liege ich auf der Erde und er grinst mich breit an«, erklärte ich meinem Vater, der lachte. Lukas war der Lehrer, der mir den Kampf und die Werte eines Rudelführers beibringen sollte, zudem war er Vaters Wächter. Luke hatte einst geschworen, für den Alpha des Rudels zur Not auch in den Tod zu gehen. Diese Willensstärke würde ich wohl nie erreichen.

»Der Weg zum Erfolg ist steinig, Samuel.« Mein Vater klopfte mir auf die Schulter und wurde sogleich wieder ernst. »Ist Ava noch immer wütend?«

Ich nickte.

»Das dürfen wir ihr nicht übel nehmen. Adrians Interesse ist nun einmal nicht nur auf sie beschränkt.« Mutter blickte traurig zu Boden. »Wir haben allerdings keine andere Wahl. Die Rudel können nur dann überleben, wenn wir uns zusammentun. Die Vampire sind uns noch immer auf den Fersen.«

Ich knurrte. Diese eitlen, selbstherrlichen Geschöpfe ... Würde ich einen von ihnen erwischen, hätte ich kein Mitleid. Von Kindheit an hasste ich sie.

»Sollte Ava nicht zur Vernunft kommen, haben wir nur noch wenig andere Chancen, zusätzlich zu unserer Not, nicht auch noch einen Kampf unter den Rudeln auszulösen«, meinte mein Vater und betrachtete mich ernst. »Du müsstest in Adrians Rudel einheiraten.«

Nochmals knurrte ich, dieses Mal allerdings aus Frust. Ich hatte von Adrians Schwester gehört, die ein unscheinbares und verschüchtertes Ding sein sollte. Nicht gerade das, was ich mir als Partnerin vorstellte. Für mich musste sie mutig sein, humorvoll und mich so lieben, wie ich war. Ich wollte besessen von ihr sein, all meine Gedanken sollten um sie kreisen ... All das traf auf Adrians Schwester nun einmal nicht zu.

»Ich werde Adrian um mehr Zeit bitten. Er sollte verstehen, dass man Liebe nicht erzwingen kann.« Vater stand auf, um meiner Mutter einen Kuss auf die Stirn zu drücken und dann aus dem Raum zu marschieren.

***

»Was geht dir durch den Kopf?«, fragte Moe und holte mich damit in die Realität zurück.

»Vergangene Tage«, sagte ich knapp und strich Moe sanft über die Wange.

»Erzählst du es mir?« Er legte den Kopf schief und ich nickte. Allerdings wollte ich das nicht in meinem Büro tun.

»Komm«, raunte ich, ergriff seine Hand und zog ihn ins Wohnzimmer auf die Couch. Ich brauchte Moes Nähe, wenn ich ihm von meiner Vergangenheit erzählen sollte.

Kaum hatte ich mich auf dem Sofa ausgestreckt, kuschelte sich Moe an mich. Das Gefühl von Wärme genoss ich, obwohl meine Schulter durch diese Haltung noch immer schmerzte.

»Ich höre.«

Ich lachte leise. Moe konnte ab und an sehr neugierig sein. Aber in Anbetracht der letzten Ereignisse war es mir nicht möglich, ihn damit zu ärgern.

»Ich habe an die Ereignisse vor dem Tod meines Vaters gedacht«, begann ich also wahrheitsgemäß und spürte Moes Zögern. Er wusste nicht, wie er reagieren sollte. »Ava weigerte sich, Adrians Frau zu werden. Meine Eltern erhofften sich jedoch einen Zusammenschluss der Rudel, um den Frieden zu wahren. Das war besonders in den letzten Jahren sehr wichtig.«

»Eine arrangierte Ehe. Ich schätze, da wäre ich auch sauer gewesen«, meinte Moe nachdenklich und ich nickte.

»Sie war außer sich. Unser Vater ließ sich jedoch erweichen und wollte mit Adrian sprechen. Um mehr Zeit bitten ...« Ich fühlte einen Kloß in der Kehle und schluckte. Moes Hand lag auf meiner Brust und streichelte diese, um mir zu zeigen, dass ich nicht allein war. »Als am Abend mein Vater nicht zum Essen erschien, ging ich in sein Arbeitszimmer und fand ihn. In seiner Brust steckte Adrians Messer, das er ständig mit sich herumschleppte. Das sollte Krieg bedeuten. Ich fasste also einen Entschluss, der mich bis heute verfolgt.«

»Vivienne«, raunte Moe und drückte sich noch fester an mich.

»Adrians Schwester.« Diese Erklärung brachte Moritz dazu, ein Ächzen hervorzubringen. »Und damit waren die Rudel verbunden und Adrian, dem man den Mord vorwarf, wurde verstoßen.«

»Und ich nahm an, mein Leben wäre ein Chaos«, murmelte Moe an meinem Hals.

Ich wollte nicht mehr darüber nachdenken. Es war schon so lange her. Das schien auch Moritz zu bemerken, denn er rückte etwas von mir ab, um mich anzusehen.

»Wie alt warst du da eigentlich?«

»Siebzehn«, antwortete ich und musste schmunzeln, als ihm die Kinnlade herunterfiel. »Ja, ich war in deinem Alter.«

Ehe Moe antworten konnte, zog ich ihn für einen Kuss zu mir heran. Seine Lippen waren weich und tröstlich. Er schloss die Augen und genoss diese Berührung ebenso, was mir erneut den Mut gab, noch ein bisschen weiter zu gehen. Vorsichtig schob ich meine Hand unter sein Oberteil und streichelte dessen Haut. Moe seufzte an meinem Mund.

»Wir müssen noch darüber reden, was das alles nun für uns bedeutet ...«

Ich brummte, denn nach Reden war mir mittlerweile überhaupt nicht mehr zumute. Ich schob meine Hand etwas tiefer und Moe japste nach Luft, als diese im Bund seiner Hose verschwand.

»Oh nein! Nicht so. Der Herr wird mir jetzt noch ein paar Antworten gönnen«, murrte er und klang dabei so dermaßen entschieden, dass ich seufzend aufgab.

»Na meinetwegen. Was willst du wissen?«

Und so begann das Frage-Antwort-Spiel, das gut eine Stunde andauerte. Moe wollte wissen, ob die Zwillinge ebenfalls Wölfe waren, und stellte auch einige Fragen über unsere Herkunft, über das Wandeln – das interessierte ihn sogar brennend – und die Tatsache, dass uns der Mond beeinflusste.

»Verwandelst du dich bei Vollmond wie in den Filmen?«, fragte er und ich schnaubte.

»Nein! Also ja, ich könnte es, aber im Grunde kann ich mich immer verwandeln. Der Vollmond macht uns nur empfänglicher für gewisse Emotionen: Wut, Lust, der Wunsch zu jagen zum Beispiel. Wir müssen diesem allerdings nicht zwanghaft nachkommen. Es reicht, wenn wir uns einmal im Monat verwandeln, um ansonsten ein ganz normales Leben zu führen.«

»Also kein Anheulen des Monds?« Moe grinste und ich schüttelte den Kopf.

»Nein!«

Ich überlegte bereits, ob ich mich verwandeln sollte. So bekam ich zumindest meine Ruhe, doch Moe schien dies zu erahnen und küsste mich immer mal wieder, sodass dieser Wunsch in den Hintergrund trat. Er wusste genau, wie er mich beeinflussen konnte.

»Biest«, knurrte ich und er lachte herzlich.

»Sagt genau der Richtige ...« Moes Augen funkelten vor Schalk. Ich zupfte an dem Oberteil, das er sich von mir geliehen hatte. In den nächsten Tagen sollte ich jemand für ihn einkaufen schicken, das war sicher. Er brauchte hier ein paar Klamotten, denn bald würde ich ihm diese vom Leib reißen, wenn er so weitermachte. Für eine Jungfrau, wie er sich zwischenzeitlich bezeichnet hatte, lernte er verdammt schnell.

»Ich muss dir etwas gestehen«, meinte er auf einmal mit Unschuldsmiene. Ich runzelte die Stirn. Was sollte das jetzt schon wieder? »Mika dürfte in den kommenden Minuten auftauchen ...«

Als wäre das sein Stichwort, klingelte es an der Tür. Ich fluchte leise.

»Hatte ich nicht gesagt, dass ich das nicht will?!«

»Jep. Aber ich werde nicht mit einem verletzten Sam schlafen, also sei brav.« Er grinste und machte mich damit komplett sprachlos.

33

Moe

Schnellen Schrittes eilte ich zur Tür und hoffte, dass Sam sich nicht wie ein Dreijähriger beim Kinderarzt benehmen würde.

»Hallo Mika«, lächelte ich ihn an und der gutgelaunte Tierarzt verbeugte sich.

»Stets zu Diensten! Wo ist denn mein Patient? Ich hab Hundeleckerchen dabei«, scherzte er und ich ließ ihn ins Haus.

»Deine Leckerchen kannst du dir sonst wohin stecken!«, knurrte Sam bereits aus dem Wohnzimmer und brummte vor sich hin.

»Oh, auch noch ein miesgelauntes Hündchen. Doch lieber Antidepressiva?«, fragte Mika nun, nachdem er Sam auf der Couch liegend vorfand.

»Schmerzmittel reichen schon!«, seufzte dieser und verzog das Gesicht beim Aufsetzen.

Der Heiler stellte seinen Koffer auf dem Beistelltisch ab und warf einen Blick auf die Wunde.

»Wieso hast du dich nicht ...? Na, du weißt schon.« Seine Stimme war leise und er sah zu mir.

»Moritz wurde heute Nacht blöderweise eingeweiht. Ich hätte es ihm gern anders erklärt!«, hörte ich Sam zu Mika sagen, der sich nun zu mir umdrehte. In seinem Gesicht sah ich ein aufrichtiges Lächeln.

»Willkommen in der Familie, Moe!«

Ich wurde rot.

Während Mika seiner Arbeit nachkam, saß ich gespannt auf dem Sessel gegenüber und beobachtete das Geschehen. Kaum war der Wolf aus dem Sack, hatte ich Unmengen von Fragen. Ob ich diese so einfach stellen durfte? Oder würde Sam dann wieder sauer sein? Meine Neugier gewann allerdings die Oberhand.

»Mika, darf ich dich etwas fragen?«, begann ich unsicher.

»Du willst wissen, ob ich auch ein Wolf bin? Ja! Sogar ein Geborener, wie Samuel« Er strahlte. Der Mann war nicht nur Heiler und Tierarzt, sondern auch noch Hellseher!

»Wie ist es so für dich?«, wollte ich wissen, doch er zuckte mit den Schultern.

»Ist für dich nicht nachvollziehbar, glaub ich. Es ist schwer nachzuempfinden. Aber ich lebe und arbeite wie jeder andere auch, habe eine entzückende Ehefrau und zwei süße Mädels. Bisher sind bei ihnen keine Wandlungsanzeichen zu erkennen, wer weiß, vielleicht werden unsere Kinder ganz normal aufwachsen.« Er drückte einmal auf Sams Wunder, sodass dieser zu fluchen begann und knurrte. »Oh, Verzeihung.«

»Noch einmal und ich beiß dir den Arm ab!«, zischte Sam, woraufhin Mika ihm Schokoladendrops hinhielt.

»Hier, sollen helfen«, grinste er breit und Sam nahm trotz böser Blicke, eine der kleinen Köstlichkeiten.

»Heißt das, eure Kinder werden keine Wölfe?«, wurde ich jetzt sogar noch neugieriger und der Heiler zuckte mit den Schultern.

»Ich habe meine Ehefrau erst nach der Schwangerschaft gewandelt. Als wir es beschlossen, war sie schon schwanger mit den Mädels. Es ist mir im Grunde unbegreiflich, wieso sie diese Wandlung wollte. Ich schätze, es war, um wirklich alles mit mir zu teilen.« Mika schüttelte grinsend den Kopf. »Aber selbst, wenn sie sich nicht hätte wandeln lassen wollen, wäre sie meine Frau geblieben. Liebe ist stark, wenn man gemeinsam daran glaubt ...«

Dies sagte er mehr an Sam gerichtet, der seinen Blick zu Boden sinken ließ. Ich dachte etwas darüber nach. War meine Liebe stark genug, um das alles fortzusetzen? Die Liebkosungen, die Küsse und die Streicheleinheiten waren alles Dinge, die ich liebte und gern hatte. Ihn allerdings weiterhin zu teilen, kam für mich nicht infrage. Belogen hatte er mich auch irgendwie und ich stand plötzlich mit einem ganz neuen Weltbild da. Würde ich damit klarkommen? Oder brachte es mich am Ende an meine Grenzen?

»Wie hast du es denn aufgefasst, Moe?«, fragte mich der Tierarzt nun und ich zuckte mit den Schultern.

»Ich weiß noch nicht.« Ich sah zu Sam, der voller Hoffnung in meine Richtung geschaut hatte.

»Wir sind keine Bestien. Die meisten von uns zumindest nicht. Wir sind integrierte Wesen, die nicht auffallen und das auch nicht unbedingt möchten. Daher bleiben wir meist im Rudel. Besonders in der Partnerwahl ... Es birgt Gefahren, wenn man sich auf einen ›normalen‹ Menschen einlässt. Du verstehst bestimmt, dass Sam nichts gesagt hat, um den Rest zu schützen, oder?« Wollte Mika jetzt tatsächlich für Sam ein gutes Wort einlegen?

»Das ist mir klar, ändert aber nichts daran, wie kompliziert es ist«, murmelte ich und stand auf, um in die Küche zu gehen. Ich musste mal für etwa zwei Minuten durchatmen.

Mika folgte mir jedoch.

»Ich will Sam nicht in den Himmel loben. Er ist wahrlich kein einfacher Zeitgenosse«, begann er und aus dem Wohnzimmer folgte Protest.

»Hey! Ruinier mir das nicht sofort, Schwachkopf!«, rief Sam und kam ebenfalls in die Küche geeilt, um seinem Freund eine auf den Oberarm zu verpassen.

Der Tierarzt rieb diesen nur und lachte.

»Na gut, macht das unter euch aus. Du hättest dich früher wandeln sollen, mein Lieber. Du hast dir den Muskel ziemlich hartnäckig verletzt. Da wirst du an der Physiotherapie nicht vorbeikommen, wenn du weiterhin den Arm heben willst!«

Sam schnaufte.

»Kann ich damit zu dir?«, wollte er nur wissen und Mika nickte.

»Ich würde die Übungen mit dir durchgehen und sie dir zeigen. Moe könnte ja dann dein Trainingspartner sein.« Er zwinkerte mir zu. »Schaut einfach mal bei mir in der Praxis vorbei bei Gelegenheit!«

Ich war also ab jetzt nicht nur der Nachbar, Praktikant, Lustknabe, Geliebter, sondern auch der Trainingspartner? Allmählich wurden die Jobs immer mehr.

Mika klopfte mir auf die Schulter und verabschiedete sich. Das Heilen war dieses Mal rasch vonstattengegangen. Sam stand weiterhin oben ohne im Raum und hob die Hand zum Abschied.

»Ich melde mich!«, rief er Mika hinterher, der die Tür hinter sich zuzog.

Nun saß ich hier, an der Kochinsel, Sam mir gegenüber und ich starrte ihn an. Mir wurde warm, denn ich wurde von seinem nackten Oberkörper angezogen, wie die Motte vom Licht.

»Alles gut?«, wollte er wissen und ich nickte nachdenklich. »Sicher? Gibt es nicht doch noch was, über das wir reden sollten? Dein Wissensdurst tatsächlich endlich gestillt?«

Er schnaubte angestrengt und stützte sich auf dem Ellenbogen auf der Kochinsel ab. Seine blauen Augen betrachteten mich eingehend.

»Nein, ich glaube nicht.«

Es wurde still um uns und wir sahen einander einfach nur für einen Moment an.

»Hast du nun Angst vor mir?«, wollte Sam wissen und ich lachte.

»Nicht mehr als vorher.« Ich grinste breit und er rollte diesmal mit den Augen.

»Keinen Respekt mehr, die Jugend!«, schmunzelte dieser Kerl und kam um die Kochinsel herum. »Ist es in Ordnung, wenn wir uns noch ein bisschen ausruhen?«

Sam gähnte auf einmal und ich stimmte zu. Etwas müde war ich ebenfalls und Ruhe wäre sicherlich nicht verkehrt. Ich griff nach der Hand, die er mir reichte, und folgte ihm ins Schlafzimmer. Es war schon spät am Nachmittag, sodass man es ruhig einen Mittagsschlaf nennen konnte. Sam sank auf die Matratze und schien sich kein bisschen dafür zu interessieren, dass es noch mit seinem Blut besudelt war. Das Blut aus der Wunde, die er bei dem Versuch meiner Rettung hatte einstecken müssen. Bei dem Gedanken schluckte ich. Er war nur meinetwegen verletzt worden. Auf mich aufzupassen und gleichzeitig zu kämpfen hatte nicht funktioniert.

»Hör auf zu denken, Moritz!«, brummte er müde neben mir und ich sah ihn an.

Er hatte sich mittlerweile hingelegt und starrte in Richtung Decke. Seine Augenlider schienen ihm immer schwerer zu werden.

»Kannst du das wirklich fühlen, was in mir vorgeht?«, wollte ich wissen, legte mich neben ihn und strich ihm mit der Hand über die Wange.

»Jede einzelne Gefühlsregung«, flüsterte er grinsend und bemerkte wohl, dass ich verlegen wurde.

»Auch ... also wenn ich ...«, stotterte ich und er lachte.

»Ebenfalls wenn du heiß auf mich bist, ja!« Er drehte sich zu mir, sodass wir uns in die Gesichter sehen konnten. Sam wirkte entspannt und sah so unglaublich gut dabei aus. »Und gerade jetzt, in diesem Moment, fühlst du ein Kribbeln und willst, dass ich dich anfasse, nicht wahr?«, fragte er selbstsicher und ich schluckte.

»Du bist verletzt und solltest dich ausruhen. Ich denke, du hast auch was am Kopf abbekommen. Du faselst wirres Zeug!«, redete ich mich heraus und versuchte, nicht auf seinen Oberkörper zu starren.

»Erzähl keinen Unsinn! Ich nehme wahr, was du spürst ...« Er grinste und rutschte noch etwas näher an mich heran. »Ich hoffe nur, dass du mir irgendwann verzeihst. Deine Zurückhaltung und Skepsis machen mich fertig«, seufzte er und ich spürte diesmal Traurigkeit. Sams Kummer. Ich schmiegte mich an ihn, denn ich wollte diese Nähe.

»Wie oft muss ich dir noch sagen, dass ich mich bis über beide Ohren in dich verliebt habe? Ein Haustier gibt man schließlich nicht einfach wieder ab, sondern man übernimmt Verantwortung dafür! Und im Tierheim würden sie dich eh nicht nehmen«, kicherte ich und Sam sah mich mit offenem Mund an.

»Du frecher Bengel!«, knurrte er und begann, mich durchzukitzeln. Er stoppte allerdings recht schnell und verzog das Gesicht. Seine Schulter nervte wohl trotz der Heilung durch Mika.

»Tut mir leid«, entschuldigte ich mich und er schüttelte den Kopf.

»Nicht deine Schuld.« Er lächelte bittersüß und ich musste ihn einfach küssen.

Meine Lippen legten sich auf seine, dann fing ich damit an, an seinem Hals entlang diesen zu liebkosen.

»Moritz? Was wird das ...?«, raunte er heiser in mein Ohr, als ich mit den Fingern über seinen Bauch strich.

»Nenn es ein schlechtes Gewissen, Dankbarkeit oder Entschuldigung. Ich will dir nach dem Ganzen etwas Gutes tun!« Langsam rutschte ich an ihm hinab. Die Küsse wanderten zu seinem Bauchnabel, zogen die Boxershorts etwas tiefer und endeten an seinem Hüftknochen. Er hob das Becken und ich zog die Shorts weiter hinunter. Eins war sicher: Sam hatte keinerlei Bedenken sich zu präsentieren.

»Du musst das nicht tun«, versicherte er mir, doch ich wollte es.

Ich nahm seine gewachsene Männlichkeit in die Hand und legte die Lippen um seine Spitze. Es schmeckte salzig, was mich zuerst ein wenig irritierte. Die Finger der anderen Hand ließ ich über seinen Bauch wandern, während ich den Kopf auf und ab bewegte. Meine Zunge spielte mit seiner Spitze und liebkoste den Schaft, den ich immer weiter in meinen Mund eintauchen ließ.

Sam genoss es, denn die Laute, die er machte, sprachen eindeutig dafür, dass ich es richtig machte, außerdem standen seine Gefühle kopf. Ich liebte es!

›Nur auf die Zähne achten, Moe!‹, ermahnte ich mich selbst. Der Mann musste nicht auch noch an dieser Stelle eine Verletzung vorweisen. Die konnte ich Mika nämlich nicht mit einem Kampf erklären.

Das Becken meines Liebsten bewegte sich nun mit und ließ sein bestes Stück noch tiefer vorschnellen. Ich musste ihn ein wenig daran hindern, weil mich der Würgereiz überraschte.

»Tut mir leid, aber das ist so geil«, nuschelte er und griff plötzlich in meine Haare.

War das jetzt der Moment von ›du brauchst mir keinen Blasen, ich ficke deinen Kopf‹? Das machte ich allerdings nicht mit! Ich hörte auf und besorgte es ihm weiter mit der Hand. Er stöhnte, als ich dabei über die Seiten seines Schaftes leckte.

»Oh, hör jetzt bloß nicht auf«, knurrte er heiser und biss sich auf die Lippen.

Erneut wanderten meine Lippen an seinem Penis auf und ab, nahmen diesen in den Mund. Ich saugte zaghaft daran, doch meine Zunge spielte energisch mit der Eichel.

Sam stieß einen lauten Fluch aus, vergrub die Hände in meinen Haaren und kam zum Höhepunkt. Ich stockte, hustete daraufhin, als sein klebriges Sperma in meinem Rachen landete und danach an meinen Mundwinkeln runter lief.

Boah, war das eklig!

***

Sam schlief nach unserem kleinen Abenteuer sofort ein. Die Müdigkeit hatte ihn übermannt und er schlummerte jetzt tief und fest. Ich deckte ihn noch zu und kuschelte mich an ihn. Schlafen konnte ich allerdings nicht. Morgen musste ich wieder zur Schule. Auch wenn es nur noch ein Absitzen und warten auf die Noten war ... Schulpflicht konnte gerade in dieser Situation einfach nur dämlich sein! Vielleicht konnte ich morgen ja blau machen und stattdessen in der Firma nützlich sein. Ich seufzte. Darum konnte ich mir jedoch auch noch morgen Gedanken machen. Diese schienen sich eh wieder zu verselbstständigen. Ich fragte mich, wenn Adrian es tatsächlich auf Sam abgesehen hatte, wieso ich dann dabei so eine wichtige Rolle spielen sollte? Genau genommen stellte ich doch absolut keine Gefahr für ihn dar. Oder war ich Sams Achillesferse?

Mein Blick fiel abermals auf dessen Schulter, die sich in der Zwischenzeit verfärbt hatte. Er war schon einmal für mich in Lebensgefahr geraten. Das war nicht gut! Er durfte wegen mir nicht so viel riskieren.

Was wäre, wenn ich gar nicht in der Nähe bleiben würde? Doch im Ausland studieren? Ich könnte gelegentlich vorbeisehen, eine Fernbeziehung mit ihm führen und er wäre in Sicherheit. Würden wir beide das aushalten?

Ich rieb mir die Stirn und bemerkte, dass Sam im Schlaf die seine ebenfalls gerunzelt hatte. Meine Emotionen brachten seinen Schlaf durcheinander.

›Wir würden beide ziemlich unglücklich sein‹, dachte ich.

Ich zerbrach mir zu sehr den Kopf! Neben mir lag der Mann, dem ich gehörte und dem ich mein Herz geschenkt hatte. Ich würde ihn nicht auf- oder hergeben! Solange er mich wollte, würde ich ihm gehören ...

34

Am liebsten hätte ich Moe überhaupt nicht in die Schule gelassen, sondern wäre ein riesiges Arschloch gewesen. Ihn knebeln, fesseln und in meinen Kofferraum zu stecken, um ihn bei mir zu haben, kam allerdings nicht infrage. Er wollte die Sache mit dem Abschluss auf keinen Fall versauen.

»Okay, aber du bist nie allein. Ich werde dir Jonas schicken, dass er dich abholt«, knurrte ich und Moe lächelte, als er Anstalten machte, aus meinem Wagen zu steigen.

»Aye aye, Boss!«

Ich hielt ihn fest, zog ihn bestimmt zurück in den Wagen, spürte seine Anspannung. Statt ihn erneut zu maßregeln, küsste ich ihn jedoch und nahm die Glücksgefühle in seiner Magengegend wahr.

»Ich will dich nicht verlieren, vergiss das nicht«, raunte ich danach und Moe nickte. »Ach ja: Kein Wort zu Jonas! Er arbeitet nur bei uns, ist aber kein Wolf.«

Moes Augen wurden größer.

»Ich dachte, bei euch gäbe es außer mir keine ›normalen‹ Leute.«

»Ganz normal ist er auch nicht, soweit ich es verstanden habe. Er weiß aber nichts, also versuch bitte, dich nicht zu verquatschen«, brummte ich und küsste ihn ein letztes Mal.

»Jetzt lass mich endlich aussteigen! Ich komme sonst noch zu spät.« Moe lachte und deutete in Richtung

Gebäude, vor dem man bereits auf ihn wartete. Jonas'
Freundin Isabel winkte uns zu.

»Deine drei Mädels? Eine interessante Leibgarde«,
scherzte ich und Moe rollte mit den Augen.

»Ich komme klar. Wirklich! Und jetzt sei brav, lass
mich aussteigen und fahr zur Arbeit. Du hast bestimmt
einiges zu tun.«

Oh ja, das hatte ich. Dennoch war ich hin- und
hergerissen zwischen meiner Pflicht und dem angebo-
renen Beschützerinstinkt. Moe strich mir sanft über die
Wange.

»So schnell wirst du mich schon nicht los. Bis später!«

Ehe ich ihn nochmals zurückhalten konnte, stieg er
aus. Ich beobachtete, wie er auf das Mädchen zuschritt,
welches ihn sogleich mit Fragen überhäufte.

›Na, das kann ja was werden! Wieso musste ich
ausgerechnet auf die Idee kommen, meinen Kerl in die
Arme einer Vampirin zu treiben? Ich muss verrückt
gewesen sein!‹, dachte ich, seufzte und startete dann den
Motor. Ich musste darauf vertrauen, dass Moe unser
Geheimnis bewahrte.

***

Im Geschäft herrschte Tumult, was ich zuerst nicht
verstand. Anscheinend hatten sich die letzten Ereignisse
bereits herumgesprochen und besorgte Blicke und fins-
tere Mienen begleiteten mich bis zu meinem Büro.

›Na, der Tag kann ja toll werden‹, ging es mir durch
den Kopf und ich öffnete die Tür.

Ich stockte, als ich jemanden auf dem Stuhl vor
meinem Schreibtisch sitzen sah. Es war eine Frau mit
roten kurzen Haaren, die sich zu mir umdrehte. Ihre

Miene war forschend, irgendwie unheimlich. Was wollte sie hier?

»Da ist ja unser Sonnenschein«, knurrte es neben mir und ich wandte den Blick zu Robert, der seinen typisch mürrischen Gesichtsausdruck zeigte.

»Hi. Würdest du mir bitte sagen, was hier los ist?« Ich wartete, ob ich gleich den Todesstoß bekam oder was das Ganze sollte.

»Darf ich dir Evelyn Terrin vorstellen? Sie ist Mitglied des Rats«, meinte der Chefermittler und mir rutschte beinahe das Herz in die Hose.

Eine Vampirrätin? Hier in meinem Büro? Was dachte sich Robert Allerton nur dabei?!

Die Rothaarige stand jedoch auf und kam lächelnd auf mich zu. Sie reichte mir die Hand.

»Samuel Johnsan«, stellte ich mich vor und die Frau vor mir nickte.

»Ich weiß seit heute Morgen sehr genau, wer Sie sind, mein Lieber.« Ihre Stimme klang selbstbewusst, während sie meine Hand schüttelte.

Robert neben mir räusperte sich. Man konnte ihm ansehen, dass er sich etwas unwohl fühlte. Also hatte diese Frau definitiv mehr zu sagen, als es im ersten Moment den Anschein machte. Die Frage war jetzt nur, wie sie zu meinem Rudel stand. Ich konnte einen weiteren Konflikt auf keinen Fall gebrauchen, schon gar nicht, mich mit den Vampiren anlegen zu müssen!

»Atmen Sie, junger Mann!«, forderte Evelyn Terrin mich beinahe grinsend auf und ich schnappte nach Luft. Ich hatte gar nicht bemerkt, dass ich diese seit dem Augenblick unserer Berührung angehalten hatte. »Ich bin nicht hier, um Ihnen den Kopf abzureißen. Es mag ja den einen oder anderen Alten geben, der noch immer auf die

Vernichtung der Wölfe bestehen könnte, aber die meisten von uns haben sich weiterentwickelt.«

Ich schluckte. Also kam sie nicht, um uns zu drohen oder auszurotten? Das waren doch mal gute Neuigkeiten. Aber was wollte sie dann?

»Allerdings müssen wir über die Diskretion reden, die in letzter Zeit vernachlässigt wurde ...«

»Dies ist wirklich bedauerlich. Es kam allerdings nicht in meinem Rudel vor, sondern wurde durch einen Einzelgänger hervorgerufen«, brummte ich und bewegte mich auf meinen Schreibtisch zu. »Bitte, nehmen Sie Platz. Ich werde es Ihnen gern erläutern, sollten Sie daran Interesse zeigen.«

Die Rätin setzte sich erneut und betrachtete mich aufmerksam. Ich fühlte mich, als würde sie meine Miene genauestens studieren, um die Wahrheit herauszufinden. Hatte Robert ihr nichts von unserem Abkommen erzählt? Wir hatten absolute Offenheit vereinbart, auch wenn ich das seit Moes Hereinstolpern in mein Leben, etwas aufgeweicht hatte.

»Also? Wer sorgt für diesen Aufruhr? Wir brauchen nämlich eine Erklärung, um eine Katastrophe zu verhindern.« Sie legte den Kopf schief und ihre grünen Augen schienen direkt in meine Seele zu blicken.

Ich schluckte.

»Es ist ein Einzelgänger namens Adrian. Er war einst der Anführer eines Rudels, das ich übernommen habe. Er floh, ehe wir ihn für seine Verbrechen zur Rechenschaft ziehen konnten«, erklärte ich und reichte ihr die Unterlagen, die ich bereits telefonisch beim Archiv angefordert hatte. Diese wollte ich Robert eigentlich via E-Mail zusenden, doch nun sollte es persönlich stattfinden. »Leider hat man mir das Versprechen abgenommen, ihn am Leben zu lassen. Ich kann ihn also nicht einfach aus dem Weg räumen.«

Evelyn Terrin hob eine Augenbraue und sah mich fragend an. Ich nuschelte nur etwas von »Eine längere Geschichte.«.

»Und das bedeutet, dass wir ab jetzt mit weiteren Kämpfen seitens der Wölfe rechnen müssen?«, erkundigte sich die Rätin und ich zuckte mit den Schultern. Ich hatte nicht die geringste Ahnung. Eigentlich war ich davon ausgegangen, dass bereits heute Morgen die Hölle los sein würde. Adrian dürfte mittlerweile genug Beweise gesammelt haben, um die Rudel zu alarmieren. Ich hatte schließlich einen Wolf getötet und das ausgerechnet für einen Normalsterblichen ... einen Kerl ... meinen Liebhaber! Wieso er sich bedeckt hielt, wusste ich nicht.

»Nun gut. Ich denke, wir können hier Schluss machen«, seufzte Evelyn Terrin und erhob sich.

Mein Herz raste plötzlich. War sie der Meinung, dass wir zu viel Ärger machten? Ich stand ebenfalls auf und stürzte förmlich auf sie zu. Roberts Hand schoss vor und sorgte dafür, dass ich Abstand hielt.

»Vorsicht«, knurrte er und ich biss die Zähne zusammen.

»Was bedeutet das nun für mein Rudel?«

Die Rätin lächelte.

»Ich werde Ihr Geheimnis vorerst bewahren, Samuel. Im Grunde bin ich gerade noch sauer, dass Robert mir diese Sache verschwiegen hat.« Sie bedachte den Chefermittler mit einem strafenden Blick, der eine Unschuldsmiene aufsetzte und dann grinste.

Ich runzelte die Stirn. Was lief denn hier ab?

270

»Wie dem auch sei. Krieg deine Angelegenheiten geregelt. Wir haben den Dreck bereits weggeräumt. Adrians Wegbegleiter, dieser Robin, scheint wohl auch seine Familie auf dem Gewissen zu haben. Wir fanden deren Leichen im Haus der Familie. Hoffentlich hört nun das Morden auf.« Robert klopfte mir gegen die Schulter und ich zuckte vor Schmerz zusammen. Die Wunde ziepte noch immer. »Oh, entschuldige.«

»War selbst schuld«, knurrte ich und nickte Evelyn Terrin zu, die in Richtung Bürotür marschiert war.

»Was man alles für die Liebe macht.« Sie lächelte und verabschiedete sich. Ich blickte ihr nach. Diese Frau schien tatsächlich über alles informiert zu sein, was hier abging.

Kaum hatte sich die Tür hinter ihnen geschlossen, sank ich auf einen der Stühle. Ich musste mein Rudel unbedingt aus der Schusslinie bekommen, denn sonst gab es bald neununddreißig Einwohner weniger in dieser Stadt.

Es klopfte zaghaft und ich hätte am liebsten gebrüllt, dass ich meine Ruhe haben wollte, besann mich allerdings meiner guten Kinderstube.

»Herein.«

Ich staunte nicht schlecht, als es Viv war, die ihren roten Haarschopf durch den Spalt in der Tür streckte. Sie wirkte blass und nervös, was wohl bedeutete, dass auch sie die Neuigkeiten erfahren hatte.

»Ist es wahr?«, fragte sie sogleich. »Adrian ist zurück?«

Angst schwang in ihrer Stimme mit und ich nickte, während ich auf den Stuhl neben mir deutete.

»Setz dich. Wir müssen darüber reden.«

Und schon wieder hieß es reden ... Was war in letzter Zeit nur los? So viel gequatscht, wie in den letzten Tagen hatte ich monatelang nicht!

Geschmeidig bewegte sich Vivienne auf den Platz zu. Sie spielte gerade jetzt die Frau des Rudelführers, eine Sache, die wir ebenfalls dringend besprechen mussten. Sollte ihr Bruder tatsächlich einen Krieg wollen, war sie damit in Gefahr. Viv könnte als meine Verbündete angesehen werden.

»Du siehst so besorgt aus, Samuel«, hauchte sie und seufzte, als ich ihre Hand ergriff.

»Vivienne, es tut mir wirklich unheimlich leid, aber ich kann dieses Theater womöglich nicht mehr allzu lange mitspielen. Ich habe meiner Mutter versprochen, dass ich keine Rache übe und daran werde ich mich halten, doch Adrian wird es vermutlich ausnutzen. Solltest du dich also irgendwie von mir distanzieren wollen, kann ich das verstehen. Wenn es sein muss, kannst du meine Untreue anführen ...«

Ich suchte nach Worten, aber sie schüttelte den Kopf.

»Ich werde dich weder im Stich lassen, noch akzeptieren, was mein Bruder versuchen könnte. Er war es schließlich, der deinen Vater umgebracht hat. Wir sind nun eine Familie. Und wenn ich ›wir‹ sage, meine ich damit auch Moe. Er sollte beschützt werden, denn ich kann mir vorstellen, dass Adrian deinen wunden Punkt erkennt.« Sie strich mir vorsichtig über den Arm, berührte zaghaft die Schulter.

»Er weiß es bereits«, knurrte ich und sie hielt in der Bewegung inne.

»Woher?«

»Wir sind uns begegnet. Dieser Robin, der in der Nacht gestorben ist, gehörte zu Adrians neuem Rudel. Ich gehe davon aus, dass dein Bruder mehr als nur im Bilde ist«, grollte ich und Vivienne keuchte.

»Ist Moe in Sicherheit?« Diese Frau war zu gut, um wahr zu sein. Selbst jetzt sorgte sie sich um einen anderen, als sich selbst. Ich seufzte.

»Ja, er ist in der Schule. Es gibt jemanden, der auf ihn aufpasst.«

Erleichterung war in Vivs Miene zu erkennen. Sie nickte.

»Das ist gut.«

Ich musste trotz der Situation lachen. Sie wirkte entschlossen, aber machte sich dennoch Gedanken um die Menschen um sie herum. Dieser Engel hätte ein glückliches Leben verdient!

»Was ist los?«, fragte sie plötzlich unsicher.

»Ich habe gerade wieder festgestellt, dass du zu gut für diese Welt bist.« Meine Worte brachten sie zum Erröten, doch sie schüttelte den Kopf.

»Meine Aufgabe war es immer, dem Rudel zu dienen. Mit dieser Bürde standest du nie allein da, Samuel. Und wenn du glücklich bist, ist es deine Familie auch. Sie werden dich stets lieben, Sam, genau wie ich.« Vivienne beugte sich zu mir, um mir mit ihren weichen Lippen einen Kuss auf die Wange zu drücken. Sie lächelte zuversichtlich.

Meine Familie ...

***

»Habt ihr etwas von Ava gehört?«, brummte ich etwa zwei Stunden später abermals in den Telefonhörer und bekam erneut die gleiche Antwort. Avalarie war seit dem Vortag spurlos verschwunden. »Sucht weiter nach ihr!«

Ich hatte mehrmals auf ihre Mailbox gesprochen, bisher mindestens vier dutzend Mal Nachrichten geschrieben und sie vor den Gefahren gewarnt. Sie sollte nach Hause kommen. Die Frage war nun, ob Ava tatsächlich auf stur schaltete, oder ob Adrian sie bereits erwischt hatte. Aber würde er dies nicht als Erfolg für sich verbuchen und es mich wissen lassen? Ich wusste es nicht genau.

Seit dieser Zeit waren fast alle in dieser Firma in meinem Büro gewesen, um mir ihre Unterstützung zuzusichern. Es rührte mich, dass sie mir beistanden, obwohl ich dermaßen Mist gebaut hatte. Adrians Falle würde sie alle teuer zustehen kommen, wenn sich meine Befürchtungen bewahrheiteten.

»Machst du dir mal wieder Sorgen?«, hörte ich eine Stimme an der Tür und hob den Kopf.

Annabelle stand mit ein paar Akten in der Hand dort und bedachte mich mit einem aufmunternden Lächeln. Sah ich etwa so aus, als bräuchte ich das unbedingt? Klar, mein schlechtes Gewissen war erdrückend. Ich hatte das Wohl eines Menschen über das meiner Sippe gestellt. Eigentlich müssten sie mich hassen.

»Als du kleiner warst, meinte deine Mutter immer, du würdest aussehen, als müsstest du die ganze Last der Welt auf den Schultern tragen«, flüsterte sie und kam näher. »Sie hätte nicht gewollt, dass du darüber nachdenkst, wie du diese retten kannst. Weißt du, manchmal überlege ich, ob du ohne das Rudel nicht glücklicher wärst ...«

Ich schnaubte.

»Es ist mein ernst, Sammy.« Bei der Erwähnung dieses Kosenamens, schluckte ich. Anna hatte mich seit der Firmengründung nicht mehr so genannt. Im Grunde hatte sie sich seitdem eher wie eine Angestellte verhalten, um mir alles zu erleichtern.

»Was soll ich denn machen? Abhauen? Das Rudel in andere Hände geben? Das wird euch vermutlich auch nicht vor Adrian schützen. Oder soll ich ihm den Platz überlassen? Den einen oder anderen würde er vielleicht verschonen, aber was ist dann mit Ava, Vivienne und Moe?«

Annabelle schwieg.

»Du hast stets gut und zu unserem Wohl entschieden, das wissen wir alle. Aber ehe du einen Entschluss fällst, wie beispielsweise andere Rudel mit einzubeziehen, solltest du dich fragen, was das für dich bedeuten könnte. Ich weiß, dass du schon darüber nachgedacht hast. Ich kenne dich, Sammy.«

Das stimmte. Andere Rudel könnten uns unterstützen, wie zum Beispiel Wächter oder andere Kämpfer zu schicken. Anna wusste allerdings, dass das bedeutete, auf Biegen und Brechen den Schein zu wahren. Es würden Fragen aufkommen, wie die nach Vivienne und wieso wir nach all der langen Zeit unserer Ehe noch keine Kinder hatten. Dass diese Verbindung nur zum Schein geschlossen worden war, wusste allein meine Sippe.

»Was würdest du an meiner Stelle tun?«, raunte ich und meine Ziehmutter lächelte.

»Lebe, Sammy! Adrian hat noch keine Schritte unternommen und wer weiß, ob er diese Schwäche von dir ausnutzen wird. Eventuell sitzt er irgendwo und wartet darauf, dass du einen Fehler begehst und er sich die Hände nicht schmutzig machen muss. Tu ihm diesen Gefallen nicht, Sammy.«

Ich nickte, doch in meinem Kopf gab es zu viel Chaos. Adrian tatsächlich ignorieren, bis er zum Schlag ausholte? War das nicht zu gefährlich?

»Und was ist mit Avalarie?«

Der liebenswürdige Ausdruck in Annabelles Gesicht verschwand. Sie seufzte und rieb sich die Stirn.

»Solltest du mich nach meiner ehrlichen Meinung fragen ... Deine Schwester hatte schon immer das Talent, in Schwierigkeiten zu geraten. Allein ihre Art, diese seltsamen Spielchen zu spielen. Lass sie dieses eine Mal selbst für sich sorgen. Hätte Adrian sie, wäre das offensichtlicher. Ich gehe also nicht davon aus.« Sie biss sich auf die Unterlippe und senkte danach den Kopf. »Dies soll natürlich nur ein Rat sein. Ich würde mir niemals anmaßen, dir in deine Angelegenheiten zu reden.«

Ich stand auf und ging um den Tisch herum. Grinsend schob ich ihr den Zeigefinger unter das Kinn und drückte es nach oben, sodass sie mich anschauen musste.

»Seit wann denn das? Mutter und du, ihr beide seid ständig da gewesen und habt mich gelenkt, wenn ich nicht weiter wusste. Hör also ja niemals damit auf.« Ich küsste sie auf die Stirn und Anna lächelte.

»Ich liebe dich, Sammy. Deine Mutter wäre so stolz auf dich«, murmelte sie und verschwand dann so hastig, wie es ihr möglich war. Gefühlsbekundungen waren noch nie ihre Stärke gewesen, außerdem hatte es einen Grund, weshalb sie wollte, dass niemand wusste, was in ihr vor sich ging.

»Ich liebe dich auch, Tante Annabelle.«

Die Vergangenheit schien mich allmählich einzuholen. Diese Familie war kompliziert, aber ich ein Teil von ihr. Sollte ich Ava wahrlich ziehen lassen?

35

Es war ein komisches Gefühl, dass irgendwer auf mich wartete, besonders in der Schule.

»War er das?«, schmunzelte Isa und ich nickte verlegen.

»Ja, das war Sam«, flüsterte ich und ging mit ihr gemeinsam in Richtung Gebäude.

»Wie ist euer Date gelaufen?«, wollte Isabel wissen und ich zuckte mit den Schultern. »Komm schon, spann mich nicht so auf die Folter!«

Sie stellte sich näher an mich heran, damit ich flüstern konnte.

»Es war toll, dank euch«, flüsterte ich und zog Isa in meine Arme, die ein erschrockenes Quieken von sich gab. »Das musste gerade einfach sein. Aber erzähl das bloß nicht Jonas!«

Ich schmunzelte, nachdem ich sie losgelassen hatte. Isa war rot angelaufen und schüttelte energisch den Kopf.

»Niemals! Er würde Anspruch erheben und mir eine Szene machen, wenn ich ihm sage, ich wurde von einem anderen Kerl umarmt.«

Jonas war echt nett und ich glaubte eigentlich eher, dass er den kleinen blonden Engel auf Händen trug. Sollte er zumindest, denn so ein Mädel fand man nicht alle Tage.

»Hallo ihr«, erklang nun Ellys Stimme, die Isa ebenfalls kurz darauf in die Arme schloss und mich auch neugierig anschaute.

»Können wir gleich darüber reden? Kristin wird wahrscheinlich auch vor Neugier platzen und ich habe keine Lust, es dreimal zu erzählen ...«

Die beiden kicherten.

»Was will Kristin wissen?«, hörten wir hinter uns und die Besagte stand da und musterte uns skeptisch.

»Wie sein Date war«, antwortete ihr Elly.

Kristin winkte ab. Ihre Miene zeigte gespielte Gleichgültigkeit.

»Stimmt, da war ja was‹, zwinkerte sie mir zu, als die Durchsage kam, dass der reguläre Unterricht für die Abschlussklassen ausfallen würde. »Na klasse! Und wofür bin ich noch gleich so früh aufgestanden?«, knurrte Kristin und ging sich mit den Fingerspitzen durchs Haar.

»So früh? Kristin, du bist zwanzig Minuten zu spät bei mir gewesen. Von ›wirklich pünktlich‹ aufstehen kann nicht die Rede sein ... Und von ›so früh‹ erst recht nicht!«, lachte Elly und klopfte ihrer Freundin auf die Schulter.

In der prallen Sonne begann ich mich fast aufzulösen, wie ein Eiswürfel. Die Hitze war unerträglich, sodass ich mir bereits jetzt Luft zu fächerte. Was sollte das denn werden, wenn es bald richtig Sommer werden würde? Ich würde vermutlich eingehen!

»Was machen wir stattdessen?«, wollte Isa wissen und erklärte, dass ihr Bruder und dessen Partnerin gerade zu Hause wären und sie nur erahnen konnte, was dort vor sich ging. »Dinge, die ich nicht sehen will!«, kommentierte sie noch und schnaubte.

»Ich weiß ja nicht, was ihr davon haltet, aber ich würde euch für die Hilfe gern zum Eisessen einladen. Wenn wir hier stehen bleiben, bekomme ich einen Sonnenstich«, murmelte ich und hoffte, die Idee würde gut ankommen.

»Ähm ... Hast du denn so viel Geld?«, fragte Kristin todernst und ich rollte mit den Augen.

»Würde ich euch sonst einladen?« Ich tat überheblich, sodass die drei schon los quietschten.

»Wir können ja mit meinem Auto zu einer Eisdiele in der Nähe fahren. Da wird jetzt sicherlich nicht viel los sein«, schlug Isa vor und wir folgten ihr zum Auto.

Als wir vor dem Wagen standen, staunte ich nicht schlecht.

»Sag mal, den hast du dir aber nicht selbst gekauft oder?«, raunte ich und betrachtete den roten VW Beatle.

»Nein, der war ein Geschenk zum Geburtstag von meinem Bruder Yvor und seiner Verlobten Yvi.« Sie grinste breit und ich zögerte einen Moment, als ich den Namen hörte.

»Yvi?«, hakte ich nach und klang wohl sehr irritiert.

»Ja, Yvonne Nowak eigentlich, aber wir nennen sie Yvi«, erklärte Isa. Sie nahm auf dem Fahrersitz Platz, während die beiden anderen sich auf die Rückbank schmissen.

»Oh «, gab ich knapp von mir und seufzte. Wie klein die Welt doch war.

»Verdammt! Ich muss Jonas Bescheid geben, dass er mich nicht abholen muss«, fiel es mir neben Isa sitzend plötzlich ein, die mich fragend ansah.

»Jonas kommt gleich auch zur Eisdiele. Ich habe ihm geschrieben. Wieso sollte er dich abholen?«, fragte der Blondschopf und ich erklärte ihr, dass er genau wie ich für Sam arbeitete. Sie schien zu begreifen.

»Dann bist du der Junge, auf den er ein Auge werfen soll, wegen des Stresses auf der Arbeit«, stellte sie fest. Das hatte Jonas ja schön umschrieben.

»Könnte man so sagen. Und deine Schwägerin in spé ist meine Therapeutin.«

Hinter mir ertönte ein »Ist nicht wahr?!«, von Elly und Kristin. Diese beiden hatte ich komplett verdrängt.

***

Die drei genossen ihre Frozen Yogurts mit allen möglichen Sonderwünschen und ich rührte in meiner Eisschokolade herum.

»Also, jetzt erzähl endlich! Wie war das Date?«, begann Elly und leckte genüsslich den Löffel ab.

»Schön. Wir haben mit einem kleinen Frühstück für unterwegs angefangen, sind dann in den Zoo, ins alte Kino, Currywurst essen und sind am Ende bei ihm gelandet«, kürzte ich die Geschichte ab, während mich sechs Augen anstrahlten.

»Ja und dann? Wie hat ihm der Kuchen geschmeckt?« Elly bedachte mich mit einem Grinsen. Mir kam wieder die schmerzhafte Erinnerung in den Sinn, wie ich Sam und Ava gesehen hatte. Der Kuchen war dabei auf dem Boden gelandet, da ich schleunigst das Weite gesucht hatte.

»Die sind bestimmt gar nicht erst bis zum Kuchen gekommen. Junge Liebe! Die haben sich doch sicherlich sofort aufeinander gestürzt!«, lachte Kristin, wurde aber still, als ich nichts erwiderte.

»Moe? Alles in Ordnung?« Isa legte eine Hand auf meinen Arm und ich stöhnte genervt auf.

»Na ja, der Kuchen wäre der krönende Abschluss gewesen, wenn ich Sam nicht mit einer anderen bei sich im Haus erwischt hätte.«

Es wurde totenstill, als ob die Drei aufgehört hätten zu atmen. Ich spürte förmlich ihre Blicke auf mir.

»Was?« Es war Kristin, die einen ungewöhnlich hohen Schrei von sich gab.

»Tja, eine seiner ... wie soll ich sagen ... alten Liebschaften, hatte ihn aufgesucht und ist über ihn hergefallen, während ich den Kuchen holte.« Die Bilder deutlich vor Augen, kämpfte ich um Fassung und nahm einen Schluck von meinem Eis, das sich mittlerweile fast vollkommen aufgelöst hatte.

»Ja und wieso fährt er dich jetzt zur Schule? Ich hätte ihm eine verpasst und ihn zum Teufel geschickt!«, knurrte Isa und schien mächtig sauer zu sein. Eine solche Emotion hätte ich ihr gar nicht zugetraut.

»Nun, das habe ich auch! Ich bin zu mir nach Hause geflüchtet und als er mir folgte und nach mir griff, hab ich ihm eine verpasst«, meinte ich, als hinter mir Jonas' Stimme erklang.

»Du hast tatsächlich unseren Boss geschlagen? Alle Achtung!« Er lachte und umrundete den Tisch, um Isa auf die Stirn zu küssen.

Verlegen starrte ich auf mein Eis.

»Ja, das hatte er zu dem Zeitpunkt verdient. Wir haben uns jedenfalls später ausgesprochen und kommen uns erneut näher«, murmelte ich, da ich es so bei Jonas noch nicht hatte verlauten lassen. Er machte große Augen.

»Seid ihr denn nun offiziell ein Paar?«, fragte Kristin und ihr Bruder sah mich an.

»Du und Sam?«, wollte er nun erstaunt wissen und ich nickte schüchtern.

»Ich habe keine Ahnung, ob wir ein Paar sind oder nicht. An seiner Seite fühlt es sich einfach nur richtig an«, begann ich stammelnd und merkte selbst, wie kompliziert es war.

»Und er ist immer noch verheiratet«, warf Jonas in die Runde, wofür er von den drei Mädels böse Blicke erntete. »Schon gut. Ich halte den Mund!«

Er grinste und griff nach einem Stuhl, um sich dazu zu setzen. Die vier warteten etwas, bis sie die Nachrichten verdaut hatten, dann begannen sie miteinander zu schnattern. Ich nutzte die Gunst der Stunde, um mein Handy aus der Hosentasche zu ziehen.

›Habe früher Schluss, komme also gleich in die Firma‹, schrieb ich Sam und ließ das Gerät wieder in meine Hosentasche wandern.

»Jonas, nimmst du mich gleich mit zur Firma?«, wollte ich auf Nummer sicher gehen und dieser nickte.

»Ich denke mal, der Trubel hat gleich etwas abgenommen. Heute Morgen waren Robert und Evelyn da«, erzählte er, was Isa aufhorchen ließ.

»Weshalb?«

Jonas zuckte mit den Schultern.

»Keine Ahnung. Ich habe nur gesehen, wie die beiden herauskamen. Vielleicht wegen des Anschlags auf die Firma!«, meinte er und rappelte sich auf, nachdem er sah, dass ich mit meinem Eis fertig war.

»Wer sind Evelyn und Robert?«, fragte ich irritiert.

Isa warf Jonas einen warnenden Blick zu, der lächelte und meinte:

»Robert ist sowas wie ein Polizist. Vielleicht hatte er Fragen an Sam und Evelyn hilft bestimmt mit ihren guten Kontakten.« Ich merkte, dass an der Sache irgendwas nicht stimmte, gab mich aber mit seiner

Version zufrieden. Schlussendlich würde ich bei Sam mehr herausbekommen.

***

Jonas hatte mich kaum an der Firma abgesetzt, da wurde ich von den Zwillingen auch schon abgefangen.

»Moe, geht es dir gut?« Sie stürmten auf mich zu und ich sah die beiden ungläubig an.

»Ja, wieso sollte es mir nicht gut gehen?«

Benny erzählte, dass es eine Mitarbeiterversammlung gegeben hatte, in der Sam wegen Adrian Stellung nahm.

»Vivienne ist gerade nochmal bei ihm. Dir ist wirklich nichts passiert?«

Ich schüttelte den Kopf, denn ich war ja wirklich komplett unverletzt aus der Nummer heraus gekommen. Das einzige, das verletzt wurde, war mein Selbstbewusstsein. Das hatte einen gewaltigen Knacks abbekommen. Sogar die Zwillinge kamen mir jetzt auf gewisse Weise anders vor. Nicht schlimm anders, aber dennoch nicht mehr wie zuvor.

»Du weißt jetzt also über uns Bescheid?«, brummte Simon vorsichtig und ich grinste breit.

»Die Sache, dass ihr Wölfe seid? Ja! Aber welche mit gutem Musikgeschmack und gesundem Hunger«, lachte ich und Erleichterung machte sich auf den Gesichtern der Zwillinge breit.

»Wir hatten schon die Befürchtung, du könntest uns jetzt nicht mehr mögen«, erklärte Benny und klopfte mir freundschaftlich auf die Schulter.

»Das wird erst passieren, wenn ihr mir Flöhe mit nach Hause bringt«, meinte ich mit einem Grinsen und entfernte mich ein paar Schritte. Ich musste nicht lange auf eine Reaktion der beiden warten.

»Hat er gerade ...« – »Ja, hat er!«, sprachen die beiden miteinander und rannten dann auf mich zu, sodass ich fliehen musste.

Lachend lief ich durch die Firma, hinter mir die Zwillinge, die knurrten, sie würden mich gleich kriegen und an den Ohren aufhängen. Sie fanden dieses Spiel wohl höchst amüsant.

Gerade als ich an Sams Bürotür vorbei wollte, öffnete sich diese. Ich bemühte mich, noch zu bremsen, da war es auch schon geschehen: Ich war dem Boss geradezu in die Arme gestürzt und hätte ihn beinahe zu Boden gerissen.

»Verdammt, Moritz!«, zischte er und ich zog entschuldigend die Schultern hoch.

»Ähm ... tut mir leid?« Ich grinste entschuldigend und blickte mich um. Die anderen beiden hatten die Kurve gekriegt und waren kichernd hinter einer Ecke verschwunden.

»Ich wusste, dass diese Bengel dich mit ihrem Unsinn irgendwann anstiften«, knurrte er und ich schüttelte den Kopf.

»Eigentlich war ich derjenige, der sie angestiftet hat«, lachte ich und umarmte ihn rasch, um ihn zu besänftigen, was auch klappte.

»Hallo Moe«, hörte ich Viviennes amüsierte Stimme, die dafür sorgte, dass ich mich sofort von ihm losriss.

»Tut mir leid«, sagte ich in ihre Richtung. Sie stand auf und betrachtete mich schmunzelnd.

»Ist schon in Ordnung.« Sie zwinkerte mir zu und ich nahm wie auf Knopfdruck weiter Abstand von Sam.

»Ich geh dann mal mein T-Shirt anziehen und Annabelle helfen«, murmelte ich und wollte gerade an Sam vorbei, als mich dieser am Arm festhielt.

»Alles in Ordnung?«, fragte er.

»Ja! Na klar«, brachte ich hastig heraus. »Du hast sicherlich Wichtiges mit deiner Frau zu besprechen. Sorry für die Störung«, faselte ich vor mich hin und wollte aus der Situation flüchten.

Sam ließ mich stirnrunzelnd gehen, schließlich würden wir darüber jetzt eh nicht sprechen können. Allerdings war ich mir ziemlich sicher, dass er mein Gefühl richtig gedeutet hatte. Es war mir so unangenehm! Ich mochte Vivienne und ihr Mann betrog sie mit mir. Ob sie nun ein richtiges Paar waren oder nur auf dem Papier ... Das änderte nichts an dieser Tatsache und meinem schlechten Gewissen.

Ich schlenderte zu den Umkleiden, zog mich um und versuchte, mich daraufhin bei Annabelle nützlich zu machen. Diese saß jedoch auf ihrem Stuhl und starrte aus dem Fenster. Gedanklich war sie wohl ganz weit weg.

»Hey, Anna!«, grüßte ich sie und stellte mich neben sie, um ebenfalls aus dem Fenster zu sehen. »Was Interessantes zu sehen?«, fragte ich und sie schnaufte laut hörbar.

»Wer weiß, wie lange es noch so friedlich bleibt. Wenn die Rudel sich abermals spalten sollten, wird es einen Kampf auf der Suche nach dem Stärksten geben. Das betrifft dann leider nicht nur die Alphas.«

Ich verstand absolut nicht, wovon sie sprach, aber anscheinend waren die Mitarbeiter aufgeklärt worden, dass ich von ihnen wusste. Es wunderte mich, dass sie es einfach so hinnahmen.

»Moritz, wenn du dich selbst schützen kannst, dann mach es! Bitte lass Sam nicht in die Situation kommen, sich für dich zu opfern. Wir haben nur ihn! Es ist so kompliziert ... Vielleicht solltet ihr beide euer eigenes Leben führen«, begann sie und lächelte mich traurig an.

»Ich werde es versuchen«, sagte ich heiser.

Eigentlich war dies ein Wink mit dem Zaunpfahl, dass ich mich am besten von Sam fernhielt. Er musste schließlich ein Anführer sein. Sie brauchten ihn.

Der Tag war endlich zu Ende und ich freute mich auf den Feierabend. Moe war ich den restlichen Tag nicht mehr begegnet und ich fragte mich, ob er sich absichtlich von mir fernhielt.

Es klopfte in dem Moment, in dem ich die Hand auf den Türgriff legte. Ich fluchte innerlich, denn ich hatte keine Lust mehr auf weitere Bekundungen oder Probleme. Einen kurzen Augenblick spielte ich mit dem Gedanken, einfach ruhig zu sein und so zu tun, als wäre ich nicht da.

»Jetzt werde mal nicht kindisch«, knurrte ich mich selbst an und drückte die Klinke herunter.

Es war Moe, der mich unsicher anstarrte.

»Hey«, brachte ich nur heraus und fühlte sogleich seine Traurigkeit.

»Sam, ich glaube, ich kann das nicht ... Ich habe nicht das Recht dazu«, meinte er und bewegte sich ein Stück von mir weg.

Verdammt nochmal, was meinte er? Wozu hatte er nicht das Recht? Und wieso klang es so, als wollte er mit mir Schluss machen?

»Moe«, raunte ich. Mein Herz verkrampfte sich und ich wankte. Seine Gefühle verpassten mir einen Schlag nach dem anderen.

Er sah mich mit tränenverschleierten Augen an.

»Ich habe darüber nachgedacht und ich kann das hier nicht. Es gibt so viel, was dagegen spricht.« Seine Stimme erzitterte und Panik wuchs in mir. »Schon allein die Tatsache, dass ich eine Gefahr für dich bin. Du könntest jederzeit auffliegen. Dein Rudel könnte dich nicht mehr achten ...«

War es das, was ihn beschäftigte? Diese Schmierenkomödie, die ich bei offiziellen Anlässen abziehen musste?

»Scheiße, nein! Tu mir das nicht an!«, brachte ich heraus und sank erschöpft gegen den Türrahmen. Er schniefte und machte einen weiteren Schritt von mir weg, was mir das Herz brach. »Ich schwöre dir, dass ich weder was mit Ava hatte, seit ich dich kenne, noch mit irgendwem anderes. Du bist alles, was ich will!«

Meine Worte brachten ihn ins Stocken und er sah sich um, als hätte er Angst, dass uns die anderen des Rudels sehen könnten.

»Aber du ... wir ... diese beschissenen Geheimnisse«, sagte er leise.

»Du willst keine Geheimnisse mehr?« Ich riss mich zusammen und ging auf ihn zu. Er schien mit jedem meiner Schritte kleiner und unsicherer zu werden.

»Ich tauge nicht als ›heimliche Geliebte‹«, flüsterte er, als ich vor ihm stand.

Seine hochgewachsene Gestalt wäre eigentlich ausreichend gewesen, dass ich zu ihm hätte aufsehen können, doch Moe machte sich stets etwas kleiner. Sein Selbstbewusstsein war mal wieder am Boden.

»Bitte«, bettelte ich und er hob den Kopf. »Wenn du ganz offiziell zu mir gehören könntest, würdest du es?«

Er wurde blass. Natürlich ... Wir kannten uns schließlich erst seit ein paar Wochen. Er war siebzehn, verdammt! Vermutlich wäre das die Zeit, um sich auszutoben und das Leben zu genießen. Was erwartete ich da von ihm?

»Ich würde dir gern etwas geben«, rang ich mich dennoch dazu durch und griff in meine Hosentasche. Eigentlich sollte es zu einem besseren Zeitpunkt geschehen, aber Moe war so kurz davor, uns aufzugeben, dass ich Angst bekam, es sonst niemals überreichen zu können. »Ich trage es bereits seit Tagen vor meinem Geburtstag mit mir herum.«

Moe keuchte, als ich ihm das Lederarmband entgegenhielt. Das Infinity-Zeichen war deutlich zu erkennen, und ich lächelte schwach, als ich ihm die Gravur darin zeigte.

»In Liebe, Sam«, hauchte Moe und ich kniete vor ihm nieder.

»Ich liebe dich, Moritz! Ich weiß, dass ich im Grunde nicht das Recht dazu habe, aber ich will an uns festhalten. Für die anderen Rudel kann ich nicht sprechen, aber die Leute hier würden dich mit offenen Armen empfangen, wenn du es ›offiziell‹ haben willst.«

»Sam ... Wie stellst du dir das vor? Und was ist mit Vivienne?«, protestierte Moe.

»Ich habe bereits mit Viv darüber gesprochen. Das Einzige, das sie mir angedroht hat, war, mich zu erwürgen, wenn ich dir wehtue.« Ich lächelte bei der Erinnerung daran. Ihre Worte waren nur allzu deutlich gewesen und ich hatte ihr ohne Zögern geglaubt.

Moes Gefühle gaben mir neuen Mut und ich griff nach seinen Händen.

»Zieh bei mir ein, teil dein Leben mit mir«, fuhr ich fort und er schnappte nach Luft.

Ein Räuspern war im Flur zu hören und wir wandten beide den Kopf, um zu sehen, wer es war. Ich musste mir ein Lachen verkneifen, als die versammelte Mannschaft dort stand, vorneweg Viv, die sich ergriffen die Hand vor den Mund hielt. Diese Romantikerin! Also sollte ich es nun wohl richtig machen ...

»Leute«, brummte ich, blieb allerdings in meiner Haltung, was Moe sichtlich verunsicherte. »Ich werde Moe jetzt nochmals fragen, ob er sein Leben mit mir teilen will und ich hoffe, ihr habt damit keine Probleme.«

Zu unser beider Erleichterung waren Klatschgeräusche aus den letzten Reihen zu hören und jemand pfiff begeistert.

»Was sagst du nun?« Ich blickte zu dem Jungen auf, der für mich die ganze Welt bedeutete. Er stand da, war ganz starr vor Überraschung. »Moritz?«

Er schluckte.

»Ich glaube, da fällt gleich einer in Ohnmacht«, hörte ich Simon lachen. »Mensch, Moe, jetzt gib dir einen Ruck. Der Boss dreht sonst durch!«

»Na los, Moe!«, brüllte auch Benny und grinste breit. »So ein Rudel wie uns findest du sonst nicht mehr. Denk daran: Jede Menge Wölfe zum Spielen.«

Für diese Bemerkung kassierte er von Annabelle einen Klaps auf den Hinterkopf.

Moes Blick fiel auf meine Ziehmutter, die ihm lächelnd zunickte, dann zu Vivienne, deren Gesicht vor Tränen glänzte. Mein Herz begann erneut zu Rasen, als auch sie ihm begeistert signalisierte, einzuwilligen.

»Ich glaube, ich habe gar keine andere Wahl, oder?«, murmelte Moe und lächelte plötzlich. »Ich habe euch schon jetzt so unheimlich gern ... Und dich liebe ich.«

Ich legte ihm das Armband ums Handgelenk, das vor Nervosität zitterte. Er schniefte.

»Aber bist du dir wirklich sicher?« Moe bedachte mich mit einem weiteren kritischen Blick. Den hatte er mittlerweile echt perfektioniert.

»Mehr als alles andere«, knurrte ich und zog ihn für einen Kuss zu mir heran. Es war das erste Mal, dass wir vor meinem Rudel Zärtlichkeiten austauschten und Moes Emotionen verrieten die Freude darüber.

***

»Hast du alles?«, fragte ich nervös, aber Moe rollte nur mit den Augen.

»Ich muss nur dort auftauchen und meine Rede halten. Ich fass es nicht, dass du mich dazu überredet hast!« Er schüttelte bei diesen Worten wie immer den Kopf.

»Das tut dir gut. Wenn du es hinter dir hast, wirst du dich fühlen, als könntest du Bäume ausreißen!«, versprach ich ihm und er kicherte.

»Also bisher fühle ich mich eher wie eine Maus, die zurück ins Loch will ...«

Oh ja, das spürte ich deutlich und genau das machte mich umso nervöser. Dabei gab es überhaupt keinen Grund: Moes Rede war perfekt! Im Grunde rechnete er darin mit allem und jedem ab, zeigte aber auch, dass alles einmal ein gutes Ende fand, in diesem Fall der Abschluss und der Weg in ein neues Leben. Sein Leben mit mir.

Er war zwar noch nicht bei mir eingezogen, weil Wilhelm dagegen gewesen war, dafür hatte ich ihm den Schlüssel überreicht. Er war seitdem die meiste Zeit bei mir und das genoss ich in vollen Zügen.

»Beeilst du dich bitte?! Ich will nicht zu spät kommen«, rief Moe nun vom Flur aus und ich schnappte mir meine Schlüssel. »Isabel, Elly und Kristin werden schon schimpfen. Die werden von Jonas gefahren, dass sie danach richtig feiern können. Da hätten wir uns auch anschließen dürfen.«

»Ich denke, das können wir noch immer. Irgendwer aus dem Rudel wird schon nüchtern bleiben«, brummte ich und bemerkte Moes verdutzte Miene. »Was denn? Hast du gemeint, das lassen sich die Leute entgehen? Du wirst deinen eigenen Fanclub dabei haben, wenn du auf der Bühne stehst.«

Ich lachte, als Moe rot anlief.

»Oh Gott, das werden Benny und Simon sicherlich dazu nutzen, mir diese Rede für den Rest meines Lebens unter die Nase zu reiben«, stöhnte er und ich schüttelte mich förmlich vor Lachen. Die Zwillinge hatten an Moe eh einen Narren gefressen und verfolgten ihn seitdem auf Schritt und Tritt. Mein Liebster trug es, Gott sei dank, mit Fassung.

»Du wolltest Haustiere ...«

»Ich ändere hiermit meine Meinung. Ich will ein Meerschweinchen!« Moe zog eine Grimasse. Ich küsste ihn und gab ihm danach einen Klaps auf den Hintern.

»Ab mit dir, sonst wirst du von einem Rudel Wölfe in Fetzen gerissen. Die Geduldigsten sind wir nämlich nicht.«

›Und die Vampire auch nicht, die sich dort aufhalten‹, ging es mir durch den Kopf. Aber das hatte Zeit, bis ich Moe diese Sache erklären musste. Zuerst sollte er die Abschlussfeierlichkeiten hinter sich bringen und diese hoffentlich genießen.

Glücklicherweise war von Adrian seit diesem Robin-Vorfall nichts mehr zu hören gewesen. Von Ava allerdings auch nicht und obwohl ich mir fest vorgenommen hatte, Annabelles Ratschlag zu befolgen, dachte ich oft an sie. Ich hoffte nur, dass es ihr dort, wo sie gerade war, gutging.

»Seid ihr soweit? Wilhelm meinte, es ist Blödsinn, wenn ihr separat fahrt. Im Mercedes haben wir genug Platz.« Liane strahlte und zupfte sogleich erst an Moes Hemd, dann an meiner Krawatte herum. »Sehr fesch seht ihr aus, alle beide.«

Sie zwinkerte Moe zu, der grinsend den Kopf schüttelte.

»Na dann ... Auf ins Vergnügen«, brummte ich und hörte bereits das Hupen von Wilhelm.

In Sachen Ungeduld konnte er mit uns Wölfen locker mithalten. Eine lustige Familie, die ich mir da angelacht hatte.

37

Jetzt darf ich Ihnen unseren jüngsten und zudem jahrgangsbesten Schüler vorstellen: Herr Moritz Landvogt. Er wird die Abschlussrede im Namen aller Schüler und Lehrer halten. Mit einem herausragenden Notendurchschnitt sind wir Lehrer stolz, ihn auf die Bühne bitten zu können. Einen Applaus bitte!«, brüllte der Direktor begeistert ins Mikro und auf meiner Stirn bildeten sich spontan Schweißperlen.

Ich drückte das Armband, das ich von Sam erhalten hatte, an mein Herz und atmete tief durch.

»Wird schon schief gehen«, sprach ich mehr zu mir selbst und betrat dann die Bühne.

Mein Blick wanderte über die Menschenmenge hinweg, in der Hoffnung, meine Eltern und Sam zu finden. Statt derer erblickte ich im Publikum einige Personen aus der Firma und vorn in einer der ersten Reihen hinter den Absolventen, saßen sogar die Zwillinge. Sie hielten selbstgebastelte Fahnen in den Händen, auf denen in Neonfarben ›Go Moe‹ stand. Ich schüttelte den Kopf und lachte, bevor ich meine Anzugjacke öffnete, um die Rede aus der Innenseite hervorzuholen. Diese legte ich nervös auf das Rednerpult, suchte jetzt automatisch den Blickkontakt zu Sam, der mir zunickte. An seinem Gesichtsausdruck konnte ich erkennen, dass er ähnlich nervös war, wie ich. Vermutlich hatte ich ihn damit angesteckt.

›Ruhig Blut‹, dachte ich und holte tief Luft.

»Liebe Mitschüler, Lehrer, Familienangehörige und Freunde. Vielen Dank, dass ich ein paar Worte an euch richten darf. Herzlich willkommen bei unserer Abschlussfeier! Wir alle, so denke ich in der Mehrzahl, haben viel an dieser Schule gelernt und sind bereit für die große weite Welt. Die Lehrer dieser Schule haben uns gelehrt und geprägt, bis unser Wissen die richtige Form und den passenden Glanz hatte. Einfach war es natürlich nicht, aber das wäre auch zu langweilig gewesen. Wir bekamen nicht nur Halt von den Lehrern, sondern auch von unseren Familien und Freunden. Ein jeder, der uns begleitet und nahesteht. Der Dank geht ebenfalls an euch. Rückblickend kann ich sagen, dass man nicht immer versuchen sollte, es anderen Menschen Recht zu machen. An erster Stelle sollten wir darauf hören, was *wir* wollen!« Ich hielt kurz inne und blickte in die Runde. Es war schön, zu sehen, dass einige Mitschüler grinsten. »Liebe Mitschüler! Auch wenn der Weg steinig wird, wie hoch die Mauer der Herausforderungen auch sein mag oder wie tief der See an unseren Zweifeln. Wenn ihr stets an euch glaubt, könnt ihr sie überwinden! Und heute beginnen wir mit dem Abschluss ein neues Abenteuer als Erwachsene. Danke!«, beendete ich die Rede und packte den Zettel zurück in meine Jacke.

Es wurde geklatscht und ich hätte schwören können, dass Benny oder Simon »Zugabe« riefen. Sie wedelten wie wild mit ihren Fähnchen herum und strahlten. Sam hatte tatsächlich Recht behalten: Ich hatte meinen eigenen kleinen Fanclub dabei. Ich lachte und deutete eine Verbeugung an, die die Zwillinge begeistert aufnahmen.

Um einiges entspannter und dennoch so schnell wie möglich, schob ich mich durch die Sitzreihen zurück zu meiner Familie und Sam. Zwischen meiner Mutter und ihm nahm ich Platz. Vater griff an ihr vorbei und klopfte mir kurz auf den Rücken, als Geste, dass ich es gut gemacht hatte, während meine Mutter einfach nur strahlte. Sam nahm meine Hand und zog diese zum Mund, um einen Kuss darauf zu geben. Es war ein schönes Gefühl, alle so fröhlich und gutgelaunt zu erleben.

»Gut gebrüllt, Löwe«, grinste Sam und ich gab ihm mit der freien Hand einen Klaps auf den Oberarm.

Als die Zeugnisse endlich mit viel Händeschütteln verteilt worden waren, konnte ich es kaum erwarten, das Abschiedsfoto zu schießen und zu verschwinden. Der Direktor betrat allerdings noch einmal die Bühne und richtete das Wort an uns.

»Lieben Dank übrigens auch an die Firma *Parfum Johnsan* für die zur Verfügung gestellten Räumlichkeiten und das Catering, sodass gleich jeder unserer Schüler an der Party teilnehmen kann!«

Ich sah Sam fragend an, doch dieser zuckte nur mit den Schultern.

»Was denn? Das ganze Rudel wollte dabei sein.« Er wirkte, als wäre das das Normalste auf der Welt.

Er legte einen Arm um meine Schultern und ich drückte mich an ihn.

»Danke«, flüsterte ich und er strich mit dem Daumen über meinen Oberarm. Trotz meines ewigen Hin und Her, ob wir nun zueinander gehörten oder nicht: Dieser Mann hegte keinerlei Zweifel an uns, weshalb ich beschlossen hatte, nicht weiter darüber nachzudenken.

Sam schmunzelte neben mir, schien mal wieder die Schmetterlinge in meinem Bauch zu spüren. Ihm blieb echt nichts mehr verborgen. Allmählich gewöhnte ich mich jedoch daran.

***

Nach dem ganzen Gerede gab es erst einmal Sekt und Orangensaft, sowie zahlreiche Gratulationen. Sam stand bei meinen Eltern an einem Stehtisch und prostete ihnen zu, was ein merkwürdiges Bild abgab. Ich spazierte währenddessen ein wenig durch den Raum auf der Suche nach Isa, Elly und Kristin. Vielleicht würde ich ja auch Jonas treffen und wir konnten uns alle mal verabreden. Es wäre schade, wenn der Kontakt nach dem Abschluss abbrechen würde, jetzt, da ich endlich mal welchen gefunden hatte.

»Alles ok?«, hörte ich irgendwann hinter mir und eine Hand legte sich auf meine Schulter.

»Ich kann die Mädels nicht finden und Jonas ist ebenfalls nicht da. Sie würden es sich doch nicht entgehen lassen, den Abschluss zu feiern«, murmelte ich und Sam erkannte meine innere Unruhe.

»Mach dir keine Sorgen. Vielleicht ist ihnen nur etwas dazwischen gekommen. Das Auto ist vielleicht kaputt oder sie sind vorzeitig in den Urlaub geflogen! Es wird schon alles in Ordnung sein.« Er lächelte und ich nickte, allerdings sagte mir mein Bauchgefühl irgendwie etwas anderes.

»Deine Eltern nehmen uns gleich mit nach Hause und wir fahren mit meinem Auto zur Location. Dann wird richtig gefeiert, was für ein kluges Kerlchen du bist!« Sam grinste breit und hielt mein Zeugnis in Händen. »Also, dass es in Sport nur für eine Zwei gereicht hat, wundert mich nicht«, scherzte er und tippte mit dem Finger spielerisch auf die Seite.

»Hey, ich kann nicht in allem gut sein! Sport ist definitiv Mord für mich!«, lachte ich. »Ich will schließlich kein Sportmediziner werden.«

Wir gingen zu meinen Eltern zurück, die uns bereits erwarteten.

»Was willst du eigentlich als Nächstes machen?«, fragte Sam mich skeptisch, was meinen Vater auf das Gespräch aufmerksam machte.

»Gib es auf, Samuel. Ich versuche seit Ewigkeiten, diesem Bengel klar zu machen, was für eine Verschwendung es ist, wenn er nicht studieren geht«, brummte er und nahm den letzten Schluck seines Orangensafts.

»Was das betrifft, habe ich meine Meinung geändert«, gestand ich und drei Augenpaare schauten mich auf einmal überrascht und neugierig an.

»Inwiefern?«, knurrte Sam, denn er schien bereits die Befürchtung zu haben, dass ich abhauen könnte.

»Keine Bange! Ich bewerbe mich an den Universitäten hier in der Nähe. Ich möchte in die Tiermedizin! Mika hat mir da ein paar gute Tipps gegeben.«

Es wurde ziemlich still am Tisch. Ich hatte eigentlich mit mehr Euphorie gerechnet. Meine Eltern schienen von meinen Plänen irritiert zu sein und Sam runzelte die Stirn.

»Wie bist du denn auf ›Tierarzt‹ gekommen?«, fragte meine Mutter und begann zu lachen.

Mein Vater grinste ebenfalls bis über beide Ohren und versicherte, dass ich sofort mein Mofa wieder zurückhaben könnte und, dass dies die schönsten Worte des Tages für ihn wären.

»Ist eine längere Geschichte«, sagte ich grinsend und sah dann zu Sam, der den Mund gar nicht mehr zu bekam.

Ein anderes Elternpaar sprach die meinen an, die sich glücklicherweise in ein Gespräch ziehen ließen, sodass Sam eine Chance zum Nachhaken bekam.

»Tiermedizin?«, knurrte er mir ins Ohr und ich gluckste.

»Ich wusste, dass es dir nicht gefällt! Aber du hast Pech, denn ich werde meine Meinung nicht mehr ändern.«

»Wieso ausgerechnet das?«, zischte er und fing an, mir alle möglichen Dinge aufzuzählen, die ich stattdessen machen könnte. Es waren sogar Vorschläge, wie ›Anwalt für Menschenrechte‹ dabei, was mich den Kopf schütteln ließ.

»Mag ja sein, aber Mika wird nicht immer da sein können, um euch zu retten und zu heilen. Wenn ich mit dem Studium durch bin, kann ich dich selbst verarzten, wenn du was hast, und muss nicht zulassen, dass dich jemand anderes nackt sieht.« Ich sah ihm tief in die Augen.

»Eifersucht also ... Daher weht der Wind!«, grinste Sam breit, doch ich schüttelte den Kopf.

»Nein! Sorge, dass dir etwas passiert und ich nicht alles in meiner Macht stehende tun kann«, brummte ich, als er die Finger unter mein Kinn legte und es leicht nach oben drückte.

»Ich brauche keinen Tierarzt, sondern nur dich«, flüsterte er und legte die Lippen auf meine.

»Dann hast du demnächst trotzdem beides!« So schnell würde ich meinen Plan nicht aufgeben. Ich feixte, was nun ihn den Kopf schütteln ließ.

»Du machst mich wahnsinnig«, raunte Sam und griff nach meiner Hand, um mich zu den Eltern zurückzugeleiten.

Diese lächelten uns an. Sie schienen das zwischen uns mehr zu akzeptieren, als je zuvor. Sam hatte die letzten Tage und Wochen gezeigt, wie viel ich ihm bedeutete und das reichte ihnen. Vielleicht hatte Frau Doktor Nowak doch recht gehabt: Ich musste mich mehr trauen, meine Gefühle reflektieren und zu diesen stehen. Alles andere würde von allein kommen.

***

»Endlich«, murmelte ich, nachdem meine Eltern uns vor Sams Haustür abgesetzt hatten.

Ich ging voraus, winkte meiner Mutter, die diese Geste erwiderte und eilte dann in das Haus meines Geliebten. Es war so fürchterlich warm!

Kaum hatte ich den Flur betreten, begann ich sofort, den Anzug vom Körper zu schälen, und die Krawatte flog förmlich durch die Gegend. Sam lachte, als er mich in Boxershorts im Flur vorfand, und beobachtete, wie ich mich beinahe nackt im Kreis drehte und einfach froh war, nichts mehr am Leibe zu tragen.

»Was wird das?«, fragte er und ich stöhnte nur ein Wort:

»Abkühlen!«

Ich blieb stehen, doch der Raum drehte sich ein wenig weiter, was mich schwanken ließ.

»Vorsicht!«, knurrte Sam und ergriff meinen Arm, dass ich nicht zu Boden segelte.

Er betrachtete das Armband am Handgelenk und sein Blick veränderte sich.

»Hast du das die ganze Zeit unter dem Hemd getragen?«

Ich nickte, denn ich hatte es seit dem Tag, an dem er es mir angelegt hatte, nicht mehr abgenommen.

»Irgendwie ist das doch mein Verlobungsring oder?«, murmelte ich, merkte jedoch dabei, wie mir das Blut in den Kopf stieg und ich rot wurde.

»Verlobungsring?« Sam wirkte geschockt. Ich hatte das Gefühl, dass er kalte Füße bekommen könnte.

»Hey! Wenn du irgendwann nicht mehr verheiratet sein solltest, steht mir der Platz zu.« Ich griff nach Sams Gesicht und zog es an meines heran. »Damit das klar ist: Nach Vivienne komme ich und niemand sonst, verstanden?«, knurrte ich und begann, ihn zu küssen.

Er lachte und legte die Arme um meinen Körper.

»Du glaubst gar nicht, was ich jetzt am liebsten mit dir anstellen würde. Wenn da nicht die Feier wäre ...«, hauchte er mir ins Ohr und ich bekam eine Gänsehaut.

»Sag mir, was du machen würdest.«

Ich schmiegte mich an ihn.

»Ausziehen brauche ich dich ja kaum noch. Ich würde mit dir also ins Schlafzimmer gehen, dich aufs Bett werfen, jede Stelle deines Körpers küssen und streicheln, bis du vor Ekstase schreist«, flüsterte er und biss mir zärtlich ins Ohr.

Ich konnte mir dies bildlich vorstellen und merkte, wie ich darauf ansprang.

»Was hält dich wirklich davon ab? Bis auf die Feier, auf die ich sowieso gut verzichten könnte«, meinte ich und hob den Blick, um ihm in die Augen zu sehen. Er betrachtete mich fragend.

»Wirklich?«, erkundigte er sich und ich nickte.

Die letzten Tage hatten wir zwar viel Zeit in seinem Schlafzimmer verbracht, doch meist war bis auf kuscheln nicht viel mehr gewesen.

»Ja, wirklich. Wieso?«

Ehe ich eine Antwort darauf bekommen sollte, warf mich Sam über die Schulter und marschierte mit mir in Richtung Schlafzimmer. Ich quietschte wie ein Mädchen, lachte danach laut auf und trommelte auf Sams Hintern herum.

»Hey, lass mich runter!«, brachte ich ächzend heraus, da mir das Blut in den Kopf stieg und ein neues Schwindelgefühl mich überkam. Ich hörte ihn lachen und etwas sagen, das nach »Nur über meine Leiche!«, klang.

38

Sam

Schwungvoll landete Moe auf dem Bett und lachte. Sein Gesicht war gerötet und strahlte vor Freude. Besonders in diesem Moment sah er wunderschön aus.

»Ich liebe dich und deine ungestüme Art«, brachte er schwer atmend heraus und öffnete die Arme, um mich bei sich willkommen zu heißen. »Und jetzt sei ein braves Hündchen und komm.«

Knurrend warf ich mich auf ihn. Moe gluckste und ließ sich bereitwillig von mir erobern. Ich nahm leidenschaftlich von seinem Mund Besitz und spürte, wie sehr es ihm gefiel. Aufregung, Vorfreude und erotische Spannung lagen in der Luft.

»Du bist dir also wirklich sicher?«, hakte ich nach und Moe brummte frustriert.

»Könntest du endlich aufhören? Wenn du möchtest, kann ich es dir auch aufmalen, vortanzen oder pantomimisch darstellen!«

»Wie jetzt?! Vorsingen kommt nicht infrage?«, lachte ich und schloss die Arme um ihn.

»Nein, denn das Singen gehört nicht zu meinen Stärken, ähnlich wie Sport. Wobei ich es unter der Dusche durchaus mal auslebe, aber das dürftest du ja schon gehört haben ...« Er wurde rot und ich küsste ihn auf die Nasenspitze.

»Ich fand es nicht schlecht. Eine neue Art Wolfsgeheul ...« Ich grinste und Moe kniff mich in die

Seite. Dieses Gerangel vollführten wir ein paar Minuten, bis mein Süßer keine Luft mehr bekam. Er ächzte, ich wäre zu schwer, was mich erst recht dazu brachte, ihn unter mir zu begraben.

»Ich gebe auf! Du bist ein Gott, okay?«, rang er um Atem und ich stützte mich endlich ab.

»Muskeln sind nun einmal schwerer, als Fett«, knurrte ich und Moes Finger glitten unter das Hemd, um meine Bauchmuskulatur zu streicheln.

Er lächelte und gab mir danach einen erstaunlich kräftigen Stoß, dass ich von ihm herunter rutschte. Ich lag da und genoss den Anblick, der sich mir bot: Moes schlanker Körper, auf seinen Lippen ein freches Grinsen, während er sich an den Knöpfen meines Hemds und der Hose zu schaffen machte.

»Becken anheben!«, befahl er und ich verlagerte das Gewicht, dass er mir die Hose herunterziehen konnte. Dabei wanderte die Boxershorts ebenfalls mit hinab.

»Und deine?« Vorsichtig zupfte ich daran und spürte die Erregung, die von Moe ausging. Er fühlte keine Angst, nur Neugier und Vertrauen, was mich geradezu ehrfürchtig machte.

Moe setzte eine Unschuldsmiene auf und begann, mich zu streicheln. Er schien hier den Ton angeben zu wollen und ich ließ es nur allzu gern geschehen.

»Du weißt hoffentlich, dass du mich verrückt machst ...?«, knurrte ich allerdings nach einer Stunde, die er ausgiebig genutzt hatte, mich auf alle möglichen Arten zu foltern, indem er mich streichelte, küsste und leckte. Mehrmals war ich kurz davor gewesen, die Selbstbeherrschung zu verlieren.

»Wie denn?« Seine Stimme klang auf einmal ganz heiser.

»Soll ich es dir zeigen?« Als Moe nickte, zog ich ihn zu mir.

Er hatte bisher neben mir gekniet und ich hatte nichts gegen diese Haltung einzuwenden. Meine Hand schob sich nun in seine Shorts, die nicht mehr länger verbergen konnte, dass er ebenfalls bereit für mich war. Moe stöhnte, als ich meine Hand um sein Glied legte und sie langsam auf und ab bewegte. Er zitterte plötzlich, sein Körper spannte sich an und ich nahm die ersten Wellen seines Höhepunkts wahr. Er kam in meiner Hand.

Wow, das war echt schnell gegangen ... Ich musste mir ein Grinsen verkneifen, schaffte es wohl nicht ganz, denn Moe schlug mir mit der Faust gegen den Oberkörper.

»Kein Wort«, brummte er und ich lachte nun erst recht. Moe schüttelte den Kopf. Er befand sich noch immer vor mir, die Knie angewinkelt und auf den Fußsohlen sitzend.

»Sagen wir einfach, ich bin gut.« Ich zwinkerte und half ihm dann aus der nun nassen Boxershorts. Ich ließ Moe dabei keine Sekunde aus den Augen und streichelte ihn währenddessen weiter. Er biss sich auf die Unterlippe, als die Emotionen und Streicheleinheiten intensiver wurden.

Die Wogen seines nächsten Höhepunkts brachten mich zum Keuchen. Am liebsten wäre ich wild über ihn hergefallen, aber jetzt war ich dran, ihn zu quälen. Im Gegensatz zu Moe würde ich jedoch dafür sorgen, dass dieser nicht mehr wusste, wo vorn und wo hinten war.

Moe hatte sich mittlerweile auf den Rücken gelegt und alle Viere von sich gestreckt.

»Wenn du so weitermachst, schaffst du mich, ehe wir miteinander geschlafen haben«, murrte er, japste allerdings, als ich den Kopf senkte, um ihn nun mit dem

Mund zu verwöhnen. Ein heiseres Stöhnen entrang sich seiner Kehle.

›Oh du wirst noch einiges erleben‹, dachte ich.

»Sam ...«, keuchte Moe irgendwann und zuckte. Dieser Orgasmus war besonders intensiv und diesmal konnte ich nicht anders, als ebenfalls kurz Hand an mich zu legen.

»Warte«, unterbrach mich mein Geliebter allerdings und schob meine Finger beiseite.

Ich stöhnte laut, als diese durch seine Lippen ersetzt wurden und er mit dem Saugen begann. Mein Trieb rebellierte voller Ungeduld. Er wollte Moe besitzen, ihn unter mir begraben und in ihn eindringen, aber ich krallte nur meine Hände in die Bettdecke und schloss die Augen. Ich wollte dieses Gefühl festhalten.

»Du musst dich nicht beherrschen«, flüsterte mein Schatz irgendwann und ich öffnete die Augen, um ihn anzusehen.

»Oh, glaub mir, ich muss. Sonst benötigen wir einen Heiler«, knurrte ich und machte mich von Moe los.

»Gut, dann komm zu mir nach unten.« Seine Miene versprach weitere köstliche Streicheleinheiten, also legte ich mich neben ihn. Gekommen war ich bisher noch immer nicht und war zum Zerbersten angespannt. »Schließ die Augen und entspann dich.«

Er lachte, als ich den Blick kurz nach unten wandern ließ, wo mein Schwanz bereits schmerzte. Ich sollte mich entspannen? Ernsthaft?

»Na los!«, wurde Moes Stimme eindringlicher und ich gab nach.

›Okay, dann entspanne ich mich halt.‹

Ich schloss die Augen und lauschte in die Stille hinein. Stoff raschelte, als sich Moe plötzlich entfernte. Was hatte er jetzt schon wieder vor? Er öffnete einen Schrank und ich bekam eine leichte Ahnung davon, denn er zog ebenfalls die Kommode auf, in der ich die Kondome verstaut hatte.

Mein Schwanz pochte und Ungeduld machte sich in mir breit. Wenn das so weiterging, würde ich mich beileibe nicht mehr lange beherrschen können.

Moes sanfte Berührung auf meinem Körper, als er sich erneut zu mir gelegt hatte, machte mich fertig. Alles war so berauschend zärtlich, dass ich beinahe gewimmert hätte, er soll sich für etwas entscheiden. Er wollte Wolfsgeheul? Demnächst würde er welches zu hören bekommen!

Vorsichtig streifte er mir das Kondom über. Ich nahm seine Nervosität wahr, die allerdings mehr aus Vorfreude bestand. Er übernahm die Kontrolle, was ihn sicherer machte. Ich hingegen flippte demnächst aus!

»Schau mich an«, flüsterte Moe nun und ich blinzelte zu ihm empor. »Ich gehöre dir ...«

Seine Atmung wurde schneller vor Aufregung. Er setzte sich auf meinen Schoß, sodass er gegen mein Glied stieß. Ich biss die Zähne zusammen. Langsam griff Moe zwischen uns und dirigierte mich dorthin, wo er mich haben wollte. Ich schluckte. Was, wenn ich ihm wehtat?

Krampfhaft konzentriert überließ ich ihm weiterhin die Führung. Er keuchte, als er versuchte, sich auf mich zu setzen. Allmählich kam bei ihm der Frust durch.

»Soll ich?«, knurrte ich, da mein Körper es einfach nicht mehr länger aushielt.

»Langsam«, ermahnte mich Moe, rutschte jedoch von meinem Schoß.

»Natürlich ... Am besten gehst du auf alle Viere.« Meine Anweisung war ein raues Brummen und er grinste.

»Mach ich jetzt einen auf braves Hündchen?«

Das Grinsen verging ihm jedoch schnell, als ich einen Finger mit etwas Gleitgel benetzte und damit seinen Hintern erkundete. Er stöhnte. Mit dem Gel war ich nicht gerade sparsam, sodass ich nach kürzester Zeit das Gefühl hatte, dass alles glitschig war. Im Grunde die perfekte Voraussetzung.

»Sam ... Bitte ...«, jammerte Moe vor mir und ich spreizte seine Beine noch ein bisschen mehr.

Vorsichtig setzte ich den Schwanz zwischen seine Pobacken, drückte leicht und wartete auf Moes Reaktion. Er schnappte nach Luft und seine Finger krallten sich ins Bettzeug.

Ich spürte das Verlangen und drang so langsam ich konnte, in ihn ein. Scheiße, war er eng! Ich knurrte, hielt mich an seinen Hüften fest und zwang mich, nicht meiner Natur freien Lauf zu lassen und ihn wild und hart zu vögeln.

»Ich liebe dich«, brachte Moe heraus und stöhnte. Sein Becken schob sich ganz langsam vor und zurück. Ich genoss die intensive Reibung und steuerte unaufhaltsam auf den Höhepunkt zu.

»Und ich liebe dich«, brummte ich und beugte mich über ihn.

Den rechten Arm schlang ich um Moe und unsere Bewegungen wurden allmählich schneller. Er warf den Kopf in den Nacken und ich knabberte an seinem Hals. Er keuchte, feuerte mich damit nur noch mehr an. Ich lockerte den Griff, um die Hand zwischen seine Beine wandern zu lassen. Ich streichelte ihn und der Druck um meinen Schwanz verstärkte sich. Moes Stöhnen und die Welle seines Orgasmus rissen mich mit. Ich kam zu einem der intensivsten Höhepunkte meines Lebens.

Er gehörte mir ... Für immer!

An einem anderen Ort

Wieso schlagen wir nicht los? Gerade jetzt sind sie schutzlos und wir könnten dem Ganzen ein schnelles Ende bereiten«, brummte Maze, doch ich schüttelte den Kopf. Genervt kramte er nach seinen Zigaretten und steckte sich eine an.

Ich knurrte, da ich dieses Dreckszeug hasste. Meiner Meinung nach stank es entsetzlich und wurde nur von dem Mist übertroffen, welchen Maze´ Freundin Natascha als Parfum zu tragen pflegte.

»Ich will kein schnelles Ende«, gab ich zur Info, obwohl ich insgeheim überhaupt kein Ende des Rudels wollte. Diese waren unschuldig, folgten sie schließlich nur ihrem Instinkt und dem damals stärksten Alpha, den es gab.

»Wie wäre es dann mit einer Nacht und Nebel-Aktion? Wir könnten es Robin nachmachen und ein paar Kehlen aufschlitzen.«

Maze ging mir gewaltig auf die Nerven! Der Hitzkopf mit dem schwarz-weißen Irokesenschnitt war nur schwer kontrollierbar und ich musste immer auf der Hut sein, nicht ins Kreuzfeuer zu geraten.

»Willst du Robin auch in den Tod folgen? Ich würde sagen, damit hat er bewiesen, dass sein Plan scheiße war«, fuhr ich ihn an und der Wolf knurrte.

»Ich will etwas tun! Dieses ›bedeckt halten‹ macht mich wahnsinnig ...« Seine fast schwarzen Augen fixierten mich und ich bekam das Gefühl, er überlegte, wohin der Dolch am besten in meinen Körper passen könnte.

»Wenn du etwas tun willst, solltest du trainieren oder fick deine Freundin. Du bist nicht auf einer Party, sondern im wahren Leben und da bekommt man nicht immer das, was man will«, ertönte eine Stimme hinter mir und ich grinste, als Lukas den Raum betrat.

Bert, ein Koloss von einem Mann, schlurfte hinter ihm her, ein paar Bierdosen auf Paletten im Arm. Maze schnaubte und funkelte Lukas wütend an.

»Ich denke, für jemanden wie dich reicht meine Kampfkunst«, tönte er und Lukas rollte mit den Augen.

»Ich leg dich auf die Bretter, ehe du ›Ach echt?‹ sagen kannst ...« Der ehemalige Wächter des Alphas wirkte total entspannt, was allerdings nichts hieß. Meiner Erfahrung nach war Lukas tödlich, wenn er ein Ziel verfolgte. Glücklicherweise war ich es nie gewesen.

»Adrian, du solltest deinen Wachhund an die Kette nehmen. Meinem Mann ein Haar krümmen könnte ihm schlecht bekommen. Eine Vergiftung ohne Heiler ist ein qualvoller Tod.« Natürlich musste sich auch Natascha einmischen und ließ ihre unterschiedlichen Augen – eins war blau, eins grün – auf Lukas ruhen.

Er zeigte sich unbeeindruckt.

»Solltest du mir mit einer deiner Krallen zu nahe kommen, könntest du meinem Sterben nicht mehr beiwohnen. Wenn ich etwas beherrsche, dann den Nahkampf.« Lukas ergriff eine der Bierdosen auf Berts Arm und warf diese Natascha entgegen, die sie auffing. Er grinste. »Darin wäre das Gift sicherlich besser aufgehoben. Aber achte darauf, dass es dein Ziel auch wirklich zu sich nimmt.«

Damit drehte er sich um – Ende der Lektion.

»Irgendwann mache ich ihn kalt«, zischte Maze seiner Freundin zu, die Lukas ebenfalls nachsah. Sie wirkte weniger wütend, sondern mehr fasziniert. Ihr Kerl musste aufpassen, dass sie sich für die Nacht keinen anderen Spielkameraden suchte. Wobei Lukas nicht der Typ Mann war, der auf solche Rockerbräute, wie Natascha, abfuhr.

»Ein Bier?«, fragte Bert und hielt mir eine Dose unter die Nase. Ich schüttelte den Kopf. Besaufen war heute nicht drin, denn ich musste über unsere nächsten Schritte nachdenken.

Der Koloss mit dem Glatzkopf zuckte nur mit den Schultern und entfernte sich erneut. Dank seines schlichten Gemüts stellte er keine Fragen und war wesentlich leichter zu lenken, als die anderen beiden. Das einzige Problem war, dass wenn Bert einmal richtig in Fahrt kam, ihn nichts und niemand mehr stoppen konnte. Der Kampf und das Töten war seine Leidenschaft, etwas, was er mit den anderen beiden gemeinsam hatte.

Ich bewegte mich durch unseren Unterschlupf, der früher einmal eine Art Gewölbekeller zur Lagerung von Lebensmitteln im Falle eines Luftangriffs gewesen war. Heutzutage kannte ihn wohl niemand mehr und so hatten wir unsere Ruhe und ich musste mir nicht noch mehr Gedanken um unschuldige Tote machen. Es reichte, dass Robin dermaßen außer Kontrolle geraten war und das nur, weil er aus ganzem Herzen gehasst hatte. Als hätte dieser Junge es provoziert ...

»Du siehst so aus, als würdest du über deine nächsten Schritte nachdenken«, brummte Lukas, nachdem ich mich neben ihm niedergelassen hatte. Er wickelte sich ein paar Fetzen um die Handwurzel und dann um die Fingermittelgelenke. Seine Art, ein Paar Handschuhe zu imitieren.

»Ich denke immer nach, das weißt du doch«, meinte ich leise, genau darauf bedacht, dass uns niemand belauschte. »Ich bin zu dem Entschluss gekommen, dass Sam keine Ahnung hat.«

»Ganz meine Worte. Er war ein dummer Junge, der sich allerdings ziemlich gemausert hat, soweit ich erfuhr. Wie kommst du zu deiner Erkenntnis?« Lukas widmete sich nun der anderen Hand.

»Ava ... Er hat sich wohl von ihr abgewandt«, raunte ich und spürte, dass der übliche Zorn bei der Erwähnung dieses Namens in mir aufstieg. Egal, wie viel Zeit auch verging, ich hasste dieses Miststück, wie an dem Tag, als sie mir das Leben versaut hatte!

Mein Wächter ließ ein gedämpftes Lachen hören. Er schüttelte leicht den Kopf.

»Und ich dachte, es hätte daran gelegen, dass ich dir ständig die Wahrheit in den Kopf prügle. Manchmal frage ich mich, wieso ich das mache.« Lukas boxte mir spielerisch gegen die Schulter, doch ich knurrte. Mir war nicht nach einem Kampf, doch vermutlich würde mir keine Wahl bleiben. Er war ein Kämpfer, wollte trainieren und das am besten mit einem Gegner, der ihn nicht aufschlitzen wollte oder vergiften.

In Jeans und dem üblichen schwarzen T-Shirt bekleidet, kletterte Lukas in den aufgebauten Ring. Er hatte ihn mit sehr viel Liebe zum Detail angelegt und nutzte diesen täglich, um uns windelweich zu prügeln. Mich verschonte er meist, um mir die Führerrolle nicht zu versauen.

»Du der Kopf, ich die Fäuste, das ist mir am liebsten. Ich hasse es, Entscheidungen zu treffen«, hatte er mir einmal anvertraut und ich war froh darum gewesen.

So waren die Fronten geklärt und wir kamen uns nicht in die Quere. Wobei ich feststellen durfte, dass er ein Stratege war, wenn es um den Kampf ging. Da musste ich mich wohl noch mehr anstrengen. Robin am Ende seinem Schicksal zu überlassen, um weiteres Unheil zu vermeiden, war Lukas' Idee gewesen. Die anderen hatten es geschluckt und an einen Zufall geglaubt. Ich hoffte inständig, dass sie es noch lange taten.

»Na los, einen Kampf«, forderte mich der Wächter nun auf, aber ich hatte keine Lust.

»Bert!«, rief ich stattdessen und unser Kraftpaket grinste. Mit wachsender Vorfreude schlurfte er auf uns zu und stieg ebenfalls in den Ring.

»Heute mache ich dich fertig!« Bert ließ die Gelenke knacken und näherte sich Lukas, der lachte.

»Du wirst verlieren, wie jedes Mal. Aber ich freue mich, dass du noch Hoffnung hast«, gab der Wächter an. »Also los, zeigen wir dem Boss eine gute Show.«

Und somit setzte sich Bert in Bewegung. Seine Schläge waren wie die eines Hammers und ich wollte nicht mit Lukas tauschen. Der wich allerdings jedem geschickt aus und verteilte seinerseits etliche Hiebe, die den Koloss am Ende ins Straucheln brachten.

»Entschuldige, Großer ... Geht es?«, stichelte der Wächter und ich beobachtete, wie sich Bert berappelte, und erneut auf Lukas zustürzte. »Lektion zwei: Niemals in wütendem Zustand angreifen. Da verliert man den Blick fürs Wesentliche.«

Als wäre es ein Kinderspiel, wich der Kerl aus und streckte Bert nieder, der stöhnend liegen blieb. Diese Runde ging an Lukas.

›Niemals wütend angreifen ...‹, ging es mir durch den Kopf und ich nickte gedankenverloren. Ich brauchte also ein Ziel, das mich nicht dermaßen in Rage brachte, wie Ava, aber mich dennoch zu ihr führte.

»Denk ruhig noch eine Weile darüber nach, aber ich glaube, du kommst zum gleichen Resultat. Ich würde mich ja an den Jungen heranmachen. Wenn Sam seine Schwester verstecken sollte, müsste der es wissen.« Lukas hatte natürlich meine Gedankengänge durchschaut und ich nickte.

»Dann werden wir uns mal an die Fersen von diesem Moritz Landvogt heften. Mal schauen, ob er ein paar Leichen im Keller hat oder Schwächen, die wir ausnutzen können. Im Grunde ist es mir egal ... Ich will Ava!«, knurrte ich und der Wächter nickte.

»Und du wirst sie kriegen, mein Freund.«

Nachwort:

Wir hoffen, euch hat die Geschichte gefallen. Sam und Moe kommen wieder und auch so manch andere Figur der ›Manchmal muss es eben Blut sein‹-Reihe oder den Wegbegleitern von Yvor und Yvi.

Werwölfe gibt es also doch!

Werke von Sabrina Georgia

»Manchmal muss es eben Blut sein!«
01 – Ein Vampir fürs Leben
02 – Erinnerungen eines Vampirs
03 – Eine Vampirdame im Sprechzimmer
04 – Vampirische Eifersucht
05 – Vampirdamen bedeuten nichts als Ärger
06 – Vampirischer Auftrag: Blutiges Erbe
07 – Blut, Eis und Flammen
08 – Phönixliebe - über den Tod hinaus (2019)

»Yvor und Yvi«
1 – Eine Vampir-Liebesgeschichte mit Knacks
2 – Eine Vampir-Liebesgeschichte und noch ein Knacks
3 – Kein Knacks ist auch keine Lösung

»Phönixgirl«
1 – Aus der Asche
(erscheint voraussichtlich 2019)

Zusammen mit Pat Grace »Verliebt in einen Wolf«
1 – Sam und Moe
2 – Sam und Moe 2 (bald)

www.SabrinaGeorgia.de